国家出版基金项目
NATIONAL PUBLICATION FOUNDATION

文化自信与中国散文丛书

吴周文 王兆胜 陈剑晖 主编

"文以载道"与中国散文

『WEN YIZAI DAO』
YU
ZHONG GUO SAN WEN

杨庆存 朱丽霞
杨宝珠 薛方媛 著

SPM
南方出版传媒
广东人民出版社
·广州·

图书在版编目（CIP）数据

"文以载道"与中国散文 / 杨庆存，朱丽霞，杨宝珠，薛方媛著. —广州：广东人民出版社，2020.3
（文化自信与中国散文丛书）
ISBN 978-7-218-13939-5

Ⅰ. ①文… Ⅱ. ①杨… ②朱… ③杨… ④薛… Ⅲ. ①当代文学—散文—文学研究—中国 Ⅳ. ①I207.67

中国版本图书馆CIP数据核字（2019）第235892号

"WEN YI ZAIDAO" YU ZHONGGUO SANWEN

"文以载道"与中国散文

杨庆存 朱丽霞 杨宝珠 薛方媛 著

出 版 人：肖风华

责任编辑：古海阳
特约编辑：向路安
责任校对：黄炜芝
排　　版：奔流文化
装帧设计：礼孩书衣坊
责任技编：周星奎

出版发行：广东人民出版社
地　　址：广州市海珠区新港西路204号2号楼（邮政编码：510300）
电　　话：（020）85716809（总编室）
传　　真：（020）85716872
网　　址：http://www.gdpph.com
印　　刷：广东鹏腾宇文化创新有限公司
开　　本：787毫米×1092毫米　1/16
印　　张：16.75　　插　页：2　字　数：250千
版　　次：2020年3月第1版
印　　次：2020年3月第1次印刷
定　　价：58.00元

如发现印装质量问题，影响阅读，请与出版社（020-85716808）联系调换。
售书热线：020-85716826

总　序

　　散文在中国源远流长、历史悠久、积累丰厚。它不仅博大精深，是中国的特产，是受西方文艺思潮影响最小的文体，而且是中国人的文化读本，也是中华民族精神的主要载体。可以说，中国散文在中国文化中占有重要的地位，是中国最大的一笔文学遗产。但是，过去我们对散文研究不够，更没有从民族复兴、当代文化建设，尤其是从国家文化战略、文化自信的高度来研究散文。有鉴于此，丛书立足于传统与现代、历史与现实，将散文看作一种精神纽带，将其同当代文化建设、民族复兴、文化自信，以及整个中华民族国民素质、精神文明水平的提高联系起来。

　　本丛书的理论起点，是基于中国散文与中国文化的一种内在逻辑关系。这种关系主要体现在三个层面：一是中国文化为散文的发展提供了丰厚的土壤，而中国散文则是中国文化的组成部分，是中国文化的一种载体；或者说，是将中国文化具体化、书面化和审美化的一种文体。二是散文与文化处于一种共构共荣、相长相生的状态：它们既共同承载着一个国家、一个民族的精神追求，体现了一个社会共同的价值标准，又是现代人的精神、感情和心灵的栖息地。三是中国文化和中国人文精神唯有在散文这种文体里，才能得到最为充分、扎实的传承和发展，这是其他文体所无法比拟的。

当前的中国已进入商业和高科技主导的信息时代，在文化转型的时代急变中，特别在物质文明取得高速发展的同时，要保证国民的精神不空虚、价值不迷失、道德不沦丧、理想不失落、审美不麻木，就必须重新发现中国散文的价值，发掘中国散文丰沃的思想文化和审美资源，以此助益当代文化建设。因此，本丛书的学术价值与现实意义主要体现在：其一，在中国传统散文中挖掘文化的价值。其二，塑造一种新的、符合现代性要求的文化人格，在反思文化中激发对文化生命理想的追求。其三，建构一种适合时代要求，能有效提高国民精神和审美感知水平的审美文化。其四，拓宽散文研究视野，改变传统散文研究就散文论散文的狭小格局。

同时，本丛书还具有较强的创新意识和体系意识。这主要从五个维度的展开与"散文文化"的提出这两个方面体现出来。

五个维度，指的是传统散文的维度、社会性的维度、中西文化融合的维度、国家文化战略的维度、精神建构与审美感知互补的维度。

"散文文化"概念是第一次提出，此前国内尚没有人提出这一概念。在此，我们有必要对"散文文化"进行一点阐释。

以往我们一般提"诗文文化"，但由于我国有强大的诗歌写作传统，且诗歌一直被视为最高级的文学样式，所以在许多研究者那里，诗被抬到了至高无上的地位，而"文"却越来越边缘化。事实上，自唐代举行科举考试后，人们便越来越重视"文"，由是散文的作用也就越来越大。及至"桐城派"，散文更是影响了一个时代的文风。所以，从文学史的演进发展来看，"文"对中国文化和人们日常生活的影响最大，它比小说、诗歌更全面、更深刻地影响着当代文化。尤其在信息化的互联网时代，因全民性的网上写作，散文更是全方位地影响着当代的日常生活。

中国"散文文化"的价值，首先体现在它与普通人的日常生活的关系上。散文既是一种文学写作，又是一种文化操作实践，一种面对现实生活和广大民众的独特发言。从古至今，散文都是从中国文化最根基性的部位，真实记录历史、社会和普通人的日常生活的。散文作为一种根基性写作，作为中国文化的一部分，已渗透进每一位中国人的精神血脉之中。它在不同的领域被应用，并以其潜在、缓慢又富于韧劲的特有气质参与到当代文化建设中。

其次，"散文文化"是中华民族情感的结晶。我们看历史上那些优秀的散文，无不体现了中华民族的感情结构和心理结构，正所谓："读诸葛孔明《出师表》而不堕泪者，其人必不忠。读李令伯《陈情表》而不堕泪者，其人必不孝。读韩退之《祭十二郎文》而不堕泪者，其人必不友。"可见，散文这种文学形式在整个中国文化当中占据非常重要的地位，它凝结着中国人的思想价值、文化理想，渗透进了中华民族浓浓的情感基因。从这个意义上说，我们研究中国散文就不仅仅是研究一种文字的写作，而是探究一种深植于文化中的大爱和人文情怀。我们的散文研究，要尽量透过散文作品的表层文字，挖掘出深藏于文字背后的民族情感原型和精神原型，使其更好地融入当代文化建设中。

再次，"散文文化"还凝聚着中华民族的智慧。中国的散文里充满了一种东方式的智慧，这种智慧有两个特征：一是"以寓言为广"。如《庄子·养生主》中的"庖丁解牛"，就相当典型地体现出庄子诗性智慧写作的特色，这个寓言主要通过庖丁高超的解牛技巧来隐喻某种生存之道。二是倾心于"平常心是道"的禅风与"以心传心，不立文字"的直觉思维方式。柳宗元的《始得西山宴游记》、苏轼的《记承天寺夜游》都是颇具"禅味"的散文小品。

中国的"散文文化"犹如一条大河，它时而波涛汹涌，时而涓涓细流，时而泥沙俱下，时而明净清澈。但不管如何曲折和难以辨析，"散文文化"都是中国人不容忽视的一笔精神财富和文学遗产。梳理、辨析"散文文化"传统的同时，再看看中国当代文学，我们深感中国当代文学从新时期之初开始，骨子里就缺乏一种文化自信和文化自觉。由于缺乏文化的主体性，才会一切唯西方马首是瞻，抱着如此矮化自己的奴性心态，中国当代文学怎么有可能进入"世界文学之林"？所以，在当下这样一个互联网、新媒体和传统文化相碰撞、相融会的时代，中国当代文学的确有必要回归到产生诗性的原初之处，回归到我国"散文文化"的伟大文学传统中。我们当下的文学创作与研究只有从"散文文化"中获取营养，才能使自己孱弱的身体强壮起来，在实现中华民族伟大复兴的新时代中精神饱满地再出发。本丛书的出版即是在这方面作出的有益尝试和探索。

吴周文　王兆胜　陈剑晖

2019年10月20日

序　言

"经国之大业，不朽之盛事"

——散文研究与价值引领

一、最有思想魅力的艺术奇葩

散文，在人类灿烂辉煌的文化宝库中，是最有思想魅力的艺术奇葩。中国散文，更是人类智慧资源、思想资源和文化资源的巨大宝藏。作为中华民族优秀传统文化的杰出代表与核心载体，中国散文思想博大精深，民族特色鲜明。

众所周知，散文在中国古代，既是治国理政和价值实现的重要手段，又是实践"尊道贵德""文以载道""以文化人""人文化成"诸多文化理念的重要方式。作为中华文化的主要载体和实践智慧的艺术结晶，中国散文曾经独尊一统，持续发展数千年，而且同国家命运、民族兴衰与文人士子的理想抱负紧密相连，融为一体，集中体现着写作者"德、才、学、识、胆"多方面的综合素质与水平。三国时期的著名政治家、文学家魏文帝曹丕称，"文章"乃"经国之大业，不朽之盛事"（《典论·论文》），而宋代文化巨擘苏轼，则"文章余事作诗，溢而作词曲"（徐度《却扫编》）。被前贤称为"文章"的散文，其社会功能如此之大、文化地位如此之高，价值意义如此之巨，使得后代学人的散文研究，成为历代弘扬传承民族优秀文化和创新建设时代新文化的重要方面。

二、散文研究的新局面与新态势

人类进入21世纪，伴随中华民族伟大复兴的"中国梦"的历史实践，中国散文研究也进入了空前繁荣的发展期。尤其是近十年来，"文化强国""文化自信""中国文化走出去"的提出，为散文研究创造了良好的社会环境与文化氛围。与此同时，学界对于散文促进人类社会文明发展重大意义的认识也越来越深刻，国家支持的力度与学者研究的投入更是越来越大。高新科技的发展与文化典籍数据化的运用，则为开拓散文研究的广度与深度，提供了极大的方便。近些年来，散文研究呈现出让人欣喜的新局面与新态势：一是成长起来一批学术功底扎实的优秀中青年学者，二是出版和发表了一批学术分量厚重的研究成果，三是研究切入角度、考察广度和思考深度都有很大拓展而不再局限于散文本身，四是相关研讨活动和学术会议越来越活跃，五是中国特色的散文研究话语体系、理论体系创建有了新进展。

散文研究的新态势，首先得力于国家政策的支持。仅就近些年国家频频出台的文化政策看，密度和力度都是空前。2011年10月，《中共中央关于深化文化体制改革、推动社会主义文化大发展大繁荣若干重大问题的决定》提出了实施"文化强国"的长远战略。2016年5月，习近平总书记《在哲学社会科学工作座谈会上的讲话》（以下简称《讲话》）指出："中华文明历史悠久，从先秦子学、两汉经学、魏晋玄学，到隋唐佛学、儒释道合流、宋明理学，经历了数个学术思想繁荣时期。在漫漫历史长河中，中华民族产生了儒、释、道、墨、名、法、阴阳、农、杂、兵等各家学说，涌现了老子、孔子、庄子、孟子、荀子、韩非子、董仲舒、王充、何晏、王弼、韩愈、周敦颐、程颢、程颐、朱熹、陆九渊、王守仁、李贽、黄宗羲、顾炎武、王夫之、康有为、梁启超、孙中山、鲁迅等一大批思想大家，留下了浩如烟海的文化遗产。中国古代大量鸿篇巨制中包含着丰富的哲学社会科学内容、治国理政智慧，为古人认识世界、改造世界提供了重要依据，也为中华文明提供了重要内容，为人类文明作出了重大贡献。"毫无疑问，习近平总书记讲到的这些内容，几乎都以散文为载体，其思想资源的发掘与利用，也都离不开对散文的深入研究。《讲话》还提出了"按照立足中国、借鉴国外，挖掘历史、把握当代，关怀人类、面向未来的思路，着力构建中国特色哲学社会科学，在指导思想、学科体系、学术体系、话语体系等方面充分体现中国特色、中国风格、中国气派"的要求与目标，更是为散文研究指出了明确的方向，提供了极大的空间。2017年1月，中共中央办公厅、国务院办公厅印发《关于实施中华优秀传统文化传承发展工程的意见》，为建设社会主义文化强国，增强国家文化软实力，实现中华民族伟大复兴的中国梦，对如何实施中华优秀传统文化传承发展工程做出了具体要求。2017年10月，党的十九大提出，"推动中华优秀传统文化创造性转化、创新性发展，继承革命文化，发展社会主义先进文化，不忘本来、吸收外来、面向未来，更好构筑中国精神、中国价值、中国力量，为人民提供精神指引"。所有这些，都为散文研究提供了有力的政策支持，让学界眼亮劲足、提神提气。

散文研究的新态势，也得力于国家资金的支持。进入21世纪，散文研究获得国家社科基金立项资助的课题越来越多。目前，中国散文研究的各类课题多达数百项，其中获得国家重大招标项目的课题也有几十项。诸如"中国古代文章学著述汇编、整理与研究"（王水照）、"《尚书》学文献集成与研究"（钱宗武）、"中国古代散文研究文献集成"（郭英德）、"两岸现代中国散文学史料整理研究暨数据库建设"（汪文顶）、"中国古代文体学发展史"（吴承学）、"历代儒家石经文献集成"（虞万里）、"历代骈文研究文献集成"（莫道才）、"历代古文选本整理及研究"（马茂军）、"中国古代礼学文献整理与研究"（陈戍国）、"《尚书》学研究"（马士远）、"明清骈文文献整理与研究"（吕双伟）等，领衔专家既有影响深广的学界前辈，也有近年专攻散文研究且年富力强的新锐。这些获得立项资助的课题，不仅因为有了实际经费的支持，可以形成团队和规模，进行深入持续的研究，而且也因为强烈的责任心和荣誉感，产生强大的思想动力，既能出成果、出思想，又能出人才、出影响。

散文研究的新态势，还得力于国家的激励机制。国家和各地政府都制定了哲学社会科学优秀成果的奖励制度，为散文研究的深入开展注入了竞争活力。仅就2015年教育部第七届高等学校科学研究优秀成果奖（人文社会科学）来看，中国文学学科四项一等奖，是所有学科中最多的。这四项一等奖，除《中国诗歌通史》（赵敏俐等）外，其余三项《中国古代文体学研究》（吴承学）、《宋代散文研究》（修订版）（杨庆存）、《鲁迅研究的三种范式与当下的价值选择》（张福贵）均属于中国散文研究成果；而中国文学学科20项二等奖中有10项与中国散文研究密切相关，如《唐宋"古文运动"与士大夫文学》（朱刚）、《先秦文艺思想史》（李春青等）、《文镜秘府论研究》（卢盛江）、《春秋文学系年辑证》（邵炳军等）等，占了一半。当然，这与散文内容的丰厚广博不无关系。散文研究成果获奖占比的提高，既说明学界对散文研究的高度关注和充分肯定，又代表着学术研究的一种导向。

散文研究的新态势，更得力于学界的共同努力，相继推出大量厚重的成果。诸如《全宋文》《全元文》《全明文》之类海量的典籍搜集整理，《欧阳修全集》《苏轼文集》《王安石全集》《吕祖谦全集》等历代大家、名家文集、全集的整理笺注，均属中华文化建设的基础工程，其重要性不言而喻。特别是最近十几年来，系统化、成规模的学术成果越来越多，诸如王水照先生主编的《历代文话》（2007年）、郭预衡的《中国散文史》（2011年）、漆绪邦主编的《中国散文通史》（增订本）（2014年）等，都得到学界的高度评价。杨树增近百万字的《儒学与中国古代散文》（2017年）被认为是"中国古代散文深度研究的杰作"，王兆胜的《真诚与自由：20世纪中国散文精神》（2003年）是首部研究20世纪中国散文的力作，陈剑晖的《散文文体论》（2002年）、吕双伟的《清代骈文理论研究》（2011年）、李建军的《宋代浙东文派研究》（2013年）、胡建升的《宋赋研究》（2017年）等，都是学术新锐撰著的颇具开拓性、补白性的研究成果。至于分量厚重的学术论文更是不胜枚举。正是这些成果，托起了散文研究的蓝天。

总之，散文研究赶上了一个好时代。国家密集地出台弘扬和传承中华民族优秀文化的措施与文件，从传统文化中发掘和汲取推进人类文明发展的思想与智慧，包括全民族素质学养的提高、"立德树人，教书育人"的人才培养、社会主义核心价值观的提炼等，都需要从传统文化来。中华传统文化最基本最重要的两大体裁类型就是散文与诗歌，小说与戏剧都是散文与诗歌的结合体，诗歌以抒情为主，散文则体现出更强的思想性。尽管先秦时期曾经出现过"不学诗无以言"的情形，但是诗歌的地位、作用与影响依然无法同散文媲美。从《尚书》到诸子百家著述，我们都可以领略到散文对于治国理政和社会发展乃至人类文明的重要性。这也是散文数千年来独尊一统的重要原因。

三、散文研究的价值引领与拓展趋势

如上所述，中国散文研究目前尽管取得了令人鼓舞的诸多成就，但是同国家文化建设和时代发展的需要相比，还很不够、很薄弱。这种薄弱不是体现在数量上，而是体现在深度上。以往的研究主流与重点，大都集中在资料搜集整理、散文发展现象梳理或者是文本诠释、艺术欣赏等等，这些大都是相对比较浅层的基础研究，虽然属于不能绕过而且必须要有的内容，但着眼点仅仅停留在这些层面显然是远远不够的。因此，今后一个时期的散文研究需要继续找准切入点、着力点和落脚点。

第一，散文研究要深入发掘深刻的人文思想内涵。散文既是时代与历史的载体，又是思想与文化的载体，涵盖了诸如文学、历史、哲学、语言、艺术等多个学科、多个领域。仅从文学层面研究散文，只是表面的、浅层的，既不能体现出深刻性，也不能发掘出、发挥出散文真正的思想价值与文化意义。因此，今后散文研究的开展与开拓、方向与趋势，除了继续保持文体本身、思想内容和文学艺术的研究之外，最应该花工夫、下力气的，应当是散文中最有思想引领价值、最具人类文化普遍意义的深刻人文内涵。如上所述，散文是中华传统文化的优秀代表，是中华民族思想精髓的重要载体。诸如最能体现中华民族文化博大精深特点的"尊道贵德""天人合一""以人为本"等，都存在、体现与演绎于散文中。这里面，既有《道德经》《论语》那样凝练精警的格言式表达，又有《尚书》《庄子》那种或具体朴实或形象生动的艺术呈现。如果我们只就散文文体的演变来研究，或者停留在材料的搜集与整理层面，那么是很难实现发掘前代思想资源以建设当代文化和推进人类文明发展的目的，很难实现承担文化大国与文化强国责任、引领世界文化发展的伟大目标的。

第二，散文研究要强化国家观念。散文研究服务于国家发展战略，这是时代的要求，也是历史的必然。习近平总书记指出，"要讲清楚每个国家和民族的历史传统、文化积淀、基本国情不同，其发展道路必然有着自己的特色；讲清楚中华文化积淀着中华民族最深沉的精神追求，是中华民族生生不息、发展壮大的丰厚滋养；讲清楚中华优秀传统文化是中华民族的突出优势，是我们最深厚的文化软实力；讲清楚中国特色社会主义植根于中华文化沃土、反映中国人民意愿、适应中国和时代发展进步要求，有着深厚历史渊源和广泛现实基础"（2013年8月19日《在全国宣传思想工作会议上的讲话》）。散文研究是这"四个讲清楚"的理论支撑与基础前提，如果说诗歌是以发挥抒情功能为主、体现思想主张为辅的话，那么散文则是直接表达思想主张，直接体现人文精神，尽管也有抒情的元素。

第三，散文研究要树立人类意识。"人类命运共同体"是习近平总书记2012年在党的十八大上首次提出的重要概念，目前已成为被人们普遍接受的文化理念与流行热词。其实，"人类命运共同体"这一概念，正是对中华民族文化思想精髓和整体思维的优秀传统的现代弘扬。中华民族"天人合一""宇宙一体"的世界认知，《易经》"天、地、人"并称"三才"的文化理念，《黄帝内经》包含的系统化整体思维模式，都涵纳着"人类命运共同体"的思想光辉与丰富元素。1988年，75位诺贝尔奖得主在巴黎集会呼吁，"人类如果要在21世纪生存下去，就必须回首2500年前，去孔子那里汲取智慧"。孔子的智慧到底是什么？为什么会得到顶级自然科学家群体如此重视和高度评价？孔子为什么直到现在还会得到全世界人民的欢迎与称赞？其实，这背后的深层原因，并不复杂也并不难理解——孔子终其一生都是"以人为本""以德为先"，在考虑人类社会和平和谐、健康文明发展，即便残酷动荡的当时，孔子也是"知其不可为而为之者"（《论语·宪章》）。换而言之，孔子思想的最大特点，就是将"人类命运共同体"作为思考现实问题和解决社会问题的着眼点与落脚点，且始终不渝。孔子创建的儒家思想体系，为中华民族的健康发展和人类社会的文明进步作出了巨大贡献，苏轼在《六一居士集叙》中认为，孔子"功与天地并"。笔者认为，孔子的最大贡献，不在于建立了以"仁"学与"礼"学为支柱的儒家思想体系，而是在当时"弑君三十六，亡国五十二"的惨烈战乱年代，提出了高瞻远瞩的理念和思想，即建立适合文明发展的社会秩序。孔子以《大学》"明明德""亲民""止于至善"，以及"格物、致知、诚意、正心、修身、齐家、治国、平天下"之"三纲八目"为基础，创建儒家思想体系，就是为了建立一个和平安定、持续稳定的社会秩序。这是一个具有人类普遍意义的重大问题。我们研究散文，也必须树立"人类意识"，就是为推进人类文明作贡献，影响和引领人类文明的健康发展，有这样的高度，才有思想的深度。

　　第四，散文研究要建立充分自信。笔者认为，新时代的挑战、国家战略实施与人类和平发展需要，决定了今后散文研究将会出现10年、20年乃至更长时间令人振奋的新局面。这种预判，是以国家已经出台的相关政策为基础，从文化强国、文化自信、文化创新、当代文化建设，到核心价值观的提炼、人类命运共同体、中国文化"走出去"，等等，所有这些，无不需要从中华文化、中国散文当中汲取营养。笔者认为，思想性、适用性和艺术性均很强的散文，必然在人才培养的过程中担当主角，而散文研究也必须为此提供有力的学术支撑。以往散文研究的薄弱之处，恰恰为今后散文研究的繁荣留下广阔空间。因此，散文研究不仅要有充分的自信和坚强的信心，更要有前瞻性的思想准备，要在把握大势、瞄准前沿上找准着力点。

第五，散文研究要体现"致广大而尽精微"。既要从大处着眼，又要从细处着手，努力做到大而不空、细而不碎，科学严谨、相辅相成，增强系统性。比如说传统经典《十三经》已经有了数千年的研究，是否还需要研究呢？答案是肯定的。我们必须依据新资料、新发现、新理解、新方法和新手段，重新审视、重新研究、重新诠释。比如，中国古代的第一部散文总集《尚书》，其开篇《尧典》分量甚重，而首段有"黎民于变时雍"一句，迄今为止，没有看到任何符合作者原意的校注、句读、分段或诠释，可以说全部都是错误的，以讹传讹，贻误后学。"黎民于变时雍"的正确句读应当是："黎民/于变时/雍"。句中的"于"是介词，"变时"即季节变化的时间。导致前人理解与诠释错误的关键原因，就在于对"雍"字的理解。关于"雍"字，大家最熟悉的莫过于"雍和""雍容"之类，而"雍"一般大都是表达团结、和睦、和谐、和顺之意。其实"雍"在古代与"壅"同，原义、本义是遮蔽、壅塞、堵塞的意思。黎民百姓"于变时/雍"，说的就是老百姓对于季节时令变化的节点不清楚，"雍"在这里表达的就是堵塞、不明白、不清楚。中国远古是农耕文明的社会，那个时代的老百姓不知道一年四季变化的节点在什么时候，由此，也就不清楚什么时候最适宜从事耕种或收获，达到效果最好，所以尧"乃命羲和，钦若昊天，历象日月星辰，敬授民时"，委派羲和等四位大臣分赴四方观察不同时间北斗星的位置与星象，由此确定春分、夏至、秋分、冬至的准确节点，划分四季，然后用了"敬授民时"四个字，描述颁布新农历，供百姓生活生产参考运用的情形。这样的经典，经历了那么多经学大师上千年的研究和讲解，居然没有严谨科学的正确解释，句读错了，理解错了，解释错了，整篇文章的结构逻辑也都没有搞清楚。所以，研究中国传统文化从头开始，不仅十分必要，而且也是时代发展的需要，是继承、发展和创新的关键点。

英国著名历史学家汤因比曾深刻指出，"几千年来，中国人比世界任何民族都成功地把几亿民众从政治文化上团结起来，显示出这种在政治上文化上统一的本领，具有无与伦比的成功经验"（汤因比、池田大作：《展望21世纪》，国际文化出版公司1989年版，第294页）。这里所说"政治文化"，指的正是中国散文，此与"经国之大业"说相一致、相印证。

学术研究是文化的最高形态，散文研究不仅是文化建设、文化创新和文化发展的重要方面，而且也是思想建设、价值引领和人才培养的重要方式，关系着民族振兴和人类文明的发展。我们期待散文研究更上层楼，全面繁荣！

是为序。

杨庆存

2019年7月3日于奉贤南郊

目

录

contents

引 论

　　"文以载道"，是中华民族历史实践的伟大创举和优秀文化的光荣传统，是具有鲜明中国特色的重要文化理论与文学主张，更是中华民族在推动人类文明健康发展方面作出的又一重大思想贡献。

　　众所周知，文化是人类历史实践的智慧结晶，是民族精神的灵魂血脉和国家昌盛的思想保证，更是滋润国人气质品格、涵养创新与凝聚人心的动力源泉。重视文化创造与传承、推进社会进步与文明，是中华民族自古迄今一以贯之的优良传统和最为深沉的精神追求。中华民族五千年不曾间断的文明发展，创造了诸多促进人类和谐有序、文明进步可资借鉴的宝贵经验，"文以载道"即其一例。这不仅为中华民族整体素质的不断提高和持续数千年稳定发展发挥了重要作用，而且对推进当今人类文明进步和文化建设有着重要启迪。

一、文以载道：经世致用与化育人心

　　"文以载道"的根本性质是强调文章必须具有深刻的思想性和巨大的正能量，必须具有启迪智慧、经世致用、化育人心的重要作用。这既是历史赋予作家的社会责任，也是时代发展的必然要求。

　　宋代文化巨子苏轼在《六一居士集叙》中，曾将大禹、孔子、孟子、韩愈、欧阳修相提并论，认为孔、孟、韩、欧之文章思想的作用贡献，与大禹治水一样"功与天地并"。①李白《公无渡河》有"大

---

　　① 孔凡礼点校：《苏轼文集》卷十，中华书局1986年版，第315页。

禹理百川，儿啼不窥家，杀湍湮洪水，九州始桑麻"①的著名诗句，歌颂大禹为人类生存作出的巨大贡献。而孔、孟时代，诸侯征伐，道德沦丧，"弑君三十六，亡国五十二，诸侯奔走不得保其社稷者，不可胜数"②，人类生存受到严重威胁。孔子修《春秋》"惩恶而劝善"，孟子抵制杨朱极端自私的"为己"说和墨翟泯灭是非的"兼爱"论，弘扬孔子仁学思想，提出"王道"学说。"自《春秋》作而乱臣贼子惧，孟子之言行而杨、墨之道废"③。唐代韩愈光大孔、孟学说，倡导古文运动，"文起八代之衰，而道济天下之溺"④。宋代欧阳修继韩愈而承孔、孟，文章"著礼乐仁义之实，以合于大道"⑤，树一代文风，成后世楷模。孔、孟、韩、欧均是以"文"名世的思想家，其思想主张与文化实践影响着人们的思想观念和精神世界，这与大禹治水一样，都造福于人类，影响着人类生存。苏轼认为他们所作文章思想的贡献与大禹治水一样"功与天地并"，不仅突出强调了文化的巨大作用，而且突出强调了"文以载道"的重要性。

　　"文以载道"既是从文化建设、文化功用和社会责任角度，针对人类社会有效治理与文明发展的"以文化人"方法，又是"文""道"一体、相辅相成关系的文化理论主张。这其中包含着中华文化发展历史经验和文学创作自身规律的概括与总结，具有鲜明深刻的中国特色。在中华文化发展史上，"文以载道"之"文"，有广义、狭义之分。前者一般是指以实用为本、审美相辅的文字文本，涵盖各类体裁的文章，而后者一般是指文学创作的散文作品。"文以载

　　①　詹福瑞、刘崇德、葛景春等：《李白诗全译》，河北人民出版社1997年版，第56页。
　　②　司马迁：《史记·太史公自序》，中华书局1959年版，第3297页。
　　③　苏轼：《六一居士集叙》，孔凡礼点校《苏轼文集》卷十，中华书局1986年版，第316页。
　　④　苏轼：《潮州韩文公庙碑》，孔凡礼点校《苏轼文集》卷一七，中华书局1986年版，第506页。
　　⑤　苏轼：《六一居士集叙》，孔凡礼点校《苏轼文集》卷十，中华书局1986年版，第316页。

道"之"道"则是由本义"道路"逐渐引申为"道理",成为内涵深厚丰富、颇具弹性张力的学术概念。中国古代,春秋之前,学在官府,文字文本,记事记言记人,"文""道"一体,毋庸置疑。此后百家争鸣,文章著述,各具风姿,如何把握实用与审美、内容与形式的关系,成为人们深入思考的现实问题。由是,"文""道"关系的处理与引导,成为理论探讨的热点问题,尤其是成为文字写作与文学创作实践争论的焦点问题。从孔子"言而不文,行之不远"(《左传·襄公二十五年》),到曹丕评点孔融"理不胜辞"(《典论·论文》)、刘勰提出"文而明道"(《文心雕龙·原道》);从唐代"文者贯道之器"(李汉《昌黎先生序》)、"文者以明道"(柳宗元《答韦中立论师道书》),到宋代"文所以载道"(周敦颐《周子通书·文辞》),其所思考探讨的重心,无一不是围绕"文""道"关系。至南宋时期,"文以载道"成为内涵丰富的固定概念,周必大《程洵尊德性斋小集序》①、陈埴《木钟集》②,都有使用。此后文献使用案例,不胜枚举。

二、家国情怀:民族品格与人文精神

"家国情怀"既是"文以载道"具体内容、实现目标和化育人心、行为效果的体现,又是民族品格、时代风貌和人文精神的反映。

首先,"文以载道"不仅体现着文学创作的历史责任,而且也要求作家必须具有向上的世界观、人生观和价值观,而关键词和落脚点在于"道"。"道"由"道路"本义引申为内涵丰富的哲学概念之

---

① 周必大《文忠集·程洵尊德性斋小集序》:"道有远近,学无止法,不可见其近而自止,必造深远然后有成,此程氏学也,又曰文以载道。"

② 陈埴《木钟集》:"自汉以来,号为儒者,之说文以载道,只将经书子史唤作道,其正是钻破故纸,不曾闻道,所以道体流行,天地间虽匝匝都是,自家元不曾领会得,然此事说之亦易,参得者几人,必如周程邵子,胸次洒落,如光风霁月,则见天理流行也。"

后，具备了抽象化、动态型、开放性特点。在具体作品中，往往又变得鲜活、生动、形象。比如，被称为中国历代帝王教科书的第一部散文集《书经》，被誉为"大道之源""群经之首"的《易经》，被认为可以"兴、观、群、怨"且能"经夫妇、成孝敬、厚人伦、美教化、移风俗"的《诗经》，无不如是。而和谐有序、文明发展的强烈愿望和忧国忧民、热爱生活的家国情怀，无疑是文学作品表现最为集中、最为亮丽的精彩部分。

其次，"文以载道"的目的是通过文字、文献、文学、文化和其所含的思想观念与精神情感来潜移默化地感悟人、教育人、激励人、影响人，实现化育人心、治理社会、推进文明的目标，其特别强调的是文章应当具有冲击力、激发力、文化力和影响力。而"家国情怀"最容易打动人、感染人、凝聚人。中华民族在古代以农耕与游牧为主，地理位置的特殊性、生存繁衍的经验和观察探索的思考，逐渐形成了中华民族"天人合一""以人为本"的文化理念和厚德载物、勤劳智慧的性格。民族的认同感、国家的归属感越来越强烈。与此同时，在热爱生活、创建和谐、适应环境的历史实践中，也让人们深刻认识到"家""国"一体、不可分割，形成既热爱家庭、家族、家乡，又热爱祖国、报效祖国与"国家兴亡，匹夫有责"的国家意识。于是，"家国情怀"成为"文以载道"重要的支撑性内容。诸如屈原《离骚》、诸葛亮《出师表》、杜甫《闻官军收河南河北》、李清照《金石录后序》、岳飞《满江红》、陆游《示儿》、辛弃疾《美芹十论》、文天祥《指南录后序》之类，其家国情怀之深之切之厚，催人泪下、感人肺腑！

最后，"家国情怀"是民族品格和人文精神的重要体现。"文以载道"是实现"人文化成"理想目标的重要手段和以人为本、文明发展的重要体现。"文"在不同历史时期有着不同的表现形态，所载之"道"也因语境不同呈现着丰富多彩的内涵。在中华文明发展史上，最能体现家国情怀的莫过于儒家学说。儒家创造和构建起一整套缜密的系统的人文理论，成为中国封建社会数千年的主流意识。儒家在治理国家方面不仅主张"礼治"、倡导"德治"、注重"人治",而且指示了一条如何培养家国情怀的"内圣外王"途径,即"格物、致知、诚意、正心、修身、齐家、治国、平天下"①,从社会个体内在的知识学习、道德修养,到家庭家族修睦,直至国家治理、天下和平目标的实现,自始至终都以家国情怀为轴心。其实,从先秦诸子百家到汉代经学,从魏晋玄学到宋元理学,从明代心学到清代实学,虽然学术文化形态与时变化,而"道"的实质没有改变,中华民族博大宽广的品格和心系家国的人文情怀,在汗牛充栋的文字、文献、文学、文化典籍中有着充分展现。

三、撰著原则:内容选择与逻辑结构

"文以载道"与中国散文内容之宽广、内涵之深厚,足可写成一部厚厚的多卷本中华民族文明史或者文化史、文学史之类,但是这套"文化自信与中国散文丛书",是以中国散文为切入点,而以当代文化建设为落脚点,本书的撰写自然也必须遵循这一基本原则来展开。

其实,纵观中国文化发展史,我们不难发现,其最早的基本表现形态只有图、文、诗三种。"图"且置而不论。"文记事""诗言志","文"与"诗"成为中国文化特别是汉字形态文化发展相辅相成、并行演进的轴心,所有文体均以此为基础创新变化。而"文""文章""散文"诸多概念,在中国文化史、文学史上的内涵与外延,在不同时代多有差异与交集。因此,本书的撰写具有以下特点:

一是以散文的发展为主线,立足中国散文发展的实际情况,既兼顾狭义"散文"与广义"散文",又兼顾表现"家国情怀"内容的多样体裁。二是格局架构安排以时为序。由于篇幅原因,不能全面展开,除必需的历史文献梳理如"文章与散文概念流变""'文以载

---

① 朱熹:《四书章句集注·大学》,中华书局1983年版,第4页。

道'渊源"之类外,其他则以专题形式呈现,选取典型案例(如儒家的"道")、典型作家(如范仲淹、王安石、杨万里、辛弃疾)或典型群体(如明遗民、晚明以降的女性),"以点连线、以线见面",以一斑略窥全豹。三是以体现民族品格与人文精神为重心。"文以载道"的关键在作者。中华文化发展既有"知行合一"的重要特征,又有"知人论世"的前贤古训。本书在介绍作家或群体的过程中,遵循人、事、文并重且互相印证的原则,既以人观文,又因文见人,力求体现新见解与新创意,力求鲜活生动。

第一章

"文以载道"的渊源

在文学史与思想史发展的历史进程中，"文以载道"的内涵其实比我们今天理解的要复杂幽深，它既包含政治社会管理哲学与文学创作领域的分野，又包含应用文学与纯文学创作领域的区分。"文""道"关系之所以自古以来论争不休，就是人们往往忽略了它们在不同领域中有不同的内涵与着力点，模糊掉具体领域与语境的界限去争论"文"与"道"的关系，无异于公说公有理、婆说婆有理。因此，要理清"文以载道"的内涵，必须从源头出发，细细梳理每一条支流，才能最终把握今天滔滔汩汩的"文以载道"大河主干。

第一节　"文章"与"散文"概念流变

"文以载道"之"文"，我们通常理解为各种体裁形式承载之上的文学作品，"文以载道"就是文学作品要承载"道"。在古代，文学作品的体裁有着严格的区分和界定，如诗、骚、赋、骈文、散文、词、曲、小说、疏、铭、诔等，每一种体裁又细分为很多具体的体裁样式，如诗又分古体诗和近体诗，近体诗又分律诗和绝句，律诗又分七言律诗和五言律诗等。先唐述及文学作品概念时，与今天文学作品内涵最为接近的是文章，将"文章"作为各类文体文学的总称，而"文学"这个概念多指学问，尤其指继承于往圣的经邦济世的知识。唐宋以后述及"文以载道"时，重心更多放在实用性的如奏议、场屋等相适应的文体文学，这时在"文章"之外，又有了"散文"这个概念。"文章"与"散文"两个概念渊源已久，数经衍生与变化，最初都与文学作品体裁的内涵看似无关，实则有着本质上幽微的必然的联系。要弄清"文以载道"这一观念的来龙去脉与含义，就得寻根溯源，从"文章"与"散文"的源头说起。

一、"文章"源流寻绎

文，东汉许慎《说文解字》曰："文，错画也，象交文，今字作纹。"文的本义是客体事物上呈现出的花纹，后来人们模仿事物刻画的符号文字也像花纹，就也称之为"文"，可见"文字"之"文"是"花纹"之"纹"的衍生义。《管子·七臣七主》："主好本则民好垦草莱，主好货则人贾市，主好宫室则工匠巧，主好文采则女工靡。"意思是君主爱好什么民众就会跟着爱好什么，君主爱好农业则民众爱好开垦荒地，君主爱好财货则民众爱好买卖，君主爱好宫室则工匠追求精巧，君主爱好花纹则女工追求华丽。这里的"文采"指的就是织物上的花纹。章的本义也是花纹，如《周礼·考工记》曰"青与赤谓之文，赤与白谓之章"，这句是说，黑色（青为黑）上的红色叫文（纹），红色上的白色叫章。还有我们耳熟能详的"永州之野产异蛇，黑质而白章"。

先秦时候，"文"与"章"就开始并举为"文章"来使用了。《管子·立政第四·四固》："君之所务者五：一曰山泽不救于火，草木不植成，国之贫也。二曰沟渎不遂于隘，鄣水不安其藏，国之贫也。三曰桑麻不植于野，五谷不宜其地，国之贫也。四曰六畜不育于家，瓜瓠荤菜百果不备具，国之贫也。五曰工事竞于刻镂，女事繁于文章，国之贫也。故曰：山泽救于火，草木植成，国之富也；沟渎遂于隘，鄣水安其藏，国之富也；桑麻植于野，五谷宜其地，国之富也；六畜育于家，瓜瓠荤菜百果备具，国之富也；工事无刻镂，女事无文章，国之富也。"管仲举出了五种君主应该着手解决的事务，其中第五种就是修建宫室追求精美的雕镂、织造布帛追求繁复的花纹，这种生活的侈靡会导致国家贫穷。这里的"文章"专指织物上的花纹。又如《荀子·君道篇第十二》："修冠弁衣裳，黼黻文章，雕琢刻镂，皆有等差：是所以藩饰之也。故由天子至于庶人也，莫不骋其能，得其志，安乐其事，是所同也；衣暖而食充，居安而游乐，事时制明而用足，是又所同也。若夫重色而成文章，重味而成珍备，是所衍也。"这里的"文章"指的也是衣物上的花纹。

　　由于花纹具有附着于物体表面的、修饰作用的属性，所以"文章"也渐渐用来指称其他一些具有表面修饰属性的事物，尤其是一些抽象的概念，这也是汉语发展过程中的一个规律。"文章"首先由织物上的花纹衍生为语言上的辞采，形容一个人的语言辞采华美、经过了修饰。如《文子下·自然》："故太上下知而有之王道者，处无为之事，行不言之教，清静而不动，一度而不摇，因循任下，责成而不劳。谋无失策，举无过事，言为文章，行为仪表，进退应时，动静循理，美丑不好憎，赏罚不喜怒。"这段话描绘了一位道家理想中的君主，这位君主清静无为，看似什么都没有做，却已经将天下治理得井井有条。他的谋划从不失策，举措从不失误，说出的话是辞采华美的篇章，行为举止是礼仪的规范，动静因循规律，对美丑不表露喜欢和厌恶之情，赏罚也不表露高兴和愤怒的情绪。"言为文章"，这里的"文章"还不是形成文字和规范的某种文学体裁，而是指有文采、雅驯的语言模式，就像被花纹修饰的织物一样，被辞采修饰的语言也是美丽的、被推崇的。又如《晏子春秋·泯子午见晏子》："燕之游士有泯子午者，南见晏子于齐，言有文章，术有条理，巨可以补国，细可以益晏子者三百篇。"这段话是说，燕国有一位游士泯子午，到齐国去见晏子，他的语言华美有辞采，他的计谋策略有条理。这里的"言有文章"与"术有条理"对应，可见"文章"仍然是一个形容词。

　　后来，"文章"不只指语言上的修饰，还指行为上的修饰，这种修饰就是"礼"。《韩非子·解老》："礼者，所以情貌也，群义之文章也……义者，仁之事也，事有礼而礼有文，礼者，义之文也……礼为情貌者也，文为质饰者也。"礼，是情感表现出来的样貌，是内心所要表达的道义的外部修饰，义是为了达成仁而采取的举动，这种举动有礼仪规范，而礼仪规范则有"文章"修饰，礼就是义的"文章"修饰。情和质是内部情感，礼和文是外部表达。可以看到，《韩非子》已经把行为举止的修饰称为"文章"，或者说已经把"礼仪"解释为内心情感的外部表达和修饰，亦即"文章"。《诗序》："《淇澳》，美武公之德也，有文章，又能听其规谏，以礼自防，故能入相于周，美而作是诗也。"《诗序》认为，《淇澳》这首诗是在赞美西周时期贤德的卿士武和，卫国的武和言行有礼有节，能听从别人的建议，进而辅佐周平王，是贤德卿士的典范。这里的"有文章"指的就是语言雅驯、举止符合礼仪规范，是注重"文明"的人。《诗序》："《荡》，召穆公伤周室大坏也，厉王无道，天下荡荡，无纲纪文章，故作是诗也。"《荡》这首诗，是召穆公感伤周王室的衰败，周厉王无道，天下没有纲常法纪礼乐，所以作了这首诗。这里的"文章"其实已经超出个人礼仪的意味，有了更多的宏观政治社会管理层面的意味。西周给我们印象最深的就是"礼乐文明"，周王朝统治者把"礼乐"作为治理国家的重要方式，即用"礼乐"去规范、驯化人们的言行与情感，从而区分出社会等级、稳定社会秩序。语言雅驯、行为节制，就是文明，就达到了文明开化与以文治国的目的，可以说，"礼乐"就是"以文治国"的重要方式，指称"礼"的"文章"也随之被赋予了"文明""文治"的意味，所以从源头上，"文章"就是与道德文明、治理国家分不开的。

《论语·泰伯》记，子曰："大哉尧之为君也！巍巍乎，唯天为大，唯尧则之。荡荡乎，民无能名焉。巍巍乎，其有成功也。焕乎，其有文章。"这几句是在称颂尧的治理与功业，表达对尧帝时期的治世与典章制度的追慕。"焕乎，其有文章"，就是慨叹尧帝时期的礼乐文化、典章制度太光辉灿烂了，"文章"就是文明、礼乐、典章制度、文治政策。《论语·公冶长第五》记，子贡曰："夫子之文章，可得而闻也，夫子之言性与天道，不可得而闻也已矣。"何晏在此句下集解为："章明也文彩，形质著见，可得以耳目修也；性者，人之所受以生也，天道者，元亨日新之道也，深微，故不可得而闻也。"子贡说，孔夫子的文章可以把握、习得，但是孔夫子讲述的性与天道，却是不能把握并习得的。"文章"指孔子传授的诗、书、礼、乐等内容，不只指具体的典籍，还指治国理民的方法策略，这些是外部的、可以通过感官理解、通过模仿习得。而孔子这些教授内容之中包含的性与天道，却是内部的，是不容易准确把握和习得的。可以看到，子贡把礼乐与道性作了外与内的区分，"文章"是外部修饰，礼乐是道性的外部表达与修饰，所以这里用"文章"来指称外部的礼乐文化与治国方略等。在这里，"文章"与"道"很明确地对举、联结在一起。

后来，"文章"由语言辞采华美和礼乐治国两个方面共同衍生出干预政治且辞采华美的文学作品。《论衡·超奇篇》："故夫能说一经者为儒生；博览古今者为通人；采掇传书以上书奏记者为文人；能精思著文连结篇章者为鸿儒。故儒生过俗人，通人胜儒生，文人逾通人，鸿儒超文人。故夫鸿儒，所谓超而又超者也。"王充认为，能讲一种经书的是儒生，博览古今知识的是通人，能形成观点与文字上书奏记的是文人，而能把这些文字巧妙构思形成华美篇章的是鸿儒。俗人不如儒生，儒生不如通人，通人不如文人，文人不如鸿儒。鸿儒是"超而又超"的珍贵奇异之人，所以这篇议论叫作《超奇篇》。鸿儒与文人都是能把观点形成文字的人，不同的是，文人形成的文字是没有文采的，只是一般的应用性的上书奏记，而鸿儒形成的文字不仅有超迈的见识，还有华丽的辞藻和精巧的结构。鸿儒比文人多的就是文学创作的部分，但这个文学不是纯文学，前提还是"上书奏记"，要表达自己的政治理念，对政治社会现实起到积极的干预作用。《汉书·地理志第八下》："及司马相如游宦京师诸侯，以文辞显于世，乡党慕循其迹。后有王褒、严遵、扬雄之徒，文章冠天下。"这里的"文辞"与"文章"内涵基本相同，是要表达同一种内涵或概念。这段话中，司马相如、王褒、严遵、扬雄这些人写作的文学作品是"文章"，他们写作的多是形式华丽、美刺时政的汉大赋，可见这时"文章"的主要体裁形式是汉大赋。

汉魏晋时期，随着每个时代流行文体的不同，"文章"所指的文体范围开始扩大。西汉桓宽《盐铁论》："方今律令百有余篇，文章繁、罪名重，郡国用之疑惑，或浅或深，自吏明习者不知所处，而况愚民乎？"这里是说，当今法律政令制定过于繁琐，郡国推行时都有所疑惑，连专门学习律令的官吏都不知道该如何处理，更何况普通百姓呢？这里的"文章"显然不再是经国治世、辞采华美的大赋等著述。《晋书·刑法志》记载，"叔孙通益律所不及旁章十八篇，张汤《越宫律》二十七篇，赵禹《朝律》六篇，合六十篇，又汉时决事集为《令甲》以下三百余篇"，可见，"文章繁"是指律令篇章太多，显然这种"文章"是无韵散体的。三国时期《人物志·流业第三》："能属文著述，是谓文章，司马迁、班固是也；能传圣人之业而不能干事施政，是谓儒学，毛公、贯公是也。……文章之材，国史之任也。"这段文字明确把"文章"和"国史之任"联系起来，将史传类的著述也称为"文章"。"文章"所包含的文体从汉大赋扩展到律令，再扩展到史传类著述，虽然文体发生了扩充与转移，但其与国家政治实用性相关的属性还是没有改变的。

曹丕《典论·论文》："夫文本同而末异，盖奏议宜雅，书论宜理，铭诔尚实，诗赋欲丽，此四科不同，故能之者偏也。唯通才能备其体。……盖文章经国之大业，不朽之盛事。年寿有时而尽，荣乐止乎其身，二者必至之常期，未若文章之无穷。"曹丕说，文学作品在本质上是相同的，但外部形式上是不同的，因此有了奏议、书论、铭诔、诗赋等文体的区分，也有了每种文体之上文学作品风格的不同。那么相同的是什么呢？就是"盖文章经国之大业，不朽之盛事"，即"文章"是用来治理国家、匡扶人世的，这也是为什么曹丕把与政治联系最为紧密的奏议放在最前面，而此时偏重娱乐怡情的诗赋减弱了汉大赋干预政治的功能，被放在了最后。虽然曹丕对文体的分类还不够全面，但可以看出，"文章"已经成为所有文体的统称，而且仍然是以经世济国为第一职能的。陆机《文赋》提到的文体划分有"诗、赋、碑、诔、铭、箴、颂、论、奏、说"十种之多，挚虞《文章流别论》中提到了"颂、赋、诗、七、箴、铭、诔、哀辞、哀策、对问、碑铭"十一种文体。《文章流别论》开篇说："文章者，所以宣上下之象，明人伦之叙，穷理尽性，以究万物之宜者也。"挚虞把"宣上下之象，明人伦之叙"的政教功能作为定义"文章"的第一标准，虽然魏晋时期的文学创作呈现出抒情审美的纯文学大兴的盛况，但此时人们的文学理论与观念中，还是把政治实用性作为"文章"的根本属性的。

二、"散文"概念流变

唐宋古文运动兴起，陈子昂说"文章道弊五百年"，白居易说"文章合为时而著"，韩愈、柳宗元开始了古文创作的倡导与实践。这里的"文章"开始偏重于关注、解决政治社会现实问题的散文，此时的"文章"概念与"散文"有了交叉。但是，"文章"还是作为所有文体的文学作品的统称，如南宋罗大经《鹤林玉露》中就有专门讨论文章的各种体裁问题："文章有体。杨东山尝谓余曰：'文章各有体，欧阳公所以为一代文章冠冕者，固以其温纯雅正，蔼然为仁人之言，粹然为治世之音，然亦以其事事合体故也。如作诗，便几及李杜。作碑铭记序，便不减韩退之。作《五代史记》，便与司马子长并驾。作四六，便一洗昆体，圆活有理致。作《诗本义》，便能发明毛郑之所未到。作奏议，便庶几陆宣公。虽游戏作小词，亦无愧唐人《花间集》。盖得文章之全者也。其次莫如东坡，然其诗如武库矛戟，已不无利钝。且未尝作史，籍令作史，其渊然之光苍然之色，亦未必能及欧公也。曾子固之古雅，苏老泉之雄健，固亦文章之杰，然皆不能作诗。山谷诗骚妙天下，而散文颇觉琐碎局促。渡江以来，汪、孙、洪、周四六皆工，然皆不能作诗，其碑铭等文亦只是词科程文手段，终乏古意。近时真景元亦然，但长于作奏疏，魏华甫奏疏亦佳，至作碑记，虽雄丽典实，大概似一篇好策耳。'又云：'欧公文非特事事合体，且是和平深厚，得文章正气，盖读他人好文章如吃饭，八珍虽美而易厌，至于饭，一日不可无，一生吃不厌，盖八珍乃奇味，饭乃正味也。'"

　　宋代倡导文治，文官治理上传下达的主要纽带就是公文，因此，诗赋、骈文等应用性较差的文体开始弱化"载道"色彩，取而代之的是应用性较强的散文。与文治政策相伴随的是科举制大盛，科举成为读书人进入仕途的主要途径，所以科考的场屋之文就成了读书人着力研究的对象，也成为士大夫争论如何根据场屋之文、应该根据怎样的场屋之文选拔人才的焦点。因此，"文以载道"即政治教化功能的讨论重心开始转移到散文上来。

　　与"文章"一样，"散文"的最初内涵也不是我们今天意义上的散文，或者说不是宋代文学家与文论家们所讨论的散文。"散文"一词较早出现于西晋木华的《海赋》："若乃云锦散文于沙汭之际，绫罗被光于螺蚌之节。"不过这里的"散文"是一个动宾结构短语，是"散发文采"的意思。使用频率更高的是在唐以后的注疏中，作为一种训诂方法的专业术语。唐孔颖达《尚书注疏》："对文论优劣，则有皇与帝及王之别，散文则虽皇与帝皆得言王也。""对文"是一组意义相近、属于同类事物的词汇同时出现时，为了相互区分而使用不同的名称或概念，但是当这些词汇单独出现时，则可以作为这类事物的统称使用，不再区分细微的差别。孔颖达的这句注疏就是在说，当"皇""帝""王"三个词汇同时出现时，它们是不同的、有差别的，但是如果单独出现时，作为君主的指称，它们是没有差别的。

　　"散文"作为一种训诂方法的术语一直延续使用到清代。如，南宋魏了翁《毛诗要义》："对则诛放有异，散文则放之远方亦为诛也。"相对出现时，"诛"和"放"是不同的，但是单独出现时，诛也可以表示流放到远方的意思。明胡绍曾《诗经胡传》："狩猎，散文则四时皆狩、昼夜皆猎，对则冬曰狩、宵为獠，獠即猎，载炉照是也。又张罗而守曰狩，捷躐而取曰猎。""狩""猎"两个字，如果单独出现时，是没有区别的；如果成组相对出现时，则冬天的叫"狩"，晚上的叫"猎"（《尔雅·释天》："春猎为搜，夏猎为苗，秋猎为狝，冬猎为狩。"），又说布置罗网等待叫"狩"，出去主动捕捉叫

"猎"。清钱绎《方言笺疏》："盖对文则短衣谓之短,长衣谓之袍,散文则短衣亦可称袍。"如果同时出现,则短衣叫"短",长衣叫"袍";如果单独出现,则短衣也可称之为"袍"。

作为训诂术语的"散文"似乎和作为文体的"散文"没有关系,但其中却是有词体与文体构成的隐秘联结的。按照罗书华先生的说法,训诂中的"散文"是词体散文,文体中的"散文"是文体散文,"词体散文就是文体散文的萌芽,文体散文概念正是从词体散文概念一步步发展演变过来。这不仅仅因为它们都是中国语文的自然生长、展开与揭示,不仅仅因为语言与文学本来是一家,两块领地中的观念很容易相互流通,也不仅仅由于文体本来就是由篇章构成,而篇章又是由词句构成。只要将'散文/对文'与'散文/骈文'略作比较,就可以发现,词体散文与后来的散文观念之间有着实实在在的联系。骈文首先指的是句子的骈偶,'骈偶'又可称为'骈俪''骈对''对偶''偶对',而对文的'对'本来就有'对偶''骈对'的意思。"①

另外,在佛教讲颂译经语境中,也出现了"散文"一词。唐代宗李豫《密严经序》:"此经梵书,并是偈颂,先之译者多作散文。"这里的"散文"是指与偈颂相对的,没有韵脚,长短句散行的一种形式。唐释道宣《续高僧传》:"专志大论,讲散文旨。"这里的"散文"也是佛经里与偈颂相对的散行语言形式。其实,这种"散文"和文体"散文"已经有很大的相似之处,佛经"散文"与偈颂相对,文体"散文"与诗歌相对,都是指与押韵骈行不同的无韵散行形式。文学领域内的"散文"概念使用或受佛经语境中"散文"概念的影响也未可知。

在北宋前期,就出现了更接近文体概念的"散文"。毕仲游《西台集·理会科场奏状》:"至于诗赋,则有声律而易见,经义则是散

---

① 罗书华:《"散文"概念源流论:从词体、语体到文体》,《文学遗产》2012年第6期。

文而难考。诗赋所出之题，取于诸书而无穷，经义所问之目，各从本经而有尽。诗赋则题目百变，必是自作之文，经义则理趣相关，可用他人之作。诗赋则难为预备，足见举人仓促之才，经义则易为牢笼，多是举人在外所撰文字。诗赋则惟校工拙，有司无适莫之心，经义则各尚专门，试官多用偏见以去取。如此小小利害难以究述。"这是毕仲游关于科举考试考诗赋还是考经义的论述，他认为考诗赋更利于确定一个统一的标准，更能避免押题等影响考试公平的现象。在这段话中，经义与诗赋对举，"散文"相应与声律对举，可见此处的"散文"还是指语体形式，指文句无韵散行，还不是真正的文体概念。但相较于佛经中的"散文"，此处的"散文"更加接近文学中的"散文"文体概念，它已经进入宋代散文创作与讨论的语境。科举考试与场屋之文的创作对宋代"散文"文体概念的出现与"散文"这种文体的成熟有直接的催生作用，场屋之文主考经义，而"散文"就是与经义、道统密不可分的。

北宋诗人邓肃《昭祖送韩文》诗中有这样的句子："古来散文与诗律，二手方圆不兼笔。独渠星斗列心胸，散落毫端俱第一。"在这首诗中，"散文"与"诗律"对举，说这两种写作方法是不同的，由此可见，"散文"与"诗律"一样，已经成为一种文体的指称。

到了南宋，"散文"作为一种文体概念出现的频率突然高了起来，也出现专门研究、论说"散文"文体的篇章和著作。龚昱《乐庵语录》："散文自有声律，如《盘谷序》《醉翁亭记》皆可歌。韩退之〈送权秀才序〉云'其文辞宫商相宣，金石谐和，此可知矣'。"龚昱认为，"散文"虽然看上去不像诗歌一样有明确的韵脚和平仄，但它是有自己的节奏与声律的，像《盘谷序》《醉翁亭记》这些散文都朗朗上口，甚至可以唱出来。并且引用了韩愈在《送权秀才序》里的论说作例证。韩愈的原文是："其文辞引物连类，穷情尽变，宫商相宣，金石谐和，寂寥乎短章，春容乎大篇。"[1]这是夸赞权秀才的

① 郭预衡、郭英德主编：《唐宋八大家散文总集·卷一：韩愈 柳宗元》，河北人民出版社2013年版，第159页。

文学作品不仅善于旁征博引、抒情淋漓尽致，其声律节奏还像音乐一样和谐动听。可见这时不仅出现了"散文"文体的概念，还进一步对这种文体的声律特点进行讨论。辅广《诗童子问》："因言古之谣谚皆押韵，如夏谚之类又如散文，亦有押韵者。"这涉及散文与诗歌在韵律上的区别问题。

林子长注《论学绳尺》："孟子全文，用经史语法作散文。"孟子用经和史的语句方式创作散文，这大概最早明确判定先秦诸子的创作是散文文体。曹彦约《经幄管见》："臣读毕口奏：声律起于风、雅、颂，散文起于典、谟、训、诰。风、雅、颂一变而为离骚，又变而为诗赋，典、谟、训、诰一变而为诏、令、书、檄，又变而为策、论、经、义。以此取士皆足以得人。"曹彦约认为，诗歌的起源是《诗经》，亦即风、雅、颂，散文的起源是《尚书》，亦即典、谟、训、诰。《诗经》影响下出现《离骚》，进而出现诗歌和骈赋。《尚书》中的典、谟、训、诰演变为诏、令、书、檄，然后又出现策、论、经、义等更多散文文体。曹彦约认为，无论是《诗经》还是《尚书》，都是儒家政教文化的经典与源头，沿着这两条流脉而下演变出的诗赋和散文也都继承了"载道"功能与传统，所以无论以哪种文体科举取士，都能选拔出人才。曹彦约表达了自己对科举取士应选取何种文体的见解，侧面反映出他对散文这种文体源流、演进以及地位的看法。他认为散文是最初的政治应用文体经过数次变化、完善，形成了今天的政治应用文体，它与诗赋的地位是相当的，都承载了儒家"以文治国"的政教功能。

金代王若虚《滹南遗老集》："欧公散文，自为一代之祖，而所不足者，精洁峻健耳。五代史论曲折太过，往往支离蹉跌，或至涣散而不收。助词虚字亦多不惬，如《吴越世家论》尤甚也。"罗大经《鹤林玉露·文章有体》："山谷诗骚妙天下，而散文颇觉琐碎局促。"这两则都是对具体作家作品的评论，王若虚认为欧阳修的散文创作虽然开一代文坛之先，但过于简洁；五代史论散文又太过涣散拖沓，助词和虚词使用不恰当，其中以《吴越世家论》尤甚。罗大经认为黄庭坚的诗歌非常绝妙，但是散文却过于琐碎局促。

　　明清散文作为古代散文史的重要组成部分，名家林立，流派众多。古代散文的发展与其时的政治、社会、文化背景密切相关。明初朱元璋一度实行开明的政策，恢复民生，征召人才，社会经济发展呈现繁荣景象。以宋濂、刘基、王祎、方孝孺为代表的文人主张文以明道，于润饰鸿业不遗余力。开明的政策推行不久，即代之以空前的文狱和森严桎梏的文网，士人因直言进谏获罪，甚至撰写贺表亦能罹祸。洪武永乐年间的科举规范通过程朱理学来维护皇权，严厉的政治气候使得永乐、宣德间盛行的文风一变为雍容典雅的"台阁体"。杨士奇、杨荣、杨溥以宰相之显位而专事太平雍和之文，制盛世之音，为统治者所提倡，虽文气羸弱而影响深远。时至明代中期，宦官专权，朝政腐败，社会风气的变化推动文坛风气的扭转，而其中的关键便是茶陵派领袖李东阳。他执掌文坛十余年，虽未能脱尽台阁文风，但少数文章亦能反映民生疾苦，抒发真情实感。其后有以李梦阳、何景明为代表的"前七子"针对台阁体和八股文旗帜鲜明地提出"文必秦汉，诗必盛唐"的号召，倡言复古，天下文士翕然响应，文风由此一变。唯其末流溺于拟古，流于形式，而为以李攀龙、王世贞为代表的"后七子"救正。嘉靖年间，方"后七子"声势尚炽，又有以茅坤、唐顺之为代表的"唐宋派"继起，文宗欧曾，其后更有归有光以"明文第一"之称享誉文坛。归有光文风平易晓畅，感情质朴自然，反对前后七子的文学主张，提倡重道的同时宣扬文章的抒情性，这为文坛主情、主文一脉导夫先路。以公安派为代表的"独抒性灵，不拘格套"的小品文在晚明文坛大放异彩。然公安末流堕入俚俗滑易的境地，继起的竟陵钟惺、谭元春以"幽情单绪，孤行静寂"的诗学精神复矫其蔽，竟陵文风大行于明季文坛，末流文章学不甚富，用语晦涩，思路崎岖，被谮为"亡国之音"。崇祯年间，文人结社之风蔚然，讲学议政，倡言复古，艾南英"以古文为时文"，振兴八股文，复社陈子龙继承前后七子，力返风雅，引领云间文学流派的发展。钱谦益作为明末清初的文坛领袖，力矫前后七子和竟陵派的弊病，文风又于此一变。清初张廷玉在撰修《明史·文苑传》时，博考诸家文集和评论之后作序，楬橥明代文学的师承源流：

> 明初，文学之士承元季虞、柳、黄、吴之后，师友讲贯，学有本原。宋濂、王祎、方孝孺以文雄，高、杨、张、徐、刘基、袁凯以诗著。其他胜代遗逸，风流标映，不可指数，盖蔚然称盛而已。永宣以还，作者递兴，皆冲融演迤，不事钩棘，而气体渐弱。弘正之间，李东阳出入宋元，溯流唐代，擅声馆阁。而李梦阳、何景明倡言复古，文自西京，诗自中唐以下，一切吐弃，操觚谈艺之士翕然宗之。明之诗文，于斯一变。迨嘉靖时，王慎中、唐顺之辈，文宗欧、曾，诗仿初唐。李攀龙、王世贞辈，文主秦汉，诗规盛唐。王、李之论，大率与梦阳、景明唱和也。归有光颇后出，以司马、欧阳自命，力排李、何、王、李。而徐渭、汤显祖、袁宏道、钟惺之属，亦各争鸣一时，于是宗李、何、王、李者稍衰。至启、祯时，钱谦益、艾南英准北宋之矩矱，张溥、陈子龙撷东汉之芳华，又一变矣。有明一代文士，卓卓表见者，其源流大抵如此。①

此序可谓是条分缕析地点明有明一代的散文名家和宗派承递。明初散文书写上承元代，黄宗羲《明文案序》从时世推移与文运盛衰的角度对明代散文的发展演变作出整体性的论断："有明之文，莫盛于国初，再盛于嘉靖，三盛于崇祯。国初之盛，当大乱之后，士皆无意于功名，埋身读书，而光芒卒不可掩。嘉靖之盛，二三君子振起于时风众势之中，而巨子哓哓之口舌，适足以为其华阴之赤土。崇祯之盛，王李之珠盘已坠，郏莒不朝，士之通经学古者，耳目无所障蔽，反得以理既往之绪言：此三盛之由也。"②相对于元代雅文学

---

① 张廷玉等：《明史》卷二八五，中华书局1974年版。
② 黄宗羲：《明文案·序》，《南雷文定》，中华书局1970年版，第1页。

的衰落，明初文坛之盛，在于以复古号召雅文学的回归和兴盛。元代末年的天下动乱之后，士人避祸不及，埋首读书，文坛缺乏生气，但以宋濂、刘基、高启为代表的文人在散文方面卓有成就。黄宗羲在论述明代文坛之盛的同时，举出明文之弊端在于："空同沿袭《左》、《史》，袭《史》者断续伤气，袭《左》者方板伤格；弇州之袭《史》，似有分类套括，逢题填写；大复习气最寡，惜乎未竟其学；沧溟孤行，则孙樵、刘蜕之舆台耳……唐宋之文，自晦而明；明代之文，自明而晦。宋因王氏而坏，犹可言也；明因何、李而坏，不可言也！"①可见明代之文，在前后七子派上流弊较大。

黄宗羲历时七年编定《明文案》二百一十七卷，以发掘明代三百年士人精神，从千家文集中洗涤出"情至之语"。其后，又抱持着存一代之书的宏愿，历时二十余年，于耄耋高龄之时将《明文案》扩充成《明文海》，共四百八十二卷，搜罗宏富，为有明一代文章之渊薮。

清初，以黄宗羲、顾炎武、王夫之为代表的知识分子深刻反思明代覆亡的经验教训，抨击程朱理学空谈误国、不重实际的弊端，大兴实学。黄宗羲在明末师事心学大儒刘宗周，其父黄尊素亦为东林党名士。清军入关，黄宗羲招募义兵抗击，兵败后避居家乡，著书立言，主张文章须有益于世道人心。在这样的思想指导下，清初对于晚明散文痛下贬斥，将公安派、竟陵派一律拒于文章正宗之外。

顾炎武在文章中尤重实用，忌清谈无识，其《日知录》中认为："文之不可绝于天地间者，曰明道也，纪政事也，察民隐也，乐道人之善也。若此者，有益于天下，有益于将来，多一篇，多一篇之益矣。"②

有清一代，以学术独树一宗，可与汉唐宋明诸代并举。至于散文的发展，则须仔细考辨。清初推侯方域、魏禧、汪琬为散文三大家。

---

① 黄宗羲：《明文案·序》，《南雷文定》，中华书局1970年版，第3页。
② 顾炎武：《日知录》下卷一九，商务印书馆1934年版，第1页。

《四库全书总目提要·尧峰文钞》点评晚明以降散文风气嬗变时称："古文一脉，自明代肤滥于七子，纤佻于三袁，至启、祯而极敝。国初风气还淳，一时学者始复讲唐、宋以来之矩矱。而琬与宁都魏禧、商丘侯方域称为最工，宋荦尝合刻其文以行世。然禧才杂纵横，未归于纯粹。方域体兼华藻，稍涉于浮夸。惟琬学术既深，轨辙复正，其言大抵原本六经，与二家迥别。"《尧峰文钞》为汪琬晚年自删定所作文集，《四库全书总目提要》对汪琬醇正有法的散文特色评价甚高。此点评切中清初散文发展态势，即鉴于明代前后七子复古的弊端和公安派俚俗滑易的末流，主张问途唐宋散文矩矱，学古而不泥古。

康熙、雍正和乾嘉时期，为有清一代盛世，统治者极其重视程朱理学，认为道统与维护统治有着密不可分的关系。故而盛世之文，也深受程朱理学的影响，其典型便是由桐城方苞开创的桐城文派。经刘大櫆发展至姚鼐及方东树、管同、姚莹、梅曾亮为代表的"姚门四弟子"，出现了天下文章皆归桐城文派的盛况。曾国藩有《欧阳生文集序》一文，其中解析桐城文派的师承流变关系称：

> 乾隆之末桐城姚姬传先生鼐善为古文辞，慕效其乡先辈方望溪侍郎之所为，而受法于刘君大櫆及其世父编修君范。三子既通儒硕望，姚先生治其术益精，历城周永年书昌为之语曰："天下之文章，其在桐城乎！"由是学者多归向桐城，号"桐城派"。犹前世所称江西诗派者也。[①]

桐城派倡"义法论"，方苞进而将"义法论"阐释为"言有物""言有序"。所谓"物"，为辅助政教，在学行上继承程朱理学；所谓"序"，即文法雅洁。雍正时，刘大櫆以文谒见方苞，成为桐城弟子。其为文主张"明义理、适世用"，在《论文偶记》中将行

---

① 曾国藩：《欧阳生文集序》，《曾国藩全集·文集》（上），河北人民出版社2016年版，第44页。

文之道总结为"神为气之主"，发扬曹植、苏轼以来的"文气说"，将"神气"看作不可见的修养，进而追求音节和字句。桐城文派发展至姚鼐，适逢乾嘉考据学盛行之世，提出义理、考据、文章三者并重，在古文中重视实学和考据。姚鼐还重视刚柔相济的文章风格，认为这是行文的最高境界，要求吐辞雅驯，谨严有法。桐城派散文理论在散文内容上强调经世致用，助翼政教，主要是在散文的形式和技法创作上进行创见。在桐城派的影响下，乾嘉文坛兴起了以张惠言和恽敬为代表的阳湖文派，然阳湖派文论并不认同桐城义理之说，两个文派之间有"如一辙"处，实又是小同大异，"离为两派"。陆继辂为阳湖派代表作家之一，其《七家文钞》旨在彰扬张惠言、恽敬的古文成就，提高阳湖古文的文学声誉。序中自述阳湖文派的师承源流称：

> 乾隆间钱伯坰鲁斯，亲受业于海峰之门，时时诵其师说于其友恽子居、张皋文。二子者始尽弃其考据骈俪之学，专志以治古文。盖皋文研精经传，其学从源而及流；子居泛滥百家之言，其学由博而返约。二子之致力不同，而其文之澄然而清，秩然而有序，则由望溪而上，求之震川、荆川、遵岩，又上而求之庐陵、眉山、南丰、新安，如一辙也。[①]

从这段序言可知，张惠言、恽敬由考据学、骈文转向古文之业是得益于友钱伯坰播扬师说，将受业于刘大櫆所学桐城文法尽传于二子。由是阳湖文派兴起，其学推之于桐城派开创者方苞，又进一步上溯至晚明归有光、唐顺之、王慎中为代表的唐宋派，最终返求于唐宋八大家的文论。

乾嘉文坛的文墨法度未可尽归于桐城、阳湖两派，诸如袁枚、郑燮，虽仕宦不显，著文自有格调。袁枚一生历经四朝，晚年筑随园，

---

① 陆继辂：《〈七家文钞〉序》，吴曾祺编《涵芬楼古今文钞简编》第五册，商务印书馆1916年版。

诗文唱和，广收弟子，凡五十年未仕。《清史列传·文苑传》中评价
袁枚诗文曰："所为诗文，天才横溢，不可方物。然名盛而胆放，才
多而手滑。后进之士未学戒才能，先学其放荡，不无流弊焉。"袁枚
诗文提倡性灵，纵才力而以天分取胜，亦有才多手滑的弊病。学其诗
文者，未有高才博学，流弊丛生。袁枚为文喜议论，论说观点独抒己
见，发人深省。赞之者如蒋士铨《答随园书》中所云："公文海涵
地负，岳峙渊停，为四五百年来第一作手。太抵以《史》《汉》为
根柢，而沉浸于欧柳之文。其风趣隽妙，又兼《南北史》《晋书》
之神。真气鼓荡，刻画忠孝，标绘奇诡，使读者或哭或笑，狂叫跳
舞，不能自止。一代巨公元老，传之史册者，不能详其轶事，非滞则
板，未足尽其人生平。"①对于袁枚可谓是鼓扬特甚，并出语惊人，
对清初以来散文三大家、桐城名家古文皆无十分满意者，唯服膺袁枚
古文。然袁枚所处乾嘉文坛，尤重学识，章学诚一生治经治史，提倡
"六经皆史"，作文须"修辞立诚"，态度严肃，对于袁枚为文主性
灵，广招女弟子的言行极力诋讥。张舜徽在《清人文集别录》中举出
袁枚论学之言与章学诚"六经皆史"、指斥考据的观点暗合处，可见
对于袁枚的抨击矛头部分源自于"文人无行"的道德判断。

晚清时期，传统文学步入了近代。面对西方文化的冲击，文人
士大夫开始反思乾嘉考据学埋首故纸堆的弊病，试图摆脱封闭自守的
狭隘境地，"开眼看世界"。以龚自珍、魏源为代表的文人打破桐城
文派的一统局面，不再取法唐宋古文，在文法上主张取法先秦诸子和
西汉古文。蒋湘南为道光年间研经治学，专事游幕、讲学的文人，与
龚自珍、魏源皆有交游，在评价两人文风时称："龚君之文，子长、
孟坚之流亚也；魏君之文，管仲、孙武之流亚也。"②评龚自珍文风
为司马迁、班固的史家笔法。龚文于《春秋》大义颇有心得，曾问学

---

① 蒋士铨：《答随园书》，方浚师《蕉轩随录续录》，中华书局1995年
版，第184页。

② 蒋湘南：《与田叔子论古文第三书》，《七经楼文钞》卷四，《清代诗
文集汇编》第五九一册，上海古籍出版社2010年版，第164页。

于经学家刘逢禄。为文学习西汉微言大义之文法，取法诸子，变化纵横，诙诡渊深，主张为文应经世致用，创为新体。所谓新体，不同于其时盛行的桐城派古文，不再汲古搜奇，以避文网，而是抒发政论，开创风气。龚自珍在举国沉睡的衰世，鸦片战争爆发前夕，居安思危，引用春秋公羊大义，讥切时政，语挟风雷，对于内政外交、军事人才等国事的各个方面，广为包罗，皆力陈其弊，用意革新。道、咸时期，国家多变故，统治者无法再像清初一样以雷霆万钧之力钳制舆论，由政治生态的文禁渐弛而引发学术上的变化，士大夫开始发舒为议论，而龚自珍可谓是首开风气者。张舜徽在《清人文集别录》中以龚自珍为例，对嘉道之际的政治文化生态有所概述：

> 上法诸子，奥博纵横，变化不可方物，洗净明清文士拘守八家矩矱之积习，在文体为一大改革。清自康、雍、乾三朝兴文字狱，以钳士夫之口，读书识字者，始瘁心力于汲古搜奇之一途，以全身远祸；嘉、道以还，禁网渐疏，士大夫乃稍稍发抒为政论，而自珍实为开风气之一人。识议新颖，有足以开拓心胸、发越志趣者。自同、光以降，士子争诵其文，非偶然已。①

龚自珍、魏源在嘉道间开创散文新体并非偶然，政治文化生态的变动是原因之一，梁启超在《中国近三百年学术史》中从厘清常州学派源流的角度对于龚自珍开创新体作出阐述："最要注意的是新兴之常州学派。常州派有两个源头，一是经学，一是文学，后来渐合为一。他们的经学是公羊家经说——用特别的眼光去研究孔子的《春秋》，由庄方耕存与、刘申受逢禄开派；他们的文学是阳湖派古文——从桐城转手而加以解放，由张皋文惠言、李申耆兆洛开派。两派合一来产出一种新精神。就是想在乾嘉间考证学的基础上建设顺康间'经世致用'之学。代表这种精神的人是龚定庵自珍和魏默深

---

① 张舜徽：《清人文集别录》卷一六，中华书局1963年版，第437页。

源。"①

桐城派古文雅洁而讲究义法，宜为传达盛世之音，嘉道间虽有龚自珍、魏源别倡新体，桐城古文仍影响不衰，为散文正宗，只是末流已陷入内容空洞的境地，无法表现道光年间内忧外患的重大社会现实题材，文风羸弱，后继无人。曾国藩在《钱选〈制艺〉序》一文中对于其时文坛桐城文风予以批评：

> 道光初年，稍患文胜，词丰而义寡，栀蜡其外而涂泥其中者，往往而有。于是有志者慨然思以易之，刊其支蔓，矫以清真。……自往者标为清真之目，近乃颇事佻巧，抛弃诗书。或一挑半剔以为显，排句叠调以为劲。抑之无实，扬之无声。②

为扭转"无实""无声"之文风，曾国藩提出为学之术有义理、考据、辞章、经济四者，比之于"孔门四科"。上接方苞、姚鼐的桐城文法论，曾国藩进一步将其改造，增加"经济"一条，提倡经世济用，避免内容上泥古不化、空泛枯寂。在实际创作中，曾文继承桐城语言雅洁的特点，能根据撰文的性质驱使语言，体裁多样，为文喜议论，风格气势磅礴，雄奇瑰玮。黎庶昌《续古文辞类纂》序言中提到姚鼐之后："百余年来，流风相师，传嬗赓续，沿流而莫之止，遂有文敝道丧之患。至湘乡曾文正公出，扩姚氏而大之，并功、德、言为一涂。"③曾国藩对于桐城古文的继承和发展不仅在于提出个人的文论主张和散文成就，且以位高权重的身份召集群英，广结名士。一时幕府人才济济，有"曾门四大弟子"之目，分别为张裕钊、吴汝纶、

---

① 梁启超：《中国近三百年学术史》，安徽师范大学出版社2016年版，第30页。

② 曾国藩：《曾文正公诗文集》（上），王云五主编《国学基本丛书四百种》，台湾商务印书馆1968年版，第94页。

③ 黎庶昌：《续古文辞类纂·序》，中华书局编《四部备要》，中华书局1936年版，第12页。

黎庶昌、薛福成。据薛福成《叙曾文正公幕府宾僚》所载，其时云集在曾国藩幕府的文士多达八十余人，知名者有俞樾、吴敏树、王先谦等，他们播扬曾国藩的文学主张，门庭日广，自成一派，称"湘乡派"。清末李详对于湘乡派的形成和发展作出概述：

> 至道光中叶以后，姬传弟子，仅梅伯言郎中一人，同时好为古文者，群尊郎中为师，姚氏之薪火于是烈焉。复有朱伯韩、龙翰臣、王定甫、曾文正、冯鲁川、邵位西、余小坡之徒，相与附丽，俨然各有一桐城派在其胸中。……文正之文，虽从姬传入手，后益探源扬、马，专宗退之，奇偶错综，而偶多于奇，复字单义，杂厕相间，厚集其气，使声采炳焕，而戛焉有声。此又文正自为一派，可名为湘乡派，而桐城久在祧列。其门下则有张廉卿裕钊、吴挚甫汝纶、黎莼斋庶昌、薛叔耘福成，亦如姬传先生之四大弟子，要皆湘乡派中人也。①

湘乡派在甲午战争之后，由吴汝纶引领其门人致力于复归桐城派，活跃于晚清民国文坛。吴汝纶提倡创建醇厚老确的新的审美规范，这是以桐城雅洁之文为标的提出的主张，也反映出湘乡派向桐城派的复归。吴汝纶门下弟子主要依靠师徒和姻亲关系维护后期桐城派的发展，如马其昶、姚永概、姚永朴诸人。随着科举的废除和现代学堂的兴办，桐城古文渐入末路，以康、梁为代表的维新派推行"文界革命"，意图将散文从桐城古文的禁锢中解放出来。至于五四时期，白话文学蓬勃发展，唯有以林纾、严复为代表的一类作者仍在绍续桐城文风，成为桐城派最后的捍卫者。

林纾在晚清中举后未仕，辛亥革命后甘居遗老，不仅忧时伤世，且对清朝忠贞至极。林纾以桐城派雅洁文笔借他人口述翻译欧洲小说《巴黎茶花女遗事》及其他名著，形成"林译小说"这一轰动文坛的

---

① 李详：《论桐城派》，《国粹学报》第49期。

现象，对现代文学的影响深远。在思想文化上，林纾却极力反对白话文学和新文化运动，提倡为文应由博览而返归简约，推崇唐宋古文家：

> 为文宗韩、柳。少时务博览，中年后案头唯有《诗》《礼》二疏，《左》《史》《南华》及韩、欧之文，此外则《说文》《广雅》，无他书矣。其由博反约也如此。其论文主意境、识度、气势、神韵，而忌率袭庸怪，文必己出。①

在《赠马通伯先生序》一文中记叙了与桐城名宿吴汝纶的晤会交游：

> 余治古文三十年，恒严闭不以示人。光绪中，桐城吴挚甫先生至京师，始见吾文，称曰："是抑遏掩蔽，能伏其光气者。"越六年，马通伯至京师，其称吾文，乃过于吴先生也。两先生声称满天下，吴先生既逝，世之归仰桐城者，必曰是。马通伯先生当世之能古文者，承方、姚道脉而且见淑于吴公，今乃皆私余。……余居京师十年，出面士流，咸未敢与之言文，亦以古文之系垂泯，余力不足系其危系，何为以此自任！今得通伯，则私庆续者有人也。②

林纾在京师与时任京师大学堂总教习的吴汝纶相识，古文深得吴氏赏识，又得与吴门弟子马其昶相善，故而林纾引以为幸，为桐城古文张目，并与桐城弟子合力抨击诋毁桐城古文的言论。

与林纾同为译林之友的严复，在晚清民初学成归国后，大量译介西方社科名著，引进欧洲社会思想以开启民智。严复在翻译中提出

---

① 赵尔巽等：《清史稿·林纾列传》卷四八六，台湾明文书局1985年版，第13446页。

② 林琴南：《畏庐续集》，中国书店1985年版，第25页。

"信、达、雅"的原则，采用纯雅简洁的古文，《天演论》的翻译深得吴汝纶称赏。章太炎的《〈社会通诠〉商兑》一文，虽对严复翻译的《社会通诠》一书展开正面的攻击，但个中对严复译文的评价有洞见幽微之处，如："然相其文质，于声音节奏之间，犹未离于帖括，申夭之态，回复之词，载飞载鸣，情状可见，盖俯仰于桐城之道左，而未趋其庭庑者也。"[①]

清末民初，桐城文脉不绝如缕，有林纾、严复数家坚守，另有文选派倡导骈文，是为散文正宗。文章合为时而著，江山陵夷的巨大变革推动文章新变，新时代要求实现文体的大解放，此间以梁启超功勋最著。

1899年，梁启超在《汗漫录》（又名《夏威夷游记》）一文中正式提出"文界革命"的口号："读德富苏峰所著《将来之日本》及《国民丛书》数种。德富氏为日本三大新闻主笔之一，其文雄放隽快，善以欧西文思入日本文，实为文界别开一生面者，余甚爱之，中国若有文界革命，当亦不可不起点于是也。"[②]梁氏意欲效仿德富苏峰，将西欧文思引进中国散文中，为文界别开生面，将文明思想传播给国民。这种新文体的创作实践以"报章文体"为代表，在"文界革命"口号提出之前已经伴随着近代报刊的兴起而出现了。作为戊戌变法的主将，梁启超时任《时务报》的主笔，此期深刻认识到报刊议论的媒体传播力量。通过报刊文字浸渍人心，用明白晓畅的语言宣扬自由平等思想，开创文坛新风，开启民智，培养民德，这是梁启超倡导"文界革命"的出发点。在《清代学术概论》中，梁启超对新文体的特征进行自述：

> 启超夙不喜桐城派古文，幼年为文，学晚汉、魏、晋，颇尚

---

① 章太炎：《〈社会通诠〉商兑》，《章太炎全集》（四），上海人民出版社1984年版，第323页。

② 梁启超：《夏威夷游记》，《饮冰室合集》卷二二，中华书局1989年版，第191页。

矜练，至是自解放，务为平易畅达。时杂以俚语、韵语及外国语法，纵笔所至不检束，学者竞效之，号新文体。老辈则痛恨，诋为野狐。然其文条理明晰，笔锋常带情感，对于读者，别有一种魔力焉。①

由此可知，"文界革命"首先从语言上突破古文一统的局面，采用俚语、韵语，甚至外国语法、西欧文思来构成新文体的表现形式。笔锋常带感情，借用比喻、排比、对偶的修辞方式达到情感恣肆、气势磅礴的论说效果。如梁启超的《少年中国说》一文，作于1900年，旨在驳斥日本和西方列强对中国为"老大帝国"的蔑视，号召中国少年奋起立志，将封建专制的腐朽中国变为富强民主的文明国家：

龚自珍氏之集有诗一章，题曰《能令公少年行》。吾尝爱读之，而有味乎其用意之所存。我国民而自谓其国之老大也，斯果老大矣；我国民而自知其国之少年也，斯乃少年矣。西谚有之曰："有三岁之翁，有百岁之童。"然则，国之老少，又无定形，而实随国民之心力以为消长者也。吾见乎玛志尼之能令国少年也，吾又见乎我国之官吏士民能令国老大也。吾为此惧。夫以如此壮丽浓郁翩翩绝世之少年中国，而使欧西日本人谓我为老大者，何也？则以握国权者皆老朽之人也。非哦几十年八股，非写几十年白折，非当几十年差，非捱几十年俸，非递几十年手本，非唱几十年诺，非磕几十年头，非请几十年安，则必不能得一官，进一职。其内任卿贰以上，外任监司以上者，百人之中，其五官不备者，殆九十六七人也。非眼盲，则耳聋；非手颤，则足跛；否则半身不遂也。彼其一身饮食步履视听言语，尚且不能自了，须四人在左右扶之捉之，乃能度日，于此而乃欲责之以国

① 梁启超：《清代学术概论》，商务印书馆1921年版，第142页。

事，是何异立无数木偶而使之治天下也！①

此番论说雄放隽快，对于手握重权者的形容可谓是"纵笔所至不检束"，层层排比使得感情沛然，具有极强的鼓动力，由此文可洞见"文界革命"所引发的思想和文体的大解放。

以梁启超为倡导者，文界革命不仅在理论上深入推进，也取得了丰厚的创作实绩。谭嗣同、章太炎也对新文体的确立和发展有重要的贡献。新文体开启了五四新文学中白话散文的写作道路，成为实现旧文体向现代文体转变的重要环节。

诚然，梁启超在文界革命中提倡新文体，文章多发表于报刊，生气有余而不免草率。自言"凡任天下事者，宜自求为陈胜吴广，无自求为汉高，则百事可办"。可知其时文坛亟须变革，实现文体的自由和解放，而非开宗立派。在《饮冰室文集》原序中，梁启超自述早年文章思想几经变化的特点："以吾数年来之思想，已不知变化流传几许次。每数月前之文，阅数月后读之，已自觉期期以为不可，况乃丙申、丁酉间之作，至今偶一检视，辄欲作呕，否亦汗流浃背矣。一二年后视今日之文，亦当若是。乌可复以此戋戋者为梨枣劫也？"②这段体验性的自述实质上反映出"文界革命"所引发的创作心态上"觉世之文"与"传世之文"的矛盾。梁启超在近代社会担任思想启蒙家的角色，所撰之文注重其启蒙思想的功效，断然自称无"藏山传世之志"，以其强烈的"觉世"意识取代传统文人立言传世的价值观，取得了骄人的创作实绩，被誉为"舆论界骄子"，是其时最具有号召力的政论家。梁启超在戊戌变法之后渐退归保皇派，拥护君主立宪，后期为文殊少"驳难攻讦""信口辄谈"，兴趣由政治转向治学，文学观念也发生变迁，用鲁迅先生语即"退居于宁静的学者"。

---

① 梁启超：《大学生传世经典随身读·少年中国说》，高等教育出版社2010年版，第28页。

② 梁启超：《饮冰室文集·序》，《梁启超文集》，北京燕山出版社1997年版，第301页。

第二节 "文以载道"的渊源

人们研究"文道关系",习惯从明确用"文"和"道"两个概念进行表述的时段开始进行,其实先秦时期,就已经有了大量关于"文"和"道"关系的讨论,只不过还没有用"文"和"道"两个成对概念进行表述,如"文"与"情"、"礼"与"情"、"华"与"实"、"文"与"质"等。

《子夏易传·系辞上第七》:"河出图,洛出书,理形于文,承天之化。圣人则之,取文于地,故观天地之文,则存天地之情矣。天地之情得而知,四象之所自出也,故四象以卦示也。"河出图,洛出书,传说中儒家经典河图与《易经》分别出自黄河和洛水中。《尚书·顾命》伪孔安国传曰:"伏羲王天下,龙马出河,遂则其文以画八卦。"相传远古时代,在今洛阳市孟津县境内的黄河支流中,出现一头形似骆驼,左右生翼,马身龙鳞,高八尺五寸的海兽。这头海兽在惊涛骇浪中踏波飞走,如履平地,它背上的斑点规则、美丽,细看是左三八、右四九、中五十、后一六,人们看其如龙似马,就叫它为"龙马"。伏羲氏听说后,特地从他的都城宛丘(今河南省淮阳县)乘桴(小筏子)来孟津观看。他从龙马背上的斑点受到启发,遂发明八卦,开创了我国远古文明。为了纪念伏羲和龙马的伟大功绩,后人将八卦叫做"伏羲八卦",把伏羲驯服龙马的地方叫雷河,把龙马出没的河道叫图河,图河干涸后叫图河故道,还在雷河村旁修建了龙马负图寺。其附近还留有马庄(桩)、八卦台等遗迹。圣人观察天地自然的现象,参悟了天地自然的本质,这个现象就是"文",是天地间一切纷纭万物表现出来的形态;这个本质就是"情",是天地与万物的本质和规律。知晓天地万物的本质和规律后,圣人用卦象把它们显示出来,卦象即是最初的"文"。这里的"文"与"情",已经初步具备了"文以载道"的意味,即用符号记录、承载天地万物的本质和规律。

《管子》中说"至自有道,不务以文胜情",房玄龄注此句："以文胜情，情弥虚也。"这里，"文以载道"的要求和意味更鲜明了，如果"文"比"情"的成分多，那么就是"无道"，是"虚"。《管子·心术上》中说："义者，谓各处其宜也；礼者，因人之情缘义之理而为之节文者也。故礼者，谓有理也，理也者，明分以谕义之意也。故礼出乎义，义出乎理，理因乎宜者也，法者所以同出，不得不然者也。"管仲在这里提出了四个概念"情""礼""义""理"。"礼"是表层，是外部表达；"情"和"义"出于里层，"义"则出于更深层的"理"。"礼"是一种形式，目的是承载所要传达的感情或伦理。

《韩非子·解老第二十》中分段阐释了"礼"与"情""义"、"文"与"质"、"实"与"华"之间的关系："礼者，所以貌情也，群义之文章也，君臣父子之交也，贵贱贤不肖之所以别也。中心怀而不谕，故疾趋卑拜以明之；实心爱而不知，故好言繁辞以信之。礼者，外饰之所以谕内也。故曰：礼以貌情也。凡人之为外物动也，不知其为身之礼也。""礼"为"情"貌，"礼"是"情"的外部显示，同时也是"义"的各种伦理的表达，来规定君与臣、父与子之间交往的方式。"礼"是外饰，是外部形式，是用来表明内心真实情感的。"礼为情貌者也，文为质饰者也。夫君子取情而去貌，好质而恶饰。夫恃貌而论情者，其情恶也；须饰而论质者，其质衰也。何以论之？和氏之璧，不饰以五采；隋侯之珠，不饰以银黄。其质至美，物不足以饰之。夫物之待饰而后行者，其质不美也。"和"礼"与"情"一样，"文"与"质"也是外部形式与内部涵义的关系。并且韩非子提出，如果过分重视外部修饰，那么内涵必定衰弱，就像和氏璧和随侯珠，不用金银色彩来装饰。韩非子突出了"质"的地位，认为"文"不应该喧宾夺主，应该限制在承载、衬托的范围内。

《荀子·礼论篇第十九》："故至备，情文俱尽；其次，情文代胜"；"文理繁，情用省，是礼之隆也。文理省，情用繁，是礼之杀也。文理情用，相为内外表里，并行而杂，是礼之中流也"。和韩非子不同，荀子认为应该"文""情"并重，"文""情"俱备才是最好的，如果只是"文"胜或者"情"胜，那么都算不上好。"文"与"情"内外并行，相映成趣，才是儒家的中庸之道。《淮南鸿烈·缪称训》："文者，所以接物也，情系于中而欲发外者也。以文灭情则失情，以情灭文则失文，文情理通则凤麟极矣。"刘安与荀子的观点相仿，认为"文"是"情"的外发，然而并不是说"文"没有"情"重要，"文"过于"情"或"情"过于"文"都不好，"文"与"情"相互协调才能达到像凤凰与麒麟那样美好珍贵的程度。

《子夏易传·巽下艮上》最先提出了"文"与"质"这对对举概念："古之为治者，以质文相变也，弊而更之之谓也。以质治者，宽而任人，亲而不尊。其弊也，野而不近，纵而难禁，故因其弊而反之以文。以文治者，检而有度，尊而不亲。其弊也，烦而多贼，近而无实，因其弊而更之以质。质文更代，终则有始。如寒暑之谢也。"《子夏易传》里的"文"和"质"还不是文学层面上的"文"和"质"，而是治理国家的模式。"文"是"以文治国"的"文"，指礼乐、法律、制度等，"质"是抛却礼法，用最实质、最原初的方式治理国家。二者都有弊端，"文"太过的话，容易导致繁文缛节，甚至出现一些华而不实的道德之贼。"质"太过的话，容易不雅驯，由于没有等级尊卑而难以控制人的思想。

《春秋繁露·玉杯第二》："志为质，物为文，文著于质，质不居文，文安施质？质文两备，然后其礼成。文质偏行，不得有我尔之名。俱不能备而偏行之，宁有质而无文。虽弗予能礼，尚少善之，介葛庐来是也。有文无质，非直不子，乃少恶之，谓州公寔来是也。"董仲舒也推崇"文""质"并重，强调"文""质"其实是一体，不可截然而分，世界上不存在单独的"文"，也不存在单独的"质"。并且提出，如果"文"和"质"不得不偏重一个，那么应该偏重于"质"。

关于"文"与"质"关系的表述与总结，最著名的恐怕就是《论语》中的"子曰"了："质胜文则野，文胜质则史，文质彬彬，然后君子。"何晏注这几句说:"野如野人,言鄙略也。史者,文多而质少也。彬彬,文质相半之貌也。"孔子明确指出,如果"质"过于"文",那么就会显得粗陋鄙野,如果"文"过于"质",那么就会显得虚华浮夸,"文""质"兼备并且相当,才称得上是君子。

陆机《文赋》首次把"文"和"质"用来描述文学作品:"理扶质以立干,文垂条而结繁……碑披文以相质,诔缠绵而凄怆。""理"指事理,即文章的思想感情,文章有了思想内容就如同树干那样能够树立起来,而文辞(形式)就如同枝条和花果繁生在树干上。钟嵘《诗品》:"东京二百载中,惟有班固《咏史》,质木无文。魏侍中王粲,其源出于李陵。发愀怆之词,文秀而质羸。在曹、刘间别构一体。方陈思不足比魏文有馀。"钟嵘说的"质木无文"就是不够"文垂条而结繁",是说班固的《咏史》太过质朴而缺乏诗歌应有的文采。"文秀而质羸"就是不够"理扶质以立干",是说王粲的赋辞采太过而内涵不足,导致文章的羸弱感。

刘勰在《文心雕龙·情采》篇中专门讨论了文学意义上的"文"与"质"、"情"与"采"、"言"与"志"的关系:"圣贤书辞,总称文章,非采而何?夫水性虚而沦漪结,木体实而花萼振,文附质也。虎豹无文,则鞟同犬羊;犀兕有皮,而色资丹漆,质待文也。若乃综述性灵,敷写器象,镂心鸟迹之中,织辞鱼网之上,其为彪炳,缛采名矣。""夫桃李不言而成蹊,有实存也;男子树兰而不芳,无其情也。夫以草木之微,依情待实;况乎文章,述志为本。言与志反,文岂足征?是以联辞结采,将欲明经,采滥辞诡,则心理愈翳。固知翠纶桂饵,反所以失鱼。言隐荣华,殆谓此也。是以衣锦褧衣,恶文太章;贲象穷白,贵乎反本。夫能设模以位理,拟地以置心,心定而后结音,理正而后摛藻,使文不灭质,博不溺心,正采耀乎朱蓝,间色屏于红紫,乃可谓雕琢其章,彬彬君子矣。""情""质""志",指的都是文章的内容与思想情感,即创作文章所要表达的东西;"采""文""言"都是指文本载体本身,指文章的词句与结构排铺。刘勰首先肯定了创作文章的目的是表达

"情""质""志"，没有这些内里的根本的东西，文辞就无所附着。其次，刘勰强调了"采""文""言"的重要性，如果没有这些，实质性的内涵无法准确表达，也无法吸引读者。最后，刘勰说明要"文""质"并重，既要保证文章"贵乎返本"、以"质"为根本，又要保证文章辞采华美、声律和谐，并且"文"与"质"要相得益彰，哪个都不能因为太过而泯灭另一个，这样才称得上"雕琢其章，彬彬君子"。

最早系统提出文学作品要"明道"的也是刘勰：

　　文之为德也大矣，与天地并生者，何哉？夫玄黄色杂，方圆体分；日月叠璧，以垂丽天之象；山川焕绮，以铺理地之形。此盖道之文也。仰观吐曜，俯察含章，高卑定位，故两仪既生矣。惟人参之，性灵所钟，是谓三才。为五行之秀，实天地之心。心生而言立，言立而文明，自然之道也。傍及万品，动植皆文：龙凤以藻绘呈瑞，虎豹以炳蔚凝姿；云霞雕色，有逾画工之妙；草木贲华，无待锦匠之奇。夫岂外饰，盖自然耳。至于林籁结响，调如竽瑟；泉石激韵，和若球锽。故形立则章成矣，声发则文生矣。夫以无识之物，郁然有彩，有心之器，其无文欤？

　　人文之元，肇自太极，幽赞神明，易象惟先。庖牺画其始，仲尼翼其终。而《乾》《坤》两位，独制《文言》。言之文也，天地之心哉！若乃《河图》孕乎八卦，《洛书》韫乎九畴，玉版金镂之实，丹文绿牒之华，谁其尸之？亦神理而已。

　　自鸟迹代绳，文字始炳。炎皞遗事，纪在《三坟》，而年世渺邈，声采靡追。唐虞文章，则焕乎始盛。元首载歌，既发吟咏之志；益稷陈谟，亦垂敷奏之风。夏后氏兴，业峻鸿绩，九序惟歌，勋德弥缛。逮及商周，文胜其质，《雅》《颂》所被，英华日新。文王患忧，繇辞炳曜，符采复隐，精义坚深。重以公旦多材，振其徽烈，剬诗缉颂，斧藻群言。至夫子继圣，独秀前哲，熔钧六经，必金声而玉振；雕琢性情，组织辞令，木铎启而千里应，席珍流而万世响，写天地之辉光，晓生民之耳目矣。

爰自风姓，暨于孔氏，玄圣创典，素王述训：莫不原道心以敷章，研神理而设教，取象乎河洛，问数乎蓍龟，观天文以极变，察人文以成化；然后能经纬区宇，弥纶彝宪，发辉事业，彪炳辞义。故知道沿圣以垂文，圣因文而明道，旁通而无滞，日用而不匮。易曰："鼓天下之动者存乎辞。"辞之所以能鼓天下者，乃道之文也。

赞曰：道心惟微，神理设教。光采玄圣，炳耀仁孝。龙图献体，龟书呈貌。天文斯观，民胥以效。

圣人根据"天文"创造"人文"，从自然规律中体察人类社会应该遵从的道理，并用文字（符号）记录下来。"道"即道路，是我们顺沿其行走的线路，比喻圣人治国理政该遵循的方法，和我们言行交互应该遵从的规范。圣人以"文"明"道"，即是在载道的前提下进行文学创作，"文"指儒家经典，儒家经典从生活世界、形而上学、习俗道德、行政法律、文学艺术五个领域有机统一，共同构成儒家思想学说体系所要建设的世界秩序。在《原道》这里，"文以载道"的内涵基本已经建立起来了。

最早明确提出"文以载道"这个概念的，是南宋陈埴《木钟集》："自汉以来，号为儒者，之说文以载道，只将经书子史唤作道，其正是钻破故纸，不曾闻道，所以道体流行，天地间虽匜匜都是，自家元不曾领会得，然此事说之亦易，参得者几人，必如周程邵子，胸次洒落，如光风霁月，则见天理流行也。"宋佚名《群书会元截江网·事证》："古者文以载道，夫伏羲之八卦非八卦也，盖天地之机缄，阴阳之蕴奥，胥此焉出。大禹之九畴非九畴也，盖彝伦之本原，皇极之旨要，于此乎见。"南宋周必大《文忠集·程洵尊德性斋小集序》："道有远近，学无止法，不可见其近而自止，必造深远然后有成，此程氏学也，又曰文以载道。"这三则材料虽然没有继续深入探讨"文以载道"的内涵，但是可以看出，"文以载道"已经成为一套内涵基本完善、固定的体系，被用来直接称引或和其他体系作比较。宋代以后，"文以载道"这个概念出现的次数就非常多了。

与"文以载道"相似的其他称谓是"文以明道""文以贯道""文与道一"等，稍有区别但大方向相近。司马光《温国文正公文集·文害》："君子有文以明道，小人有文以发身，夫变白以为黑，转南以为北，非小人有文者孰能之？"王应麟《玉海卷五十五艺文·著书杂著》："古之君子，立言以明道，修辞以成文，文以贯道，斯不朽矣。"姚勉《雪坡舍人集·跋林平父文集》："今世诗人文士不多得，能文者少，能诗者少，能文如平父真亦难得。虽然文章不必过奇，古之人诗以礼义为止、文以贯道为器也。"元许有壬《圭塘小稿·题欧阳文忠公告》："文与道一而天下之治盛，文与道二而天下之教衰。"清蔡世远《二希堂文集·薛敬轩先生文集序》："古之人文与道合而为一，今之人文与道离而为二。合二为一者，本之躬以立言，发乎迩见乎远；离而为二者，驰骋以为工，靡富以为博，飢骸险僻，使人以为割断难句，以为此真古文也，不知其离乎道也远矣。"

在"文以载道"之外，还有"文以害道"的观点。周兴陆在《文道关系论之古今演变》中说，传统文论的"文道论"，是指"文章"与道的关系，而非近人所谓的"文学"，文道关系主要有明道、载道、害道三种形态。理学和心学对作文主体有不同的规定，前者主张以道理、学力控御才气；后者重视作家的本色，强调作者的超然自得。文道分离论忽隐忽现地存在于历史之中，至晚清逐渐汇聚成一股重要的力量，与近代"纯文学"论融汇，导致传统"文以载道"论的解体；但是它并没有消失，而是被不断重释，"文以载道"在现代文学批评史上依然存在。但"文以载道"原本所具有的重道轻文色彩弱化了，现代的"文以载道"论一般没有放弃文学本位立场。这是对传统文学理论观念的新阐发，是传统文学理论在近现代的新发展。[1]

---

[1] 周兴陆：《文道关系论之古今演变》，《南京社会科学》2017年第2期。

如程颢、程颐《二程遗书》中说："问作文害道否？曰害也。凡为文不专意则不工，若专意则志局于此，又安能与天地同其大也。《书》曰：'玩物丧志'，为文亦玩物也。吕与叔有诗云：'学如元凯方成癖，文似相如始类俳。独立孔门无一事，只输颜氏得心斋。'此诗甚好。古之学者惟务养情性，其他则不学。今为文者专务章句，悦人耳目；既务悦人，非俳优而何。曰：人见六经便以为圣人亦作文，不知圣人只摅发胸中所蕴自成文耳。所谓'有德者必有言'也。曰：游夏称文学，何也？曰：游夏亦何常秉笔学为词章也。且如'观乎天文以察时变，观乎人文以化成天下'，此岂词章之文也！"

第二章

儒家的"道"和构建道统的方式

　　儒家思想学说是中国古代社会的主流意识形态，也是中国古代"人文化成"社会管理模式（文治模式）的理论基础，其有严密的逻辑论证和科学的研究建构方法为支撑，有涉及社会各个领域的具体理论内容，兼顾了理论的说服成分及与实践的互成关系，是我国古代成熟完善的政治社会学说体系和权力话语体系。儒家称建构其思想学说体系的方式、过程与内容为"名物"，其以"天人合一"为预设前提和服从动机、以价值中立为研究态度、以理性思辨为精神活动模式、以伦理价值评判标准为建构准则、以理性契约为实质的社会秩序为建构目的与核心、以"述而不作"为建构的话语呈现方式。六经等儒家经典从生活世界、形而上学、习俗道德、行政法律、文学艺术五个领域统一于这套秩序体系。知识分子通过学者身份构建、管理者身份执行、教育者身份推广，使该体系在社会管理范畴得以确立并运行两千余年，实现了古代中国由暴力混乱的原始社会向理性有序的文明社会的转型，推动中华民族物质文明、精神文明蓬勃灿烂发展。儒家也因此掌握了政治话语权，这套政治社会学说体系亦即儒家的权力话语体系。儒家思想学说体系建立、发展过程中的经验和问题，可以为当今全球化处境中的民族国家构建世界秩序与掌握话语权及全人类制度探索提供理论与方法借鉴。

第一节　什么是儒家的道

一、名物与秩序

董仲舒《深察名号》篇说：

　　察实以为名，无教之时，性何遽若是。故性比于禾，善比于米。米出禾中，而禾未可全为米也。善出性中，而性未可全为善也。……万民之性苟已善，则王者受命尚何任也？其设名不正，故弃重任而违大命，非法言也。《春秋》之辞，内事之待外者，从外言之。今万民之性，待外教然后能善，善当与教，不当与性。[①]

　　这段话的大意是，人性中有善有恶，王的职责之一，是通过设名来教化民众，把他们本性中的善引导出来。如果设名不正，教化、引导的效果就不能达成，王就违背了大道赋予他的职责。设名不正，即概念与理论的创造与阐释不符合伦理价值评判标准，没有正确或明确地指定或区分什么是善、什么是恶。可见，儒家建构的政治社会学说体系是以引导人们向善为标的的。

　　然而，引导人们向善不是最终目的，它是达成社会管理效果的一条途径或一个环节，如前文所说，教育的目的是消除群体性约束与个体性伸张之间的抗力，每个人克制自己的欲望和冲动，社会就能维持稳定的秩序。名物的目的是使社会维持稳定的秩序，名物行为的核心是建立一套能够使社会稳定运行的秩序体系，或者说，名物的一切原则、方法与内容都是围绕构建秩序体系展开的。秩序，是儒家追求的终极社会理想形态，是其社会管理理念的核心与实质，儒家一切范畴、场域、视角中的言论、行为都指向这个目标，如"仁者爱人""不争""克己复礼"，都是为了通过约束人的思想与言行促进

---

①　董仲舒：《春秋繁露》，上海古籍出版社1989年版，第61—62页。

社会稳定秩序的达成。马克斯·韦伯在《儒教与道教》中说：

> 儒教，就像佛教一样，只不过是一种伦理，即道（Tao），
> 相当于印度的"法"（Dhamma，又译达摩）。不过，与佛教形
> 成强烈对比的是，儒教纯粹是俗世内部的（innerweltlich）一种俗
> 人道德（Laiensittlichkeit）。与佛教形式更加鲜明的对比是，儒教
> 所要求的是对俗世及其秩序与习俗的适应，归根结底，它只不过
> 是为受过教育的世人确立政治准则与社会礼仪的一部大法典。①

马克斯·韦伯虽然对儒家核心思想的理解有失褊狭，但其突出
儒家核心思想是"伦理"这点是恰当的。"伦"的本义是同类事物聚
集在一起，《说文》释"伦"为"辈也"，《康熙字典》释《书·洪
范》"彝伦攸叙"之"伦"为"又类也"②。事物聚集在一起相互作
用，必然会有先后的次序，于是"伦"就衍生出次序的含义，《逸
周书》"悌乃知序，序乃伦"③，明确解释"伦"就是"序"，并且
这个序是由"悌"即人与人之间的友爱达成的。韦伯在后文进一步说
明，儒家要求的是俗世的秩序与习俗，为了达成这一要求，就为受教
育的人确立政治准则与社会礼仪这些法典。

又前文所言，儒家信奉"天道"，根据"天道"构建"人道"，
"道"即道路，是我们顺沿其行走的线路，其比喻指称的抽象所指即
我们的言行活动应该遵循的规范。儒家认为，天道就是秩序，《论
语·阳货》记孔子言："天何言哉？四时行焉，百物生焉，天何言
哉？"天地以本然状态存在，不施加任何主观的干预，春、夏、秋、
冬四个季节就按秩序交替，世间万物也按四时的交替生、长、衰、

---

① 马克斯·韦伯著，洪天富译：《儒教与道教》，江苏人民出版社2010年
版，第161页。

② 汉语大词典编纂处整理：《康熙字典：标点整理本》，汉语大词典出版
社2002年版，第33页。

③ 孔晁：《逸周书》，商务印书馆1937年版，第73页。

亡。世间的秩序是本然的，是一切本然存在的事物本然依循的，因此人类社会的运行也要依循这种秩序。无疑，这种秩序是符合中国社会现实发展需要的。雷蒙·阿隆在《社会学主要思潮》中阐释、完善孟德斯鸠关于社会幅员与政体关系的理论说："一个幅员辽阔的帝国，是以统治帝国的人拥有专制权力为前提的"；"社会的幅员与政体的类型是天然协调一致的"；"我倾向于相信该书作者所说的一国的总精神就是美国人类学家所说的一国的文化，即某种生活方式和共同关系的形式"；"制度只有当人民具有它所需要的情感时才能维持，而国家的总精神最能保持在此项制度期间所不可缺少的这种情感和原则"。

以孟德斯鸠为代表的社会学家认为，如果一个国家的疆域超过一定限度，那么必然在此基础之上形成专制主义的国家。另外一些社会学家则认为专制主义在人性和道德上是不好的，因而刻意避免这种说法。①无论主观意愿上承认与否，中国古代这片辽阔疆域上形成中央集权的大一统专制政体是客观事实。

首先，我国地形西高东低，虽然山脉河流众多，但没有绝对隔绝屏障性质的地形地貌，于地理环境上是统一整体的。其次，距今数千年甚至上万年前，我国各地居住的先民就进行频繁的往来，经过炎帝、黄帝、蚩尤等部落之间的战争与融合，形成血脉相融、不可分割的中华民族，从民族的角度来说，我们的人群性质是统一整体的。地域的统一和民族的统一自然决定建立在土地和人群基础之上的政体的统一。要使一个地域广阔、人口众多的统一体很好地发展，就要确保局部与局部、个体与个体之间不混乱，那就需要一套可以统一协调全部地域和全部人群的制度与秩序。可以说，中央集权是能够统摄、管理庞大地域和庞大人群的最强有力、最有效的制度，这个制度是秩序的一部分，集权中央又是推行、落实、维护整体秩序的必不可少的协

① 参见雷蒙·阿隆著，葛秉宁译：《社会学主要思潮》，上海译文出版社2015年版，第11、28页。

调者和施行核心。再次，中央集权制度与统一有序的秩序体系也是我国古代经济基础的要求。我国地处温带气候区，多大河冲积平原，土壤性质宜耕，农耕是当时最主要的经济生产方式。农业要求长期稳定的外部环境，没有外力干扰打乱严格按照时令进行的耕作环节，并且有充足的劳动力以农民而非兵、徭的身份作业于土地。保持外部环境稳定与充足劳动力的最有效方式就是建立一套以理性协商为实质的秩序，所有人按秩序进行生产与分配，以和平协商而非暴力争斗解决矛盾，避免冲突与战争，从而确保农业生产。最后，农业这种生产方式本身就带有强烈的秩序感，农耕中的每一个环节都要严格按照时令进行，稍有偏差就可能影响一整年的收成，这种生产方式上的对秩序的不可违背感决定了人思维方式上的对秩序的依赖与遵从。儒家思想脱胎于先周的社会管理理念，周以农耕闻名，周的社会管理理念就是农业社会的管理理念，因此，儒家天然与农业生产方式有着血脉联系。这也是儒家意识形态统治中国近两千年主流政治社会意识形态的原因，儒家思想既是农业社会的天然生成，又是农业社会的发展保障。大一统与秩序感就是中国人的制度情感、原则与总精神。

二、儒家秩序观

儒家迅速突起于"礼崩乐坏"的东周时期，其时部分人随着力量增强不再满足于原有的阶层划分和材料分配，于是以武力打破原有格局，管仲称其为"以力相征"。武力强大的人肆意掠夺弱小的人，弱者的生命和财产安全没有保障，造成社会混乱和人身心上的痛苦。同时，力量总是此消彼长的，新的壮大阶层仍会不满于旧的材料分配，会继续以武力去争夺，周而复始，形成一种恶性循环。于是，儒家就探索出一套秩序体系。在这套秩序体系中，每一个人都有相应的社会职能、分配定制与言行规范，所有人都按照既定线路去履行，就不再有冲突和混乱。管仲说"智者假众力以禁强虐"，最先意识到应该以文明取代野蛮的人是智者，他们凭借大多数人的力量制止强力的掠夺者，让大家以理性的语言协商取代非理性的肢体冲突成为解决问题的主要方式。这些协商达成的共识就是契约，方方面面的契约整合起来就构成秩序。大到经济基础与上层建筑之间的适应、协调，中到国家机构与法律行政的制定、运行，小到社会习俗与日常惯例的约定、监督；宏观到阶层与阶层之间的协作联系与矛盾冲突，微观到个人与个人之间的礼节往来与言谈举止。儒家一方面整合已有的约定俗成的契约，另一方面为不具备协商条件的领域或群体之间制定契约，以协调者的身份建构起一套庞大、精密、深入社会方方面面的秩序。

这种秩序得以确立的服从动机，除了前文所提"本然"、幅员与人口、经济基础的支持外，还有非常重要的一点：公平。公平是人们接受协调者进行协调的前提。虽然儒家建立的这套秩序有阶级等差，人们的地位看似不平等，但秩序对每一个人的要求是一样的，每一个人都要履行、遵守秩序身份赋予他的职责义务与言行规范。即便是天子，也不能为所欲为，他同样要克制自己的欲望，小心翼翼地出言与行动，兢兢业业地完成统筹管理的任务。于这一点上，秩序对所有人的要求是公平的，没有人可以获得额外的不履行职责或不遵守规范的特权，所以这套秩序才得到公认，人们才甘心进入到这套秩序体系中接受它的支配与调节。可以说，儒家不代表任何一个阶层，它是立足于所有阶层、所有民众的利益，以维护每一个人的正当权益而努力。

第二节　儒家构建道统的方式

儒家思想学说是中国古代社会的主流意识形态，也是中国古代"人文化成"社会管理模式（文治模式）的理论基础。儒家思想学说的核心是构建一套关于政治制度与社会管理的学说体系，其一切政治、社会、教育、哲学、文学、艺术等方面的论说都是围绕这个核心展开的，或者说，其一切思考与探索都是为了达成其理想中的政治社会管理效果。儒家思想学说体系就是儒家的政治社会学说体系。

儒家自己称这套体系建立的方式、过程与内容为"名物"，其有严密的逻辑论证体系和科学的研究建构方法为支撑，目的与核心是建立一套维持社会良性运转的制度与秩序，六经等儒家经典于生活世界、形而上学、习俗道德、行政法律、文学艺术等领域有机统一，共同构成这套体系，同时兼顾了理论的说服成分及与实践的互成关系。可以说，儒家思想学说体系是严谨、统一、庞大、精密、公信、实用的。儒家为中国构建了一套以理性契约为实质的秩序制度，理性协商取代暴力冲突成为解决分配问题及其他争端的主要方式，又在某种程度上抑制了"人治"与"专权、滥权"等政治权力自发的衍生行为。这套制度支撑古代中国顺利从暴力混乱的野蛮社会转变为理性有序的文明社会，并有效推动以农业为核心的经济基础的稳定发展，促进各个门类文化艺术的大繁荣，使中华民族生生不息、辉煌灿烂。

同时，儒生即知识分子通过学者、管理者、教育者三种身份下的三条路径将这套政治社会学说落实到社会管理当中，掌握了政治话语权，因此，这套思想学说体系同时也是儒家的权力话语体系。在世界一体化发展与中国迅速崛起的今天，秩序制度与话语体系尤为时代与国家的突出需求，儒家的秩序制度与建设经验可以为我们当今内部秩序乃至世界秩序的完善与构建提供理论给养与方法借鉴，话语体系的建立更是我国在对外交互关系中避免被动地位的重要保障。

我们研究儒家学说体系应该将其放入史学视域中去考察，将学说、制度、史料三者结合起来，以便区分哪些是行之有效的经验借鉴，哪些是应该规避的问题警示。对当今话语体系的建构，我们一方面要立足传统了解自身、获得给养，另一方面要客观审视他人话语体系，学习优秀成果。相信经过我们的共同努力，制度与话语体系的建设会更加完善。

一、名物、儒学体系、政治社会学说三种概念的对接

儒家自觉将思想学说体系建构的方式、过程与内容表述为名物、正名、刑（形）名、名实等概念。先秦时期，关于名与实的探讨是一种广泛而热烈的现象，儒、墨、道、法等诸家都从自己的学说体系出发阐释名实关系，这其中既有语言学、逻辑学、知识论维度的，又有

政治学、伦理学维度的。①儒家名物学侧重建构生活世界，属于知识
论维度，这其中又包含制度与伦理建设的政治学、伦理学维度；正
名、刑（形）名学则侧重对制度、法律的探索，属于政治学维度；对
名实关系的辩证属于语言学和逻辑学维度。然而，无论知识论、政治
学还是逻辑学，都统摄于儒家对社会秩序体系的建构中，知识论是该
体系的构成肌理，政治学与伦理学是体系运转的规则，逻辑学与语言
学则是体系建构与呈现的方式。儒家思想学说体系的性质定位、方法
原则、目的核心、内容架构等都包含在对这些概念的阐释中，要研究儒
家这套思想学说体系，就必须以这些概念为切口，或者说必须以这些概
念为替代研究对象。由于儒家建构这套体系的最主要途径是名物学，规
模最庞大的也是名物学，所以文章为了行文简洁，在需要统称名物、正
名、刑（形）名、名实等概念时，一律使用"名物"来代称。

　　儒家为何称其思想学说体系的建构为名物，其学说建构暨名物行
为为何能达成社会管理效果，为什么我们说儒家一切思想学说都是围
绕其政治社会目的展开的，下面就选取三则材料先做一个简单说明，
以便后文详细论证顺理成章地展开。

　　《论语·子路第十三》记：

　　　　子路曰："卫君待子为政，子将奚先？"子曰："必也正
名乎！"子路曰："有是哉，子之迂也！奚其正？"子曰："野
哉，由也！君子于其所不知，盖阙如也。名不正则言不顺，言不
顺则事不成，事不成则礼乐不兴，礼乐不兴则刑罚不中，刑罚不
中，则民无所措手足。故君子名之必可言也，言之必可行也。君
子于其言，无所苟而已矣。"②

　　①　曹峰：《作为一种政治思想的"形名"论、"正名"论、"名实"
论》，《社会科学》2015年第12期。

　　②　杨树达：《论语疏证》，上海古籍出版社2006年版，第303—305页。

子路问孔子，如果卫君使他为政，最先要做的是什么，孔子回答正名。子路讥笑孔子"迂"，认为正名是没有实际意义的套路与形式。孔子评价子路这种观点"野"，野就是直白浅露、追求立竿见影的行动效果，而缺乏能产生更广大、更深远影响的思考与行为。孔子解释，（职官、制度等的）命名准确，由此传达出的命令才合理、清晰、顺畅。命令合理、清晰、顺畅，人们才能准确地把握，命令所要实现的效果才能达成。命令效果能够达成，所提倡的礼乐就能在社会范围内推广、兴盛，礼乐软化了群体与个体之间的矛盾阻力，法律与行政体系才得以建立、运行。孔子所说的正名是职官、制度、法律、政令等行政相关事务的建设，这些事务的建设同时就伴随着概念的建设，或者说，概念区分、制定的过程就是相关内涵辨析、创建的过程。孔子统称这些制定概念的行为为"正名"，正名是国家机器运行与社会管理的第一步。

《管子·君臣下第三十一》记：

> 古者未有君臣上下之别，未有夫妇妃匹之合，兽处群居，以力相征。于是智者诈愚，强者凌弱，老幼孤独不得其所。故智者假众力以禁强虐，而暴人止。为民兴利除害，正民之德，而民师之。是故道术德行，出于贤人。其从义理兆形于民心，则民反道矣。名物处，违是非之分，则赏罚行矣。上下设，民生体，而国都立矣。是故国之所以为国者，民体以为国；君之所以为君者，赏罚以为君。[①]

管仲认为，上古时期，没有君臣的政治纲常，也没有夫妻的社会伦理，人们像野兽一样混乱地居住在一起，以暴力方式相互攻击、争夺。后来，智者依靠大多数人的力量阻止暴虐的人和行为，用义理教

---

① 房玄龄注，刘绩补注，刘晓艺校点：《管子》，上海古籍出版社2015年版，第209页。

化人心，民众的言行才符合"道"。"民反（返）道"就是"人文化成"，用理性的人文精神教化民众，从而使社会由野蛮进入文明，实现"人文化成"的核心步骤是"道术德行，出于贤人，其从义理兆形于民心"。"道术德行，出于贤人"是有思辨能力的人通过思考得出社会运行应该依循的准则是"道术德行"，然后用语言将这些思考表述出来，完成概念与准则的创建。在这段话的语境中，"道术德行"就是"义理"，同时也是下文所说的"名物处，违是非之分"。名物处，是贤人（智者）辨析、区分事物性质与命名的过程，在这一过程中，就包含了对判断是非标准的确立，是非标准可以称作"义理"。贤人（智者）通过教育、说服，使民众从内心理解、接受此标准，这就使由外而内的强制与规训转变为由内而外的自发的道德情感。于是，法律与行政就能够顺利实施，有上下之分的伦理秩序与国家机器也建立、运行起来。在管仲这里，"名物"脱离开行政相关事务建设的"正名"内涵，扩大到对"道术德行""义理""是非之分"探索的层面，也就是说，进入探索社会运行准则的层面。

董仲舒《深察名号》与《实性》篇：

> 治天下之端，在审辨大。辨大之端，在深察名号。[1]

> 且名者，性之实；实者，性之质也。质无教之时，何遽能善？……王教在性外，而性不得不遂。故曰：性有善质，而未能为善也，岂敢美辞，其实然也。……性者，天质之朴也；善者，王教之化也。无其质，则王教不能化；无其王教，则质朴不能善。质而不以善性，其名不正，故不受也。[2]

董仲舒说，治理天下的开端在审辨世间的大道，审辨大道的开端

---

① 董仲舒：《春秋繁露》，上海古籍出版社1989年版，第59页。
② 董仲舒：《春秋繁露》，上海古籍出版社1989年版，第62—63页。

在深入考察事物的名号。事物的名号反映了事物本身的性质，圣人名物的过程是辨析事物性质的过程，后人考察名号是从名号入手反推圣人对事物的定性，再通过这些定性把握普遍性的道。董仲舒把"道—（性/实）—名"这条脉络清晰地勾勒出来，道蕴含在事物的性质中，事物的性质表现出来的形态是实，根据实给事物制定的称谓是名。通过事物表现出来的形态去把握事物的性质，然后制定称谓，这是给具体事物命名的过程。进一步透过事物性质认知大道，然后给大道制定称谓，这就是对世界本质及运行规律探索、认知的层面。《深察名号》与《实性篇》的核心内容是"治天下"和"王教之化"，他关于名号与大道之间的形而上的阐释最终落点到政治与社会管理的层面。董仲舒认为，人的性质天然不是全善的，只有通过"王教"即圣人的教化，善的一面才会显现出来（"王"和"圣人"均指具有知识分子身份的管理者）。圣人依照自然物理和社会现实诉求区分是非善恶，确立伦理价值评判标准，用这个标准约束人性中恶的一面，引导人性中善的一面，亦即前文所说，通过教育，使由外而内的强制与规训转变为由内而外的自发的道德情感。树立正确的伦理价值评判标准就是"审辨大"道与制定"名号"的过程，人类社会的言行规范是根据自然界事物的运行规律制定出来的。

可以看出，儒家建设行政相关事务、制定社会运行准则、探索世界本质规律等三个基本层面的思辨、称谓创建、内涵阐释等都表述为与"名"相关的概念。春秋战国时期是社会向大一统封建社会转型的时期，也是我国历史上一次对制度的大探索、大创建时期，先秦诸子的学说与论争大多围绕我们应该建立一种怎样的社会形态与政治制度展开。对抽象概念范畴的职官制度、道德习俗、哲学思辨等内容的创建首先表现为对概念的表述，对概念的表述即类似于对具象事物的命名，所以先秦时期的思想家们称概念与理论的创建为"名物"。这也是春秋战国时期各家"名学"繁荣热烈的原因，因为关于"名"的讨论背后，是历史与时代催生下的关于社会政治形态的讨论。

名物体系、儒学体系、政治社会学说体系以及后文要提到的秩序制度体系、权力话语体系五个概念于内涵上基本等同，都是从不同维度对儒家这套体系进行的指称。儒家关于自己思想学说体系的阐释是围绕名物这个概念展开，而文章基于现代学术规范与习惯要求也要使用后四种概念，所以须向读者声明的是，文章对名物概念的研究，就包含对其他四种概念的研究，文章对某一概念的阐释，也包含对另外几个概念的阐释。

二、儒学体系建构的方法原则

儒家思想学说是一套完整的体系，它既有严密的环环相扣的内在逻辑，又有严格的研究与建构的方法原则要求，其一切概念与理论都紧紧围绕一个核心展开，这些概念和理论又深入到各个领域和范畴，同时还兼顾了理论的说服成分和与实践的互成关系。儒家这套体系建构的方法原则与目的核心是：以"天人合一"为学说成立的预设前提与服从动机，以客观严谨与价值中立为面对"本然"的研究态度，以理性思辨为研究与建构的精神活动模式，以伦理价值评判标准为面对"应然"的建构准则，以建构一套理性契约为实质的社会秩序为目的与核心，以"述而不作"为建构的话语呈现方式。

儒学体系的建立过程，是根据从生活世界中提炼出的具有普遍意义的运行之道建构人类社会的运行之道，从辨析到建构充满逻辑思辨色彩，是一张沿线性主干展开的逻辑思维网。一切逻辑虽然进入其内部是合理的，但逻辑起点或者预设前提是强行赋予的，它很难被论证确认，具有一定的"强迫性"和"无理性"。如，《圣经》中关于男女起源的描述是上帝创造了男性亚当，然后抽出亚当的一根肋骨创造女性夏娃，因此女性天然对男性具有附属性，也因此女性在地位、智慧、品行等方面比男性低下。如果我们接受了女性是用男性肋骨创造的这一预设前提，那么后面的推导完全成立，但问题是这个预设前提是无法被论证成立的，如果我们将预设前提改为男性是用女性的一根肋骨创造的，那么后面所有推导就不成立了。又比如，在自然科学领域，"1+1=2"是构建整个数学世界的根基，如果我们不能证明为什么"1+1=2"，那么整个数学世界就不能成立。同样，儒家这套逻辑体系是根据从生活世界中提炼出的具有普遍意义的运行之道建构人类社会的运行之道，其预设前提是生活世界之道与人类社会之道具有对应关系，也就是"天人合一"。只有当"天"和"人"合一时、人类社会和生活世界同一时，这套创建逻辑才能够成立。然而，无论是自然科学领域的"1+1=2"，还是社会科学领域的"天人合一"，迄今为止都还没有人能够证明出来，逻辑的论证方法不能够论证其自身的合理性，这不禁让人思考人类的逻辑是否可靠或者只在部分条件或范围内可靠。

回到我们的文章，儒家将自己的逻辑建构起点放在"天人合一"上，这一方面出于我们对世界和人类本身的思考，认为人是世界的一部分，人类社会也是生活世界的一部分；另一方面则是增强理论的可信度与说服力的需要。要让民众接受这套理论，理论自身就必须具备让民众接受的理由，这个理由就是自愿服从动机。马克斯·韦伯将自愿服从作为"命令—服从"这对关系得以成立的支撑，他说：

> 在这种命令—服从关系里，可以有各种不同的服从动机，有的出于习惯（子女对父母），有的出于对利益的权衡（雇工对雇主），也有的出于情感（恋人之间），还有的出于理想（宗教中教徒对教主、政治运动中群众对领袖）等。因此，每一种真正的统治形式中都包含有最起码的自愿服从的成分。[①]

就如前文所说，民众接受教化，将伦理价值评判标准内化为自发的道德情感，才能有效消除群体性约束与个体性伸张之间的抗力，从而顺利达成社会管理效果，同样，民众只有自愿服从，管理才可能真正实现。儒家将这种自愿服从的动机放到"天"上，"天人合一"，用天道来作为人理的支撑，董仲舒在《深察名号》篇中说：

[①]　转引自苏国勋：《理性化及其限制——韦伯思想引论》，上海人民出版社1988年版，第189页。

> 名者，大理之首章也。录其首章之意，以窥其中之事，则是非可知，逆顺自著，其几通于天地矣。是非之正，取之逆顺，逆顺之正，取之名号，名号之正，取之天地，天地为名号之大义也。①

名号包含了对事物性质、职能与规范的规定，名号来源于天地，即根据天地的大义（道）规定事物应有的职能与规范，《老子》说"人法地，地法天，天法道，道法自然"，"天地"和"自然"就这两种文本语境来说，是同一种所指，即世间万物本来的样子，我们可以称其为"本然"。"本然"是儒家让民众接受名物体系的自愿服从动机，无疑，这个动机是最本源、最不容置疑、最具权威性与公信力的。世间一切本来就是这个样子，自鸿蒙太初至宇宙无边无际都是这个样子，这是世间一切事物和道理的本来面目，不需要再去怀疑辩证。客观现实就是最不能反抗、不可变易的东西，比习惯、利益、情感、理想等动机都要扎实、稳定。儒家一切理论、理念的起点都是可以真实把握的客观存在，他们不相信虚无缥缈的神秘力量，他们信奉"天道"，天道是明白显著的，它客观存在在那里、亘古不变，只要你通过正确的观察与思考途径就能把握它，你通过使自己的言行符合它的规律就能按部就班地生存并有效规避伤害。在约定俗成的文化传统中，儒、释、道三家特点被概括描述为"正、清、和"，儒家"正"，就是因为他们不相信、不畏惧一切不合世间本然规律与道理的邪恶力量，在他们的观念中，依循本然的规律，人就能和天合而为一，天就是自己的依据与支持，自己就是天的一部分，一切不合天道的怪、力、乱、神都要在自己面前退让。这是多么令人欣羡的不可动摇的自信与勇气。

要准确把握"本然"的实际样貌与客观规律，就要秉持客观严谨与价值中立的观察、研究态度。在涉及名物的态度问题时，孔子说

---

① 董仲舒：《春秋繁露》，上海古籍出版社1989年版，第59页。

"君子于其言，无所苟而已矣"，董仲舒说"圣人于言，无所苟而已矣"，特别强调君子或圣人在名物时要一丝不苟。董仲舒在《深察名号》篇中阐释真与名的关系："名生于真，非其真，弗以为名。名者，圣人之所以真物也。名之为言真也。"[①]对事物的命名一定要严格遵从事物自身的真实状况，不能想当然地随意阐发。

在董仲舒关于"顺逆"与"是非"的概念区分中，我们可以看出，当时儒家已经自觉区分价值中立的科学性研究与价值非中立的伦理性创建了。"是非之正，取之逆顺，逆顺之正，取之名号，名号之正，取之天地"，根据事物的本然命名，命名过程是辨析事物性质、位置、职能的过程，事物的性质、位置、职能辨析清楚了，其遵循的规律与轨范就明确出来。事物遵循这些规律和轨范就是"顺"，不遵循就是"逆"。"顺逆"是一对自然范畴下的概念，不具备价值评判色彩，具有朴素的科学研究性质。由自然物理（客观世界本然的性质规律）对应导出社会伦理，"顺逆"对应导出的概念是"是非"，遵循伦理即"是"，不遵循即"非"，"是非"具备伦理与道德的价值评判与主观引导色彩。可以说，儒家政治社会学说虽然具有鲜明的价值非中立的伦理创建性质，但其已自觉区分、保持其学说导出来源的面对自然物理研究的价值中立性与科学性。

与此同时，名物考察、研究、创建的精神活动模式是理性思辨，而非感性体悟。以往人们对中国古代哲学思想有种错误认知，认为其重体悟、轻思辨，重整体意象的形象表达、轻内在逻辑的抽象论证，而事实恰恰相反。就像不相信一切神秘力量一样，儒家也排斥不以理性思辨为前提的、没有客观依据与思维理路的盲目体悟。儒家的"天道"不是用心、用意念去体悟，而是用大脑、用逻辑去辩证，在不断深入的探求与频繁激烈的交锋中抓住事物的本质与核心。"其从义理兆形于民心"，"辨大之端，在深察名号"，"别物之理，以正其名"，反复强调"义理""辨""别""理"，就是在说明名物的精

---

① 董仲舒：《春秋繁露》，上海古籍出版社1989年版，第60页。

神活动模式一定要是理路清晰、逻辑严密的辩证。宋儒所说"格物致知"也是通过"苦思冥想"，即严格深入的理性思辨把握事物的性质，甚而宋儒直接称自己的学说为理学，亦可见一斑。

考察、辨析之后，要把所得事物的性质、位置、职能、规律用抽象的概念或语言表达出来，既包括本然的自然范畴内的客观中立性描述，又包括应然的伦理范畴内的主观倾向性创造，既包括给事物指定一个统括这些涵义的名称，又包括对这些涵义本身的系统性的阐释，这就是名物行为中概念与理论的创造与阐释。考察、辨析要遵循价值中立的科学性研究原则，创造与阐释则要遵循价值非中立的伦理性建构准则。虽然伦理价值评判标准源于对自然的考察、辨析中得出的物理，社会伦理与自然物理相对应、相符合，如"是非"与"顺逆"相对应、相符合，但建构者的价值立场与态度是不同的，这其中包含鲜明的引导倾向。

三、六经等儒家经典统一构成儒学所要建立的秩序体系

我们首先要做两个范围的界定。第一，儒家经典不独六经，六经之外的十三经及其他著述都是儒家思想学说的构成内容，都是围绕建立一套秩序制度展开的论说。文章选取六经是因为这六部的编定及官方地位认证最早，最具代表性，避免叠床架屋之嫌。第二，六经不是截然而分各自独立的，它们在内容与关涉领域上有交叉，文章为了使论证鲜明简洁，选取每一经最突出的方面进行相关领域的阐述，并不是说一经只关涉一个领域。

六经分别从生活世界、形而上学、习俗道德、行政法律、文学艺术五个领域有机统一、共同构成儒家思想学说体系所要建设的秩序体系。

生活世界指人们生活的外部客观世界及其中的所有人和事物，人和事物指无社会身份的自然状态下的人和事物，事物既包括自然存在的，又包括人为创造的。这个生活世界是客观独立于人的主观世界之外的。构建秩序体系的第一步，是将生活世界中所有人和事物纳入认知的视野，了解其属性、功能，使其成为可以掌控的个体；然后将

这些个体按照属性或功能编入一套有机统一的整体中，每一个体都获得了其原有属性和功能之外的服务于这个有机统一体的新的身份和职能。儒家称这个新的身份为"位"，称这个新的职能为"政"。在其位谋其政，因为有机统一体中的每一个位置都不是独立的，都承担着支撑体系运转的某项职能，事物被放入该位置的一刻起，这项职能要求就立即生效，同时也有其必须遵守的行为规范。不在其位不谋其政，因为每项职能都有专属位置承担，某一位置上的事物越位去干预另一位置的职能，就造成了失衡与混乱。同样，如果事物本身的属性与其被放置的位置、被赋予的职能不符，也会影响整体运行的效果。所以，判断事物本身的属性与功能，将其放入与其属性、功能相符的位置上，是名物的第一步，也是秩序建立的前提与基础。或者说，有机统一整体运行的基本秩序就包含在对事物的位置编订中。鲍曼在《对秩序的追求》中说：

> 为了避开混乱，"格网"式的分类统治成为现代性追求的目标。……在对秩序寻求的过程中，分类学、类别系统、清点目录、分类目录和统计学成为至高无上的实践策略。[1]

所以，儒家经典对世间万物作了全面而细致的命名、描摹、分类。《诗经》中有大量的关于自然事物的描摹，孔子说"小子何莫学夫《诗》……多识于鸟兽草木之名"，这种描摹创作出于两种需求与动机。一是掌握其属性、功能，将其作为生存、生活的物质材料，王充《论衡·超奇篇》说"入山见木长短，无所不知，入野见草大小，无所不识，然而不能伐木以作室屋、采草以和方药，此知草木所不能用也"[2]，可见"知识"的目的是"用"，给自然事物命名、

---

[1] 齐格蒙·鲍曼：《对秩序的追求》，《南京大学学报》1999年第3期。

[2] 王充著，张宗祥校注：《论衡校注》，上海古籍出版社2010年版，第278页。

了解性质、划分种属是为了将它们运用于现实生活当中。二是将自然世界作为人类社会模仿的对象，或说以自然界的构成、运行为人类社会构成、运行的参考来源。如张华注《禽经》"寀寮雝雝，鸿仪鹭序"说："鸿雁属，大曰鸿、小曰雁，飞有行列也；鹭，白鹭也，小不逾大、飞有次序，百官缙绅之象；诗以振鹭比百寮，雍容喻朝美；《易》曰'鸿渐于干于盘，圣人皆以鸿鹭之群拟官师也'。"张华认为，鸿雁飞行时排列的仪仗队列和白鹭飞行时遵从的大小次序，都可以作为百官缙绅的象征与比拟，《诗经》中以群飞的白鹭比喻百官、以鹭群的盛大有序比喻百官朝聚时的盛大有序，《周易》中以鸿雁的起飞比拟仕途升迁或贤人进阶。不独以鸟类比拟百官，在我国上古职官制度建立的初期，就存在用鸟名作职官名的现象，这其实是在以鸟类种群秩序为蓝本构建人类种群的秩序。《左传·昭公十七年》记载郯子描述少昊之国的官制：

> 我高祖少皞挚之立也，凤鸟适至，故纪于鸟，为鸟师而鸟名；凤鸟氏，历正也；玄鸟氏，司分者也；伯赵氏，司至者也；青鸟氏，司启者也；丹鸟氏，司闭者也。祝鸠氏，司徒也；鴡鸠氏，司马也；鸤鸠氏，司空也；爽鸠氏，司寇也；鹘鸠氏，司事也。五鸠，鸠民者也。五雉，为五工正，利器用、正度量，夷民者也。九扈为九农正，扈民无淫者也。[①]

从这段文字看出，少昊氏依据鸟名建立职官名，并且职官的职能与鸟类的特征、习性相符，可见，人类社会初期的许多构建都是源于对自然世界的模仿。

自然事物之外，还有人类创造的社会生活中的事物，主要是"三礼"中关于器物的命名、描摹和分类。我们今天可以见到的《周礼》文本对所使用器物的外观、质地、形制、功能、级差等全面而详细地

---

① 李梦生：《左传译注》，上海古籍出版社2004年版，第1079—1080页。

做了描摹与划分，不同身份的人使用的器物规制、级别不同，其位置及相应的职责义务、言行规范自然包含在这种区分与规定中。如，《周礼·春官》中明确规定"正乐县之位，王宫县，诸侯轩县，卿大夫判县，士特县"①，王、诸侯、卿大夫、士四个等级使用的钟磬乐器规模是不同的，王可以挂满四面墙壁，诸侯可以挂三面，卿大夫挂两面，士只能挂一面，不能有所混淆。在这种器物使用的规制区分中，器物使用者的身份等级自然就区分出来。后世的一些学者看到这些文本对事物的命名与种属划分，仅从单纯的百科层面去理解它们，甚至将名物与器物研究相混同，丢失了名物最根本、最重大的内涵与意义，从而也使儒家这套内在逻辑严密的秩序体系及其建构方式隐匿在看似散漫、浅表的器物描摹中。

如果说《诗经》和《周礼》共同构建了人们主观世界之外的生活世界，那么《周易》就是从这个生活世界中抽象出了形而上的哲学世界。孔颖达《周易正义序》说：

> 夫易者，象也；爻者，效也。圣人有以仰观俯察象天地而育群品，云行雨施效四时以生万物。若用之以顺，则两仪序而百物和；若行之以逆，则六位倾而五行乱。故王者动必则天地之道，不使一物失其性；行必协阴阳之宜，不使一物受其害。故能弥纶宇宙，酬酢神明，宗社所以无穷，风声所以不朽，非夫道极玄妙，孰能与于此乎？斯乃乾坤之大造，生灵之所益也。②

圣人根据天地间万物运行的规律创造出卦爻，卦爻是对这些规律的效仿，亦即对这些规律的表述。如果说，形、音、义三者统一的文字是对事物形象的模仿，即形象的名，那么，周易卦爻符号就是对事

---

① 郑玄注，贾公彦注：《〈十三经注疏〉之四黄侃经文句读〈周礼注疏〉（附校勘记）》，上海古籍出版社1990年版，第352—353页。

② 王弼、韩康伯注，孔颖达等正义：《〈十三经注疏〉之一黄侃经文句读〈周易正义〉（附校勘记）》，上海古籍出版社1990年版，第3页。

物抽象的模仿、即抽象的名。圣人根据事物及其规律创造卦爻的过程也是名物，它致力于探索世间最根源、最核心、最本质的规律，用一套高度概括的符号表现出来，意图建立一套适用于自然界、人类社会方方面面的指导理念与法则。毋宁说，《周易》是儒家建立庞大精密秩序体系的指导精神与抽象本体，整套秩序体系都是这套形而上学指导下的具体建设和形象映射。《周易》的卦爻以第五爻为尊，代表事物发展到鼎盛的极点，而第六爻往往代表由盛转衰，告诫人们任何事物发展到顶点都会不可逆转地走向衰败。这个道理来自自然事物的发展规律，如"日中则昃""月盈则食""水满则溢"以及一切生命繁荣壮大之后随之而来的衰老与死亡。卦爻辞是指导人们行为处事的原则与方法，通篇围绕"谨慎"二字，让人时刻心怀敬畏、小心翼翼、退守静观、顺势而动、留有余地，才能降低风险、达到预期目的。所以孔颖达说，使用《周易》爻辞的原则与方法，则"两仪序而百物和"；不使用《周易》爻辞的原则与方法，则"六位倾而五行乱"。

围绕这个指导精神，儒家建立了一套无所不包、细致入微到社会方方面面的秩序与规范，那就是礼。前文所提《周礼》构建秩序是通过对事物性质、功能的描摹、分类，让秩序自然包含于这种定性与区分中，而《仪礼》《礼记》则是将秩序本身表述出来，是对人和事物之间相互作用关系具体形式的描摹。《礼记·曲礼上第一》中说：

> 道德仁义，非礼不成；教训正俗，非礼不备；分争辨讼，非礼不决；君臣上下父子兄弟，非礼不定；宦学事师，非礼不亲；班朝治军，莅官行法，非礼威严不行；祷祠祭祀，供给鬼神，非礼不诚不庄。①

可以看到，礼涵盖了包括道德、风俗、法律、伦理、教育、军

---

① 郑玄注，孔颖达正义，吕友仁整理：《〈十三经注疏〉之六黄侃经文句读〈礼记正义〉（附校勘记）》，上海古籍出版社2008年版，第19页。

事、祭祀等各个领域，是社会诸方面运作的规范，也是其取得应有效果的充分必要条件。礼明确规定了生活习俗与日常交往的程序、着装、言语、神情甚至站立位置，不符合这些规定就被视为"失礼"，失礼要被作为反面典型承受舆论上的批评甚至谴责。礼也明确规定了不同等级、身份之间的区别和交互形式，不遵从自身等级应有的规制和形式，就被视为没有资格承担这个身份或有僭越的企图。如，孔子评论季氏"八佾舞于庭，是可忍孰不可忍"，天子的乐舞规模是八人，卿的乐舞规模是四人，身为卿的季氏竟然使用天子的规制，体现出其思想中对天子之位的觊觎。对于这种等级、身份上的僭越，不仅仅是在舆论上谴责，国家机器要通过惩罚或者剥夺其身份来维护礼制。礼一方面以肢体上的重复性、服从性、约束性动作来内向驯化，一方面以社会舆论压力即个体受到群体排斥的恐慌造成精神焦虑，一方面以国家暴力达成心理的恐惧震慑；驯化、焦虑、恐惧三方面精神心理因素使服从集体秩序成为一种后天驯化的精神、行为一体的条件反射。正如埃利亚斯在其关于"礼仪习俗"的研究中所说：

　　为社会所不欢迎的本能与愉悦的表现受到某些限制措施的威胁和惩罚，这些措施会使人们对原有的满足快感的方式产生不愉快和焦虑的感觉并不断巩固。攻击性情感与行为方式的逐渐驯化是整个社会结构变迁的结果，中世纪社会就是缺乏在整个社会实施这种措施的核心力量，如国家。[①]

　　在这套驯化机制中，国家暴力震慑是达成效果的最有力环节，换言之，国家机器发挥作用得当是社会秩序稳定运行的关键，其每一项行为、每一项措施都可能影响成千上万人甚至社会整体。因此，儒家在社会诸方面中着重强调对国家机器的要求，制定关于保证国家机器

----

① 杨善华、谢立中主编：《西方社会学理论》下卷，北京大学出版社2005年版，第201页。

运行的规范与要求，于是就有《春秋》与《尚书》。孔颖达《尚书正义序》与《春秋正义序》详细解说了两部经典的作用：

> 夫《书》者，人君辞诰之典，右史记言之策。古之王者，事总万机，发号出令，义非一揆。或设教以驭下，或展礼以事上，或宣威以肃震曜，或敷和而散风雨。得之则百度惟贞，失之则千里斯谬。枢机之发，荣辱之主，丝纶之动，不可不慎。所以辞不苟出，君举必《书》，欲其昭法诫、慎言行也。①

> 夫《春秋》者，记人君动作之务，是左史所职之书。王者统三才而宅九有，顺四时而理万物。四时序则玉烛调于上，三才协则宝命昌于下。故可以享国永年，令闻长世。然则有为之务，可不慎欤？国之大事，在祀与戎。祀则必尽其敬，戎则不加无罪。盟会协于礼，兴动慎其节。失则贬其恶，得则褒其善。此《春秋》之大旨，为皇王之明鉴也。②

孔颖达认为，《尚书》与《春秋》分别是对先代圣王"辞诰号令"与"动作之务"的记录，这两部书编纂的目的是让后世君主"昭法诫慎言行"，以之为"明鉴"。也就是说，君主要以《尚书》作为发布政令的规范，要以《春秋》作为处理政事的规范。《春秋》不只是一部史书，而是在对史实的描述中表达对社会政治、政客政事的评判，通过这种评判建立对理想社会政治与管理阶层行政事务的规范。其评判包含在"微言大义"中，如"诛""伐"二字的区别使用，就体现了实施行为方与被实施行为方之间的正误立场与等级关系，同时体现出作者对双方及该场事件的褒贬态度。

---

① 孔安国传，孔颖达等正义：《〈十三经注疏〉之二黄侃经文句读〈尚书正义〉（附校勘记）》，上海古籍出版社1990年版，第1页。

② 杜预注，孔颖达等正义：《〈十三经注疏〉之七黄侃经文句读〈春秋左传正义〉（附校勘记）》，上海古籍出版社1990年版，第1页。

习俗道德是"礼",行政法律是"法",与"礼法"配套实施的就是"诗乐","诗乐"即文学艺术领域。这里所说的文学,指抒情、审美范畴内的文学。《毛诗序》和《礼记·乐记》分别描述诗与乐的功能:"故正得失,动天地,感鬼神,莫近于《诗》。先王以是经夫妇,成孝敬,厚人伦,美教化,移风俗。"①"礼、乐、刑、政,其极一也,所以同民心而出治道。""是故先王之政乐也,非以极口腹耳目之欲也,将以教民平好恶,而返人道之正。""乐在宗庙之中,君臣上下同听之,则莫不和敬;在族长乡里之中,长幼同听之,则莫不和顺;在闺门之内,父子兄弟同听之,则莫不和亲。故乐者,审一以定和,比物以饰节,节奏合以成文,所以合和父子君臣,附亲万民也,是先王立乐之方也。"②

诗的目的是"正得失、经夫妇、成孝敬、厚人伦、美教化、移风俗",乐的目的是"和敬、和顺、和亲、平好恶、返人道之正"。"诗"和"乐"的目的与"礼、刑、政"一样,是为了"同民心而出治道",使民众的内心统一于道而达成外部的社会管理效果。不同的是,"礼、刑、政"的方式是外部约束与压制,"诗"与"乐"的方式是"感"与"动",即内在的感染与同化。彭吉象先生认为,诗和乐之所以能感染、同化人心,是因为它们具备和风一样无形却无孔不入的特性。在古人的观念中,风是气候的主宰,它统治着一方的自然环境和主要由自然环境所决定的社会状况。音乐与风最为有关,音乐靠风传播,通过音乐可以探测风,也可以调节风。与宇宙方面乐以调风的神圣功能相一致,在社会政治方面就是乐的等级功能和教化功能。《诗经》中的风,是各国的民歌土调,风乃各国之风,必然色彩缤纷,有邪有正。艺术既是现实的反映,又是对现实的把握,通过艺术把握(从个人的创造到朝廷的采诗编选)使之归于正。风之后是

---

① 毛公传,郑玄笺,孔颖达等正义:《〈十三经注疏〉之三黄侃经文句读〈毛诗正义〉(附校勘记)》,上海古籍出版社1990年版,第1页。

② 郑玄注,孔颖达等正义:《〈十三经注疏〉之六黄侃经文句读〈礼记正义〉(附校勘记)》,上海古籍出版社1990年版,第1456、1458、1560页。

雅，即达到正，达到风俗纯正、天下安和。然后由雅而颂，进一步达到人神（祖先）的和谐与自然（天人）的和谐。①

诗最主要的艺术功能是抒情，人在读诗的时候会自发去体会诗中的情感，自己的情感会随着诗中的情感发展变化，久而久之，人的情感模式就主动塑造为诗中的情感模式。乐比诗更切入人深层的不自觉的意识层面，乐的律动来自生命本身的律动，人在听乐的时候，自身生命的律动会和乐的律动达成一致，久而久之，人无意识中的律动模式就塑造为乐的律动模式，这种律动模式主要表现为情绪。礼法的说教一方面具有压制性，一方面抽象枯燥，在灌输和接受的过程中会产生情绪上的抵触。诗和乐则以形象、生动、催发、带动的形式塑造人的情感和情绪，为礼法在人意识中的贯彻消除阻力，并提供适宜的土壤。

彭吉象先生还认为，儒家倡导的音乐是"把音乐的功能定位在培养道德行为的专一性上，而不是情感的多样性上"。《论语·八佾》记载，子谓《韶》"尽美矣，又尽善也"，谓《武》"尽美矣，未尽善也"。儒家提倡的情感与美，是温柔平和的优美，温柔平和就去除了攻击性，言行更能符合礼法的规定，从而保证秩序稳定，因此是善的。铿锵有力的壮美，能带动人激昂的、具有攻击性的情绪，言行可能会突破礼法的规定，从而导致秩序失衡，因此是不善的。埃利亚斯说，文明的进程也是情感逐渐由粗野暴力转向细腻平和的过程，是情感的"温柔化"造成了行为方式的转变。②

此处不得不说到儒家"文以载道"的文艺理论。以往人们对"文以载道"及相关论争的理解，多是从应用文学的实用功能和纯文学的艺术功能角度去阐发，这固然是"文以载道"内涵的一个方面。但从广义上来说，"文"不只指文学，指一切文学艺术，"载道"不只指

---

① 参见彭吉象：《中国艺术学》，北京大学出版社2007年版，第22—25页。

② 参见杨善华、谢立中主编：《西方社会学理论》，北京大学出版社2005年版，第200—201页。

实用功能，更指符合儒家艺术功能要求的审美范式，也就是说，一切符合"温柔敦厚"审美范式的文学艺术，都是"载道"的，因为它们可以起到促进社会秩序达成的作用。如《韶》乐并没有明确传达什么具体实用的信息，但可以通过平和的乐调使人情绪平和，最终达成教化效果，促进社会秩序的稳定，因此是"载道"的。

四、儒学体系研究的史学视域

可以说，儒家这套政治社会学说体系伴随了我们近两千年制度史、政治史、社会史、经济史、文化史的发展。其肇端于先秦，按照《尚书》的记载可以追溯到初步制定农耕历法和职官族姓的尧舜时期，无论确实与否，我们可以想见的是，在新石器时代晚期农耕文明发展基础之上，关于农业社会制度的初步探索就已经开始了，这其中就包含着儒学体系中一些基本的、朴素的思想与制度的雏形。经夏、商、周三代的建设与更替调整，形成以井田制和族姓制度之上的分封制和宗法制为基础的国家，周代职官、服饰、鼎玉、祭祀、婚姻、宴饮、雅乐等礼乐制度架构基本建立起来。春秋战国时期"礼崩乐坏"，其实质是周代制度已经不能再适应经济的发展与新兴阶级的诉求，以孔子为核心的儒家学派对周礼进行继承与维新，最突出的是由"家天下"向"公天下"的国家机器服务立场的转变。周代分封制之下的职官制度是世卿世禄制，孔子提倡选贤与能，打破周代族姓贵族对教育的垄断，在社会范围内推行教育，这是国家朝大一统郡县制及与其适应的文官选拔制发展的需求。除此之外，孔子还柔化了统一秩序推行的过程，即文章一再强调的"仁善"与"诗乐"教育，给强硬冰冷的周礼赋予血肉温度的人文情怀。春秋战国时期冶炼（农具）技术与用肥、灌溉等农业技术发展，秦统一轨、文、度、量、衡并确立严格的户籍制，这一切都为统一、稳定的农业社会发展提供了保障。至汉代，大一统制度下的农业社会正式形成。汉武帝时期，董仲舒上策"兴太学""养士"，中央建立官学和"五经博士"，此后，儒经、官学、文官即儒家学说、官方教育、行政管理三者紧密结合起来，成为后世主要的"文治"管理模式。与此相适应，汉代经学蔚为大观，训诂义理与谶纬双线交织并行，也形成"今古文"之争的经学公案。

儒学发展到汉末魏晋时期，出现了很多问题，整个魏晋南北朝儒学式微，各家思想重新繁荣尤以玄学、佛学为盛。这其中的原因非常复杂，举二端来说。儒学自身的因素，一方面权力中心将儒学绝对化与神化以维护自身统治，不再接受儒学原本对管理者要求的制约与监督，频酿党锢之祸，甚而成为权力争夺与派系斗争的舆论工具；另一方面，儒学庸俗化与繁琐化，成为进入仕途、谋取官职的手段，失去了"经邦济世"的作用。①于是，儒学就日益故步自封，与现实社会的发展需求脱节，从而失去它新陈代谢和经世致用的活力。同时，世族地主阶级兴起，权力与资源争夺的战争频仍，地方世族与中央集权之间的抗衡始终是贯穿中国历史的矛盾，儒家失去了统一秩序建设的需求土壤，九品中正制的选官制度与世族举办的家学、私学、专学等冲击中央官学成为一时潮流。②隋唐时期，儒学迎来复兴，这是鉴于前代兴佛佞佛的经验教训做出的重大调整，也是抑制世族势力、将权力收归中央的需求。官方主持编纂孔颖达《五经正义》、魏征《隋书·经籍志》、陆德明《经典释文》，中央设国子监，地方设州、府、县学，隋文帝首开科举取士，中央建三省六部制，经隋炀帝、唐太宗、武则天等时期不断发展完善，一套顺利运转的文官培养、选拔、任职制度就建立起来了。

儒学的全面复兴与革新是在宋代。宋太祖确立"崇文"策略，士大夫地位提高，科举制考试手续简化、录用人数增加，不独官学，各地私学、书院也蔚然勃兴，浙东学派甚至出现专门为考科举而研究科场文章做法的风气。儒学发展到宋代，援禅入儒，经"宋初三先生"（胡瑗、孙复、石介）、邵雍、周敦颐、张载、"二程"（程

①　叶林生：《汉代儒学衰微原因略论》，《社科纵横》1990年第2期。

②　参见高谦民：《从儒学的衰微看魏晋南北朝时期的教育》，《南京师范大学学报》（社会科学版）1989年第4期。

颢、程颐)、朱熹等人的发展、集大成,最终形成独具特色的新儒学——理学。理学的突出观点之一,是"存天理,灭人欲",认为人生来有善有恶,如果"动"就是"欲动情胜、利害相攻"的状态,和禽兽没有太大区别,只有通过"静"去除"情""欲",才能和本体"诚""太极"即"道"合而为一,成为真正的人。可以看到,宋代理学将对人际之间互动关系的要求进一步内化为对人自心的约束。这其实和社会历史背景的发展有很大关系,宋代资本经济和手工业繁荣,出现纸币和较为发展的租佃制与雇佣制,社会分工日益精密,经济结构也更为复杂,人生存的环境和人与人之间的关系比过去纷乱、复杂了很多。所以,对人心的控制与约束成为更急迫、也更艰难的时代主题,理学就是在时代与现实的呼吁下对儒学进行的调整与创新。

明清两代,朱熹《四书章句集注》、蔡沈《书集传》等成为官修教科书,科举考试制度更加严格,科场八股文体式更加完善,从明代废丞相,设三司,建立东厂、锦衣卫,到清代设立军机处、兴文字狱,我国大一统中央集权专制发展到巅峰。然而,这套制度明明发展到了巅峰,看上去极尽完善之能事,可明代的灭亡与清末面对西方坚船利炮的攻击迅速土崩瓦解,似乎又昭示了这套制度的不可行。那么,问题到底出在哪里呢?黄仁宇先生认为,政府厘定各种制度依据的原则是"四书"上的教条,从这种观念出发组成的文官集团庞大无比而缺乏弹性,不能随着形势的发展做出调整,面对紧急情况的时候,不能以组织、技术上的周密解决问题,而代之以道德与精神的补足。[①]这既有制度过于庞大、严密相应产生的灵活性欠缺的弊端,又有文官自身在实干能力上欠缺的因素。十六世纪,大航海时代开启,欧洲国家迅速完成经济结构的转型,而明代处于这一转型期,却有意地通过重农抑商和禁海等政策抑制了转型,导致人口远远超出相应承受能力的经济发展水平,直至清末,这样一个经济结构单一、人均GDP低下的国家终于在战争的冲击中被迫开始转型。

---

① 参见黄仁宇:《万历十五年》,中华书局2006年版,第77—78页。

这就是儒学体系应用于管理实践过程中产生的一些问题，也是今天我们重新汲取儒学养料应该注意的问题。第一，儒学对制度本身的建设包含对个人权力的制约，然而，在实际过程中往往出现人的权力不受制约甚至利用儒学控制权力的现象。如何通过制度真正实现对权力的监督？第二，儒学体系建立的制度庞大精密，越是庞大的事物就越欠缺灵活性，往往不能迅速适应现实的变化甚至阻碍现实发展。如何既维持强有力的控制又增强应变的灵活性？第三，文官在读书、科考过程中肯定是优秀的文人，然而在任职过程中不一定是合格的官员，这就涉及文人如何转化为官员的问题，或者怎样选拔、培养官员的问题，理论如果不能有效转化为实践，那就是空谈。第四，我国古代这套儒学体系是建立在单一的农业经济结构之上的，而当下经济结构多元，我们如何调整、改进其中优秀经验使其适用于当下经济？我们在研究儒学体系的时候，不能脱离政治社会历史背景而单独去研究学说本身，而是应该关注在学说影响下采取了哪些制度或措施，这些制度或措施落实到实际中是否发挥了预期效应，所以学说、制度以及相关的人口、土地、经济、货币等因素要结合起来。

第三章

儒学作为意识形态话语体系的说服机制

儒学作为封建社会大一统中央集权意识形态的话语体系，有一套完备而有效的说服机制，依靠这套说服机制，儒学实现了官方意识形态的主导地位，从而维护了政权统一与社会秩序的稳定。儒学的说服机制包括：权益说服（满足基本需求的构想与制度保障），权威说服（天、祖先、集体记忆的权威震慑），逻辑说服（前提预设与理论体系的论证），价值说服（超越意义的追寻、理想人格的塑造、自我价值的实现），话语说服（话语技巧与话语更新），实践说服（言行规训与艺术感染）。

"意识形态"概念诞生于法国大革命之后，两百多年间基本围绕"科学/意识形态两分法"与"意识形态与思想的社会决定论相联系"两条路径进行肯定或否定的批评与论争。[①]意识形态以其复杂多维和无法抽离的主观性显得难以定性与把握，笔者也不能根据任何一家论说对意识形态做准确清晰的定义。然而，意识形态的一个突显特征是和权力的紧密结合性，它包含在话语（文化的诸种表现形式或信息符号）中，通过传达与说服实现说者的目的。任何一个时期的统治阶层，几乎都无一例外选取了一套话语体系来承载自己的意识形态，以达到施行与维护其统治权力的目的。"一个特定的经济基础要能够

---

① 参见大卫·麦克里兰著，孔兆政、蒋龙翔译：《意识形态》，吉林人民出版社2005年版，第120页。

存在、巩固和发展，不仅需要强制性的政治、法律制度和设施来规范人们的行动，把人们的行为限定在一定的秩序内，而且还要有意识形态来论证经济制度和政治、法律等制度的合理性，使人们'自愿'（不管能否做到）地遵守制度，维护秩序。"①

可以看到，意识形态选取的话语体系达成施动方意图的关键是"说服"，使受动方"自愿"接受并通过态度转变达成行为完成才能真正实现权力主导。马克斯·韦伯说，在这种命令—服从关系里，可以有各种不同的服从动机，有的出于习惯（子女对父母），有的出于对利益的权衡（雇工对雇主），也有的出于情感（恋人之间），还有的出于理想（宗教中教徒对教主、政治运动中群众对领袖）等。因此，每一种真正的统治形式中都包含最起码的自愿服从的成分。②主体经济基础决定下的上层建筑意识形态话语体系的功能，是通过说服使社会各阶层自愿接受并服从，因此，说服机制能否达成说服效果，对统治能否实现维稳有着举足轻重的作用。

在中国封建社会近两千年的历史中，随着政权力量的彼此消长和社会材料的重新分配，动荡与稳定、分裂与统一成为历史交织进行的脉络与规律。每一种阶层或群体力量在获得、巩固、发展其政治权力的不同时期，都会选取不同的意识形态话语体系作为论证、说服的武器或工具。在政权获得建立、进入稳定发展的时期，儒家学说无一例外被选取为维护大一统中央集权专制的意识形态话语体系，而在政权更迭的时期，儒家学说往往作为旧政权的代表而遭到批判。儒家学说成为维护封建大一统中央集权专制的意识形态话语体系有其必然性，二者都根源于中国古代农业经济与氏族家庭相结合的社会现实，都是农业氏族社会的必然产物，或者说，儒家学说与大一统政权有着天然的血脉联系，大一统的秩序就是儒家社会理想的核心，大一统政权是

---

① 汪汉卿、王源扩、王继忠主编：《继承与创新——中国法律史学的世纪回顾与展望》，法律出版社2001年版，第660页。

② 杨善华、谢立中主编：《西方社会学理论》，北京大学出版社2005年版，第192页。

儒家某些政治社会学说在实践中的落实。然而，二者不能截然等同，儒家学说本身是一种非意识形态性的思想与话语体系，其约略可以分为官方叙述、民间叙述、知识精英叙述三大类型与三种立场，[1]其被权力阶层选取为意识形态话语体系经过了遴选与改造，以更好地达到统治目的与说服功能。

　　儒家学说作为意识形态话语体系的身份，其说服机制显得尤为重要，可以说，建构与说服是话语体系的重点与核心。研究者们已经注意到了这点，在诸多关于儒家思想学说与中国社会历史的研究中或多或少进行了一些论述，有学人通过《礼记》分析儒学意识形态的建构，[2]亦有学人从修辞学的角度专门分析孔子学说中的说服技巧。[3]然而，这些论述大多是从某个方面或针对某个文本进行，缺乏理论性与系统性，对说服技巧的分析也停留在语言本身的层面，没有进入其作为一种意识形态所包含的事实、价值与利益等内涵层面。笔者在诸种研究成果之上，试图从儒学体系作为封建大一统中央集权专制意识形态话语体系身份的视角，分析其达成说服效果的综合机制。文章理论部分主要参考操奇先生《意识形态话语权的说服机制：一个结构性分析》一文中建构的意识形态说服机制：生发于认知要素的理论说服、生发于制度政策的事实说服、生发于价值要素的价值说服、生发于话语要素的话语说服、生发于实施策略的艺术说服，以及马斯洛的人类动机理论与说服心理学等理论。[4]然而由于传统与现代以及学科的分野，儒学体系又显示出独异性，并非完全契合于具有普世意义的诸种理论体系，并且笔者认为操奇先生建构的说服机制中某些部分值得商

---

①　参见黄卓越编：《黄卓越思想史与批评学论文集》，北京语言大学出版社2012年版，第253—255页。

②　王纪波：《〈礼记〉与儒学意识形态的建构研究》，湖南师范大学博士学位论文，2013年5月。

③　胡长月：《从〈论语〉看孔子的修辞思想与修辞策略》，福建师范大学硕士论文，2008年。

④　操奇：《意识形态话语权的说服机制：一个结构性分析》，《探索》2016年第5期。

権，因此文章虽然参考这些理论分析，但仍从儒学体系本身出发分析其内在的说服机制，在概念的选用上也秉持直观具体的原则，部分地舍弃普遍适用的抽象性与高度概括性。

在正文开始前，还是先做一个范围的界定，即文章所要分析的儒学体系是哪一个时段、哪一种传统中的儒学体系。以往研究惯例，人们习惯性地把儒学分为子学、经学、理学三个阶段与形态，或者选取某一种传统进行纵向的研究。这固然是得当而且必需的，然而儒学作为一个整体，其子学、经学、理学的不同阶段也正显示了其理论与权力结合并随着时代发展进行调整的现实，所以文章从意识形态话语体系研究的视角，所选取的研究客体是儒学体系所有时段形态与传统类别中与说服机制相关的部分。儒家学说作为意识形态话语体系的说服机制包括权益说服、权威说服、逻辑说服、价值说服、话语说服等，这几个方面分别作用，又有交织，并相互推进，形成一套立体交叉的间性整体。为便于行文简洁，文章将操奇先生建构的意识形态说服机制简称为"奇氏机制"，下面就从这六个方面逐一进行分析。

第一节　权益说服

权益说服对应的是奇氏机制中的事实说服部分，奇氏将事实说服分为群众利益事实说服、制度政策事实说服、说服者信誉事实说服，文章参考群众利益事实说服和制度政策事实说服形成本节要讨论的权益说服。

"趋利避害"是一切生物的天性，也是引起人态度变化的根本条件。[①]正如奇氏所引"一切空话都是无用的，必须给人民以看得见的物质福利"[②]、"人民是看实际的"[③]，只有让人们确信可以通过

---

　　① 龚文庠：《说服学——攻心的学问》，东方出版社1994年版，第166页。

　　② 中共中央文献研究室编：《毛泽东文集》第七卷，人民出版社1993年版，第467页。

　　③ 邓小平：《邓小平文选》第三卷，人民出版社1993年版，第371页。

你宣扬的政治社会理念得到实际的利益，他们才会接受并通过实践行动使该理念落实、完成。儒家站在"为公"的立场描绘了一幅人人都可以获得应有权益、满足基本需求的"大同社会"理想蓝图。"大道之行也，天下为公"，国家机器是服务于大众的，它的目的是通过管理与协调谋求每一个人的权益，而不是通过压制维护一家一姓或某一阶层、群体的统治；"选贤与能，讲信修睦"，选拔管理人员依据品德与才能而非阶层出身，人与人之间交互依据理性契约而非暴力欺诈，社会关系和谐有序；"使老有所终，壮有所用，幼有所长，鳏寡孤独废疾者，皆有所养"，社会福利完善，不管老幼还是鳏寡孤独废疾者，都能获得基本的物质生存基础；"故人不独亲其亲，不独子其子，男有分，女有归"，社会充满关爱，每一个人都有归属感；"是故谋闭而不兴，盗窃乱贼而不作，故外户而不闭"，社会秩序稳定、治安良好，人身与财产安全得到保障；"选贤与能""壮有所用"，每一个人都能在社会体系中发挥自己的作用，实现个人价值；"货恶其弃于地也，不必藏于己。力恶其不出于身也，不必为己"（《礼运·大同篇》），每一个人都拥有值得尊重的理想型道德人格。根据马斯洛构建的人类动机理论金字塔图形，基本生存需要、安全需要、归属和爱的需要、自尊需要、自我实现的需要恰恰是人类的五种心理需求与动机。[1]

可以看到，儒家将其构建理念的立场放在为所有人的权益服务，而不是为某一阶层的统治维护，承诺人人都具有凭借才能参与社会管理的政治权力。春秋战国时期，地主经济迅速崛起，新兴阶层要求打破建立在井田制与宗法制之上的旧的制度架构，建立维护其经济形式的新的上层建筑并获得相应的政治权力，"选贤与能"无疑是将矛头直接指向了先周族姓之内分配政治权力的"世卿世禄制"，为打破旧的材料分配、参与新的制度建设的政治权力要求发声。经济的迅速发

---

[1] 参见马斯洛著，许金声、程朝翔译：《动机与人格》，华夏出版社1987年版，第40—54页。

展带动了文化知识的下移，个人意识与权利意识纷纷觉醒，人们在温饱之外有了更多的精神与心理层面的追求。然而，虽然旧的带有浓厚奴隶制色彩的统治氛围松动了，但社会现实是诸侯相互侵伐，人的生命安全与基本生存得不到保障，于是儒家就紧接着描绘了在其宣扬的社会理念之下，一种物质充足、安全稳定、和谐友爱、具有人格尊严、能够实现个人价值的理想社会状态。满足人的这五种心理需求动机，基本上就可以俘获人心。儒家提出的这一系列权益构想，既是时代的迫切需求，又是人普遍的物质基础与精神心理需求，说服心理学认为，满足人的需求（激起人的某种需要或提供满足某种需要的方式），是引起说服态度转变的条件，①无疑，儒家这一系列关于满足人基本需求的权益说服是行之有效的。

然而，只有一个宏观的理念不足以证明人们可以通过这个方向获得幸福，还需要有具体的制度政策作为该理念的进一步阐释与支撑，让人们看到具体、切实、可行的措施才能达成权益说服的效果。儒家围绕其"大同社会"的理念构建出一套无所不包、深入社会方方面面的秩序体系与制度政策。

首先，对秩序的追求是儒家构建社会运行体系的指导原则与核心。儒家认为一切社会矛盾问题的根源是"以力相征"，即以暴力方式解决材料分配与交互关系中的矛盾，而解决这一问题的方式是"智者假众力以禁强虐"②，智者凭借大多数人的力量制止强力的掠夺者，让大家以理性的语言协商取代非理性的肢体冲突成为解决问题的主要方式。

---

① 龚文庠：《说服学——攻心的学问》，东方出版社1994年版，第166页。

② 《管子·君臣下三十一》："古者未有君臣上下之别，未有夫妇妃匹之合，兽处群居，以力相征。于是智者诈愚，强者凌弱，老幼孤独不得其所。故智者假众力以禁强虐，而暴人止。为民兴利除害，正民之德，而民师之。是故道术德行，出于贤人。其从义理兆形于民心，则民反道矣。名物处，违是非之分，则赏罚行矣。上下设，民生体，而国都立矣。是故国之所以为国者，民体以为国；君之所以为君者，赏罚以为君。"见房玄龄注，刘绩补注，刘晓艺校点：《管子》，上海古籍出版社2015年版，第209页。

其次，秩序体系之下，还要有更明确、更成熟、更具权威性与不变易性、实用性与时效性更强的制度政策。

近年来一个关于古代中国依据儒家思想治国的讨论热点，是儒家不注重制度的建设，而依赖于人的道德自律，因此导致行政效率低下与效果甚微。比如，黄仁宇先生认为，政府厘定各种制度依据的原则是"四书"上的教条，从这种观念出发组成的文官集团庞大无比而缺乏弹性，不能随着形势发展做出调整，面对紧急情况的时候，不能以组织、技术上的周密解决问题，而代之以道德与精神的补足。[①]

这种批判立足于当下环境与上帝视角，固然言中缺陷，然而放入历史与现实中，却是有失公允的。第一，人类对制度的探索是一个漫长而连续不断的过程，我们今天的制度是建立在过去所有探索成败经验之上，与当下相比，古代的制度固然显得不完善或方向错误。第二，这种对"儒家依据道德治理国家"的理解是片面的，我们都知道古代这些统一政权虽然以儒家学说为意识形态话语，但其秉承的却是"外儒内法"或"阳儒阴法"，由儒家身份派生出的法家身份承担了制度政策与行政措施的建设与施行。"从孔孟到荀子，儒学已经发生了视角上的转向，由对人内在需求、内在依据的发掘转向了对社会人生之外的规章制度层面的探讨。荀子以后，法家便正式登台了，而作为荀子的两大高弟——韩非与李斯，则从理论与实践两个向度完成了对集权政治的助产与接生。"[②]汉承秦制的中央三公九卿、地方郡县制，隋唐中央三省六部、地方州县制，宋明中央集权加强和对地方财、军、政权力的控制与行政机构的完善，以及贯穿整个制度史的监察制度、文官制度，等等，无不映射了儒家对统一秩序体系的追求与维持的理念，其深层的政治运行模式（如君臣纲常与父子伦理之间的模拟对应）更是隐秘而无法分割的儒学对制度建设的影响。同时期中

---

① 参见黄仁宇：《万历十五年》，中华书局2006年版，第77—78页。
② 武汉大学哲学学院、武汉大学中西比较哲学研究中心编：《哲学评论》第4辑，武汉大学出版社2006年版，第27—29页。

国与世界横向比较，儒学与佛、道作为意识形态时期的比较，其制度建设是较为先进、完备并行之有效的。

第二节　权威说服

权威说服是奇氏机制中舍弃的部分，他认为"说服力"的内核是"理"不是"权"，因为话语陈述出来靠的是"理"，传播得远靠的更是"理"。然而，在儒学体系中，来自某种权威的震慑对说服起到了很大作用，其中某些部分放在今天或许仍然适用。儒学体系中的权威说服主要来自天、祖先与集体记忆。

第一种权威来自天。天的权威性最初源于人们对自然界与神秘力量的未知与恐惧，"敬畏天命"是一种根源久远的传统。殷商时期，人们对天和鬼神的祭祀普遍而庞杂，周取代商之后，也将自身政权的合法性放在"天命"之上。春秋战国时期，阴阳五行学说与神秘主义结合，天人关系的对应比先周时期更加具体，此时儒家思孟学派开始吸收阴阳灾异学说。汉代董仲舒将阴阳五行灾异学说与政治理念相结合，建立起"天人合一""阴阳灾异"的宇宙人生观与政治哲学。"天者，百神之大君也"，天是不可违背与动摇的最高意志，天子是天在人间的代表，"天子受命于天，诸侯受命于天子，子受命于父，臣妾受命于君，妻受命于夫，诸所受命者，其尊皆天也，虽谓受命于天亦可"（《春秋繁露·顺命》），层层下设的统治关系与秩序的依据是拥有最高权威的天。[①]人不可违背天的意志，否则就会招致天降下的灾祸惩罚。汉武帝采纳董仲舒的策略，建立五经博士，此时经过改造后的儒家学说正式成为意识形态的话语体系，在这种强大、神秘、灾祸力量支配的恐惧之下，人们选择对基于其上的统治阶层与秩序的服从。然而，随着认知能力的增强与技术的发展，人们掌控自然

---

① 参见侯外庐主编，张岂之等执笔：《中国哲学简史》，中国青年出版社1963年版，第36—141页。

的能力逐渐增强，不再盲目畏惧自然，于是根源于对自然未知恐惧的天的权威开始松动，西周末年就出现过一次大规模的天道观的衰落，之后历次科技的发展都伴随着对神秘力量的解构与批判。无疑，在科技与认知发展到当下水平的今天，自然的力量与规律可以让我们尊重并通过协调达成人与自然的和谐，却很难像过去的最高意志一样让人因盲目恐惧而绝对服从了。

第二种权威来自祖先。西周中期，统治者着重提高祖先的地位，歌颂"先王"的功业，确立宗庙祭祀与祖先崇拜在社会祭祀与信仰中的主导，目的是以人的自然血缘伦理维护建立在此基础上的宗法制国家。和天一样，祖先被赋予了最高意志，我们受益于祖先筚路蓝缕的开拓以及叹为观止的智慧与能力的创造，如果我们不懂感恩与敬仰，就会招致祖先愤怒而降下的灾祸。一方面来自对神灵的畏惧，另一方面来自良知的自我批判，人们对待祖先的态度就格外敬畏，中国人也因此形成了崇古、泥古的情感模式与思维惯性。儒家一方面倡导以"孝"道巩固祖先的权威，另一方面强调自己倡导的社会理念来自尧、舜、禹、汤、文王、周公等"先王"代代相传的遗策，将意识形态的说服建立在人们对祖先权威的服从之上。与自然力量的权威在当代解构一样，随着科技信息发展与生产力的飞跃，崇古、泥古的情感思维已经变成了薄古、非古，人们不再对祖先的认知水平与创造能力抱有崇拜，对祖先智慧与能力的惊叹也是建立在对古人愚昧落后的成见之上的。血缘伦理在当今社会秩序建设中仍然举足轻重，祖先观念对血缘伦理维护的作用不容忽视，虽然其权威性消解了，但出于良知批判的感恩与敬仰情感仍然可以维系其在人们观念中的地位与话语权。

第三种权威来自集体记忆。根据哈布瓦赫的集体记忆与记忆定位理论，人的记忆有时候是被塑造的，而这种塑造往往是进入某个框架或群体来获得，对更久远记忆的追寻，要置于记忆群体中进行。在同一个观念体系中，我们的观点和所属圈子被联系起来，社会思想无时无刻不在提醒发生在我们身上的事实对它的意义和影响，集体记忆的框架把每个人最私密的记忆都给限定并彼此约束住了。①也就是说，一方面，我们的记忆受群体共同记忆塑造的影响；另一方面，集体记忆对每一个人的意识具有限制约束作用。雅克·勒高夫举例说：纳德尔发现尼日利亚的努配人有两种类型的历史。一个是被称为"客观的"历史，它是"一系列的事实，它们之间的关系和顺序是我们这些研究人员根据一定客观的、普遍的标准来的"。而另一个历史，纳德尔称其为"意识形态的"历史，它"描述并规定了这些事实，并与某些约定俗成的传统保持一致"。这第二个历史就是集体的记忆，它倾向于把历史和神话混淆在一起。这个"意识形态的"历史经常被当成"王国的开创史"，用马林诺夫斯基的话来说，开创史由此也变成了有关传统的"神话宪章"——"集体记忆不仅是一种征服，它也是权力的一个工具和目标。对记忆和传统进行支配的争斗，即操纵记忆的争斗，在社会记忆为口述记忆的社会里或在书面的集体记忆正在形成的社会里最容易被人掌控。"②

我们的历史和文化是我们族群的集体记忆，每一个人头脑中的历史与文化都来自并受制于集体记忆的塑造与影响，集体记忆的权威是深层隐秘、难以察觉的，人在自觉意识之外就已经受到其支配。儒家在建立其学说体系之初，就选取了依附于集体记忆的权威进行隐性建构，这就是孔子所说的"述而不作"。他们选取前代历史中已经固化为共同文化认同的神话、史实、口传文学、文献等，依据其统一秩序的理念进行遴选、编排、阐释。汉代经学与宋明理学始终以注疏六经为建构思想学说体系的主要方式，也是儒家"述而不作"传统的延续。

显然，这种依附、操控集体记忆的行为起效了。儒家将自己的文化血统放在我们族群发展初期尧、舜、禹等功勋卓著的英雄祖先身

---

① 参见莫里斯·哈布瓦赫著，毕然、郭金华译：《论集体记忆》，上海人民出版社2002年版，第92—94页。

② 陈墨：《口述史学研究：多学科视角》，人民出版社2015年版，第75页。

上，正统地位与正面历史实践经验奠定了儒家学说成为我们族群文化的主流，其作为意识形态话语有效说服了大部分人群。此外，儒家在对集体记忆依附的过程中，对集体记忆也进行了不为人知的改造。如，神话传说与典籍记载的时期，群体暴力似乎是权力转移的主要方式；[1]受儒家影响较小的战国《汲冢竹书》记载尧舜之间权力的更迭是"舜囚尧于平阳，取之帝位"，"舜囚尧，复偃塞丹朱，使不与父相见也"[2]，舜把尧囚在平阳，并隔绝丹朱，不让他们父子相见。而在儒家的书写中，尧舜之间权力的更替成了开明的禅让与恭谦的推辞，并赋予丹朱以"放辟邪侈"的罪名而使驱逐与剥夺继承权有了正当性。这一系列书写都是符合儒家反对武力侵伐、希求贤明君主、崇尚克制、反对放纵的理念与主张的。儒家选取了集体记忆中具有权威的客体，通过编排和重新书写创造了符合自身理念的"历史"，然后通过说服推广，使其创造出的"历史"成为人们记忆中的真正的"历史"，这些"历史"就作为儒家需要的集体记忆发挥其想要达到的约束效果。

集体记忆在意识形态说服机制中非常重要，因为它是决定人一切思想意识的来源认知内容，其不仅于说服，在族群认同等群体心理行为中也处于最重要的地位，所以对我们传统文化的认识、梳理、改造、传承、传播等是亟待研究与落实的工作。

第三节　逻辑说服

正如操奇先生所说，主流意识形态话语作为理论体系，如果没有正确揭示自然、社会、思维的本质规律，必然会为其他领域和类型的思想理论留下突破口，最终造成主流意识形态理论的"滑铁卢"；

---

① 叶舒宪：《尧舜禅让：儒家政治神话的历史建构》，《民族艺术》2016年第2期。

② 方诗铭、王修龄：《古本竹书纪年辑证》，上海古籍出版社1981年版，第65页。

如果它包含的具体概念、命题、原理等构成要素，存在某些前提性错误，出现思想"裂缝"、话语"缺口"、理论破绽、知识漏洞，它们都会成为意识形态的"阿喀琉斯之踵"，最终拱手让出话语领导权。简言之，主流意识形态的理论说服力来自理论抓住事物根本的规律说服和理论自我批判的逻辑说服。

儒家论证其建构的社会运行体系的合理性，关键环节是"天人合一"，以"天"的合理性来论证"人"的合理性，也就是说，以生活世界的本然运行规律来论证人类社会的应然运行秩序，而这一论证成立的前提预设是生活世界与人类社会的对应关系，即"天"与"人"是可以完全对应的。儒家从生活世界的本然规律、为何生活世界与人类社会能够对应的前提预设、人类社会的应然秩序构建思维理路三个方面进行了阐释。

首先，儒家认为生活世界的本然规律是恒常不变的秩序，他们称这个秩序为"天道"，"道"是道路，"天道"就是天依循的道路。"诚者，天之道也"（《孟子·离娄上》），"诚"是客观、本然，天道是客观的，本来就存在在那里的，不受任何主观意志的支配；"天行有常，不为尧存，不为桀亡"（《荀子·天论》），天的运行是恒常不变的，不因为具象事物的改变而改变；"天何言哉，四时行焉，百物生焉"（《论语·阳货》），天地间运行的规律是一年四季按秩序交替，万物按秩序生灭。因此，儒家认为世界的规律是客观的恒常的秩序。

其次，要依据这种规律建构人类社会的秩序，就要证明客观世界与人类社会是对应的，客观世界的规律可以作为人类社会秩序的范本。董仲舒在论证"天人"为什么"合一"的问题上花费了很多笔墨，首先，"人副天数"，人是天道的具体而微的显现："人有三百六十节，偶天之数也；形体骨肉，偶地之厚也；上有耳目聪明，日月之象也；体有空窍理脉，川谷之象也；心有哀乐喜怒，神气之类也。"（《春秋繁露·人副天数》）其次，"天人相感"，天与人是通过"气"来发生感应的："天地之间有阴阳之气，常渐人者，若水常渐鱼也。……是天地之间，若虚而实，人常渐是澹澹之中，而以治乱之气与之流通相淆也。"（《春秋繁露·天地阴阳》）董仲舒详细对应了人的身体表征与自然界的事物，阐释外部世界与人体通过气的形式发生作用，并用阴阳五行生克比附人类社会中夫妇、父子、君臣等关系。①站在今天的立场上看，自然界与人体、人类社会之间的这种直接生硬的对应与比附是站不住脚的，人作为自然中生长出来的一部分，固然在某些深层、本质的特点与规律上，是符合自然的普遍规律的，然而人类社会某种程度上是基于脱离动物性的"人"的那部分属性建立，具有特殊性与独异性，拿自然界中的原生规律来指导人类社会中的后成规律反而会起反作用，何况很多比附本身就是牵强的。比如董仲舒的"春秋决狱"，依据自然或动物的现象审理刑事案件，又比如基于"天人合一"理论而任意根据动植物习性入药治病的某些中医理念，过于简单粗暴的想当然而缺乏基于事实与实验的辩证与验证，其实是"细思恐极"的。

　　虽然前提预设不一定成立，但于事实上并不影响儒家设计的这一套秩序体系的严谨性与有效性。儒家针对自己学说体系的论证逻辑进行了严格的审视与批判，在面对"本然"的研究态度、研究与建构的精神活动模式、面对"应然"的建构准则上有着严谨而严格的规定。儒家将其建构学说体系的行为表述为"名物""正名""刑（形）名""名实"等概念，其建构学说体系的方法与原则要从以上概念相关的阐释中去把握。

　　名物大致包含两个步骤，首先深入考察事物的性质与功能，然后根据这些性质和功能制定称谓，在建立秩序体系的层面上，就是先深入考察事物之间的本然规律，然后根据这些规律制定应然的运行准则，即董仲舒建构的"道—（性/实）—名"这条思维理路。要准确把握事物的性质功能与本然规律，就要秉持客观严谨与价值中立的观

---

　　① 参见董仲舒著，陈蒲清前言、校注：《春秋繁露·天人三策》，岳麓书社出版社1997年版，第6页。

察、研究态度。在涉及名物的态度问题时，孔子说"君子于其言，无所苟而已矣"（《论语·子路》），董仲舒说"圣人于言，无所苟而已矣"（《春秋繁露·实性》），特别强调君子或圣人在名物时要一丝不苟。董仲舒阐释"真"与"名"的关系，"名生于真，非其真，弗以为名。名者，圣人之所以真物也。名之为言真也"（《春秋繁露·深察名号》），强调对事物的命名一定要严格遵从事物自身的真实状况，不能想当然地随意阐发。董仲舒还区分了"顺逆"与"是非"两个概念，"是非之正，取之逆顺，逆顺之正，取之名号，名号之正，取之天地"（《春秋繁露·深察名号》），事物本身的规律与轨范是"顺逆"，事物遵循这些规律和轨范就是"顺"，不遵循就是"逆"，这是一对自然范畴下的概念，不具备价值评判色彩，具有朴素的科学研究性质。与"顺逆"相对的概念是"是非"，这是人类社会中的规则，具备伦理与道德的价值评判与主观引导色彩。可以看到，当时儒家已经自觉区分价值中立的科学性研究与价值非中立的伦理性创建了。

最后，名物考察、研究、创建的精神活动模式是理性思辨，而非感性体悟。以往人们对中国古代哲学思想有种错误认知，认为其重体悟、轻思辨，重整体意象的形象表达、轻内在逻辑的抽象论证，而事实恰恰相反。儒家排斥不以理性思辨为前提的没有客观依据与思维理路的盲目体悟，"天道"不是用心、用意念去体悟，而是用大脑、用逻辑去辩证，在不断深入的探求与频繁激烈的交锋中抓住事物的本质与核心。"其从义理兆形于民心"（《管子·君臣下》）、"辨大之端，在深察名号"（《春秋繁露·深察名号》）、"别物之理，以正其名"（《春秋繁露·实性》），反复强调"义理""辨""别""理"，就是在说明名物的精神活动模式时一定要理路清晰、逻辑严密。

考察、辨析之后，把所得事物的性质、位置、职能、规律用抽象的概念或语言表达出来，既包括本然的自然范畴内的客观中立性描述，又包括应然的伦理范畴内的主观倾向性创造；既包括给事物指定一个统括这些涵义的名称，又包括对这些涵义本身的系统性的阐释，这就是名物行为中概念与理论的创造与阐释。考察、辨析要遵循价值中立的科学性研究原则，创造与阐释则要遵循价值非中立的伦理性建构准则。虽然伦理价值评判标准源于对自然的考察、辨析中得出的物理，社会伦理与自然物理相对应、相符合，如"是非"与"顺逆"相对应、相符合，但建构者的价值立场与态度是不同的，这其中包含鲜明的引导倾向。董仲舒认为人生来本性中有善有恶，圣人名物的目的，就是把人性中的善引导出来。设名是概念与理论的创造与阐释，一定要符合伦理价值评判标准，正确、明确地指定并区分什么是善，什么是恶。可见，儒家建构的政治社会学说体系是以引导人们向善为标的的。

第四节 价值说服

奇氏机制中的价值说服主要指社会制度高位、社会形态高阶，马克思站在历史此端对资本主义、社会主义、共产主义三种社会形态的发展走向进行了必然论证，然而儒家站在历史彼端关于社会制度与形态探索的初期，无法预知性地进行具体社会形态的论证，只是模糊地提出了一个"大同世界"的构想。虽然缺少这一部分论说，但儒家学说中有另外一种价值说服，就是自我价值实现的说服，通过超越意义的追寻、理想人格的塑造、外向事功的建立三个向度综合构建人的存在价值，以这种价值吸引、说服民众接受该意识形态的引导。

儒家对自我价值实现的最高境界与形式的构想可以用"内圣外王"来概括。

追求"内圣"，是解决人存在的超越意义这一终极哲学命题。正如冯友兰所说，中国哲学认为做人的最高成就是"成圣"，而成圣的最高成就是个人和宇宙合而为一。[1]一方面，儒家认为，人的本性中

---

① 冯友兰著，邵汉明编选：《冯友兰文集》第六卷，长春出版社2008年版，第7页。

既有动物性又有人性，通过不断地克制，去除动物性，成为纯粹的真正的人，才能实现人作为人存在的尊严与意义。另一方面，去除动物性、成为人的过程，也是体悟宇宙本体的过程，人在成为没有杂念、无欲无求的生命个体时，就与宇宙本体达成了融合。在很早的时候，儒家就开始辨析人性中的善与恶、人性与动物性，孔子说"吾未见好德如好色者也"（《论语·子罕》），孟子说"人之所以异于禽兽者几希"（《孟子·离娄下》），荀子说"水火有气而无生，草木有生而无知，禽兽有知而无义；人有气、有生、有知亦且有义，故最为天下贵也"（《荀子·王制》），朱熹说"欲动情胜，利害相攻，人极不立，而违禽兽不远矣"（《太极图说》）。可以看到，人与动物没有区别，对儒家来说是最为可怕而且可耻的事情。从孔子的"予欲无言"和孟子的"吾善养吾浩然之气"开始，儒家就针对如何去除动物性探索切实可行的方法论，至宋明理学援禅入儒，融合密宗与本土道教的内丹法门形成一套系统的理论，就是朱熹提出的"存天理、灭人欲"。通过"静"这种情绪模式不断地自省与克制，去除"情"和"欲"，人就能摆脱与生俱来的动物性，"摆脱一切对声色货利的占有欲和以自我为中心的意识，进入一种超越限制、牵扰、束缚的解放的精神境界"[①]，感悟到世界表象之上的同一、无形、至大、永恒的真相，生命个体和宇宙本体"诚""太极""无极"合而为一，获得同样无形、至大、永恒而平和、充实的精神满足感。此即程颢所说："夫天地之常，以其心普万物而无心，圣人之常，以其情顺万物而无情。故君子之学，莫若廓然而大公，物来而顺应。"（《定性书》）

这显然是代替了宗教的作用，为人解决精神上的痛苦指出一条路径，与制度建设支持社会理念一样，儒家也提出了一套具体可操作的方法，让人相信按照这套方法来进行就能达到他们描绘的精神境界。同时，在解决精神痛苦之外，儒家还通过一褒一贬区分了人性与动物性，让人厌恶自身的动物性，而通过儒家描述的方法获得高贵的人

---

① 陈来：《有无之境》，三联书店2009年版，第278页。

性，这就是说服心理学中"先激起对自我一定程度的不满"，然后提供一种可以获得新的价值的环境或途径。"人性高贵""人的尊严"属于马斯洛金字塔中自尊需求的部分，这种自尊是内向型的自我人格的较量，是人类作为一个种群对自己脱离动物身份而获得人类身份的数百万年进化史积淀出来的骄傲与荣耀，也是获得区分自身种群与动物种群的独立感与存在感的普遍精神需求。不管有意还是无意，儒家这套理念和方法正是利用这种说服方式和心理需求说服了民众。

陆象山说"儒者虽至于无声无臭，无方无体，皆主于经世。释氏虽尽未来际度之，皆主于出世"（《与王顺伯》），儒家虽然构划了一套超越意义的模式与方法，但不同于佛教的是，其在追求超越意义的同时还追求入世的现实意义，即在现世生活中的建功立业。联结超越意义与现实功业的一环是道德人格的塑造，塑造一种道德理想型人格是兼跨"内圣"与"外王"两端的。

儒家追求的人格是"君子"，君子的本性是"至善"，表现形式是"仁"，即在与他人交往关系中体现出的"爱人"的品格。王阳明说"世之君子惟务致其良知，则自能公是非，同好恶，视人犹己，视国犹家，而以天地万物为一体，求天下无治，不可得矣"（《传习录》），君子"爱人"不仅要爱身边的人，还要爱天下的人，要有以天下为己任的强烈使命感、责任感和人道主义的博爱精神，亦即理学所提倡的"民胞物与"，"为天地立心，为生民立命，为往圣继绝学，为万世开太平"（《横渠语录》）的博大胸怀和价值承担意识。君子品格要通过坚持不懈的修养和磨炼才能达到，即《大学》中"格物、致知、诚意、正心、修身"之法。"君子喻于义，小人喻于利"（《论语·里仁》），"君子之德风，小人之德草"（《论语·颜渊》）。与一褒一贬区分动物性与人性一样，儒家也用一褒一贬的形式区分君子与小人，树立一种值得尊重的君子人格，贬抑一种应该唾弃的小人人格，让人自觉转变态度，主动按照儒家提供的方法去打造君子人格。这也属于需求金字塔体系中的自尊需求，这种需求是外向的，从周围人对自己的尊重中获得存在感与满足感，而这种来自他人的尊重正是通过树立一种理想型道德人格获得的。

"内圣外王"是一种综合表征或综合路径，内与外不可截然而分，去除动物性的人的精神境界具化为可见形式就是君子的品德修养，而君子的品德修养要通过外向交互（主要方式是建功立业，亦即"外王"）来完成。"从更广的视域看，孔子以仁道为价值体系的基础，仁道则内在地包含着以人为目的这一观念，后者不仅表现于自我对他人的关系之中，而且展开为对自我本身的要求：以人为目的，一开始便意味着应当使自我在人格上达到理想之境；孔子之强调'修己'、成己，其深层旨趣亦在于此。不妨说，正是成人（人格的完善），构成了孔子的价值追求，也正是在人格境界上，内圣与外王的价值理想开始得到了具体的落实，而儒家的价值目标，亦由此得到了规定。"① "《大学》明确地以'修身'上连格致诚正的自我修养活动，下连齐家、治国、平天下的社会政治活动，使之构成了一个由本及末、由体及用的完整系统。"②

"外王"即建立事功，是马斯洛金字塔中最高级的人的自我价值实现的需求，人可以在现实社会与群体中发挥自己的作用，事业与成功可以给人带来被需要的存在感与满足感，同时，儒家所推崇的事业与成功不是追求个人名利，而是为天下苍生谋福利，这种满足同时又伴随着崇高。从孔子的"学而优则仕"开始，就为天下读书人开辟了一条进入行政系统的路径。孔子打破先周时期的"璧雍"贵族教育垄断，开设私学有教无类，为普通人创造通过读书、受教育获取知识的机会。汉武帝时期，董仲舒上策"兴太学""养士"，中央建立官学和"五经博士"，此后，儒经、官学、文官，即儒家学说、官方教育、行政管理三者紧密结合起来，成为后世主要的"文治"管理模式。制度的建设使理念成为现实，隋唐开科举，中央设国子监，地方

---

① 杨国荣：《善的历程——儒家价值体系研究》，上海人民出版社2006年版，第32页。

② 于述胜、于建福：《中国传统教育哲学》，江苏教育出版社1996年版，第193页。

设州、府、县学，官修《五经正义》等统一教科书，中央设三省六部制，这套成型的"教育—选官—任职"制度使天下男儿积极投身于入仕洪流，"朝为田舍郎，暮登天子堂"成为每个读书人的梦想，唐太宗也曾看着纷纷涌入皇城的赶考仕子感慨"天下英雄入吾彀中矣"（《唐摭言》）。南宋以后事功派的兴起也跟科举制与文官制的完善、发达有关，南宋浙东学派陈亮主张"王霸可以杂用，则天理人欲可以并行矣"（《丙午复朱元晦秘书书》），鼓励人积极求取功名、建功立业，甚至专门针对科场研究文章做法。

可以说，文官制的建立是儒学成为主流意识形态话语体系的最有力保障，也是儒学说服民众接受其说服的最直接有效途径。

第五节　话语说服

奇氏机制的话语说服指针对大众话语认知习惯，运用合适的政治修辞，创新话语内容，转化话语形态，转换话语体系，建构国家话语说服机制，说服大众从而获得政治认同。其偏重话语体系随着时代变化而不断更新的方面。儒学体系中的话语说服首先包括话语本身修辞学视域下的说服因素，其次包括话语内容与形态随着时代发展而进行更新的方面。

首先，无论中国先秦百家争鸣时期，还是西方古希腊城邦圣人时期，都出现诸家学派著书立说、激烈交锋的盛况，与之伴随的就是对传播思想学说过程中说服技巧的发现与研究。中国以《鬼谷子》等纵横家为代表，西方以苏格拉底、柏拉图、亚里士多德三贤为代表，都对话语修辞的政治伦理功能和说服技巧展开了详细讨论，中西方颇多互通之处，儒家作为此时代背景中的一个流派，也对话语修辞技巧进行了探索与运用。关于儒家学说中对修辞人格、情感、道理等方面修辞手段的运用，已有学人作了详实的分析与辩证，且前文与这些内容有部分交叉，所以本节不再赘述，单就话语说服的角度举二端分析儒学话语体系在话语技巧上的说服因素。

第一，儒家经典尤以《论语》为代表，采取娓娓道来、潜移默化的言语形式。以往人们有一种认识偏差，认为先秦诸子中只有儒家是不重视或拙于言语技巧的，他们往往规避华丽的藻饰和竞技式的论辩意味，代之以朴素、平实的词汇与合作式的交流意味。其实这是儒家基于受众心理采取的说服策略。亚里士多德说，"（作家）必须把他们的手法遮掩起来，使他们的话显得自然而不矫揉造作；话要说得自然才有说服力，矫揉造作适得其反"，"还须立刻显示你具有某种性格，使观众认为你是这样的人，对方是那样的人；但是不要让他们看出你在做什么。从报信人那里可以看出，这是很容易显示的：我们并不知道是什么消息，可是一眼就能猜到一些"。①如果说服过程显露出的目的性太强，就会引起听者的警觉，从而听者就会采取戒备心理，不再愿意跟随说服者的思路转变自己的观点与态度，导致说服行为的失败。这种目的性往往容易暴露在竞技式的论辩中，论辩式的语言看似强有力，实则效果最差。说服不是角力，不是依靠强力就能实现征服的，如果听者不从主观意愿上自愿接受，那么说服总不会成功。所以儒家刻意规避了意图的显露，采取了一种更不易察觉的说服方式：首先营造一种平等亲切的交谈氛围，让听者放松警惕；然后树立一种负责、悲悯的长辈性格，让对方愿意聆听与倾诉；最后用温和、启发式的语言在交谈中引导听者的思维，在听者的不自知中达成说服效果。当然儒家也有例外，孟子总是开宗明义以磅礴恣肆、暴风骤雨式的语言"攻击"对方的视听，导致对方"顾左右而言他"，以致说服活动频频失败。同时，儒家"述而不作"的话语体系构建方式也起到了"隐藏"作用，将主观意图消隐在历史文本与集体记忆背后，消除说服行为中因听者排斥产生的阻力。

第二，儒学话语中多用比喻，用自然界中的道理来比喻论证人类社会中的道理。善用比喻是先秦诸子乃至整个古代文本史的突出特

---

① 亚理斯多德著，罗念生译：《修辞学》，上海人民出版社2006年版，第9页。

征，而儒家似乎更胜，道家、墨家、法家、名家都有抽象的高度集中的理论与概念辨析，而儒家极少这种抽象的辩证，尤多形象生动的比喻阐释。比如，"君子之德风，小人之德草，草上之风必偃"（《论语·颜渊》），又比如"人性之善也，犹水之就下也，人无有不善，水无有不下"（《孟子·告子章句上》），前者将君子和小人分别比作风和草，用风压倒草的必然性论证君子压倒小人的必然性，后者将人性中的善比作水向下流，用水必然向下流论证人性必然善。这些比喻看似非常有道理，其实逻辑存在缺陷，即前提预设的不可证性，我们不能证明人类社会与自然界是必然对应的，更不能证明君子一定和风对应而小人一定和草对应，为什么把人性必然善比作水必然向下流，而不将人性必然恶比作水必然向下流，这些逻辑缺陷都是无法解决的。此外，比喻论证的另一个缺陷是采样的不完全性，只根据个别样本来归结普遍规律是不行的。然而，儒家为什么还要采取比喻这种论证方式呢？因为它形象生动，在前提预设不被人怀疑的情况下，它就是最有效的传递方式。尤其对受教育程度较低的民众而言，选取他们身边熟悉的事物更直观易懂、易于理解和接受。事实证明，儒家取得了胜利，其平易近人、形象生动的言语方式将其承载的思想学说深深化入了民众的内心。

第三，话语说服的另一个方面，就是话语内容随着时代变化不断更新。随着社会现实的发展，话语会产生滞后性与惰性，有些词义和感情色彩会发生转变，因此随时调整话语内容是保持意识形态话语体系说服活力的关键。虽然话语体系的"名"改变了，但其"实"还是传达、维护意识形态的内涵与统治。这个改变包括宏观层面的话语范式转型，中观层面的话语轴心变革，微观层面的话语概念变迁，由于宏观层面的话语范式具有稳定性，所以调整主要从中观的话语轴心变革和微观的话语概念变迁两个层面进行。儒家于实时调整话语内容这一点上做得非常出色。

首先，我们举一例说明儒学话语在微观层面的话语概念变迁上做出的调整。"天"这个概念在儒学体系中既代表最高意志，又代表宇宙本体，最初儒学是把最高意志和宇宙本体的权威用"天"这个概念来承载的。西周末年，随着政治动荡与社会混乱，人们开始对"天"的恒常和力量产生怀疑，出现大量质问、咒骂"天"的作品，这时"天"作为旧的没落政权的代表与导致人间苦难的元凶而失去其被崇敬、被信仰的地位。春秋战国时期，随着冶炼技术的发展，人们制造工具的能力大幅提升，科技与生产力相较先周大幅发展，人们对自然的认知与掌控进一步加强，不再那么盲目畏惧自然的力量，于是代表原始自然力量的"天"也逐渐失去其威慑力。鉴于词语感情色彩变化与内涵的变迁与过时，儒家吸取当下流行的阴阳五行说加以改造。阴阳五行最初是朴素的分析物质世界的自然科学知识，后来渐渐与神秘主义结合。儒家抓住这个契机，进一步以神秘主义的世界观对阴阳五行加以改造，并辅以灾异说，使其成为新的具有神秘力量震慑力的代名词。"天"的概念虽然未被抛弃，但与先周时期的"天"的内涵已经不一样了，此时的"天"是依附于阴阳五行概念之上的，可以说，阴阳五行概念的内涵实际上替换了"天"概念的内涵。儒家既吸收了新的概念，又对旧的概念内涵进行了更新。

同样，到宋代，科技与生产力又有一次大的飞跃，随着佛教与道教的发展与流行，更多新概念、新论调、思辨哲学、内修法门等大量涌入人们的视野和思维，约一千年前的话语内容已经显得陈旧并因审美疲劳而产生说服惰性，失去了新鲜感与刺激度。于是，宋儒又对话语概念进行改造，还拿"天"来举例，宋代儒学将"天"的概念替换为"诚""理""太极"。此时的"天"与之前的最高意志又有所不同，它突出了宇宙本体的内涵部分，将之前高高在上的权威改造成追求超越意义的目标，无疑这是适应民智增长与思辨哲学发展的。同时，引入道教中"太极"的概念与"静"等内修法门，以为自己的养生、超越的克制行为补充之前为他人的至善、成仁的克制行为，既顺应时下潮流，又符合个人意识觉醒的时代风气。

其次，儒学话语内容的调整还体现在中观话语轴心的调整。根据奇氏机制，话语轴心主要指话语范式的支柱和核心理论，在某个相对稳定的历史时期内话语范式需要不同的话语轴心来支撑和加固。在整个漫长的封建社会历程中，儒学体系作为意识形态的宏观话语范式是稳定的，整个封建社会的稳定性决定了意识形态及话语体系的稳定性，虽然其间夹杂着混乱动荡与儒学话语体系的失位，但整体来说，儒学话语体系正位的时期占主导。把这些主导时期的儒学话语体系提出来联结成一个宏观整体范式，就可以发现其中观话语轴心进行了调整，而这个调整主要围绕"守成"与"革新"两种话语中轴交替进行。

唐初孔颖达主持编纂《五经正义》，他在《尚书正义序》中说，魏晋刘焯、刘炫注疏儒家经典最为突出，然而前者陷溺于两汉经学繁琐的考据与谶纬注疏、多做无用功，后者又因魏晋流行的骈文、玄学影响显得华丽而言之无物，因此他删繁就简，重新注疏五经。与此相伴随，唐初古文运动兴起，古文学家们振臂一呼恢复道统，抑黜佛老，革除文章虚华无物的流弊，主张文章载道与经世致用。放在历史时段中看，这既是对魏晋时期尚藻饰、尚清谈的文风与学风的反拨，也是鉴于前代兴佛佞佛的经验教训做出的重大调整。而置于儒学发展脉络中看，唐初的儒学与古文复兴其实是对汉代儒学体系中出现的问题的反拨，是自我机制的革新。唐初虽以"复古"为话语中轴，但其实质是"革新"，是以复兴子学时期的儒学为名革除两汉过度神化、繁琐庸俗化的"守成"姿态，鼓励人们重新接纳以儒学为话语体系的意识形态，重新向中央集权靠拢、积极进取、务实建设。这种思潮鼓动与设官学、统一教科书、开科举等一系列举措并行实施，有效打击了世族势力与庄园经济，推动了权力收归中央与生产力向前发展。以"革新"为实质的"复古"话语中轴的采用，是儒学话语体系发展过程中的自我调整与平衡，是大一统中央集权意识形态的正位，也是历史与时代发展的吁求。

同样，宋元明清事功派兴起，也是对儒学发展到理学阶段内守、尚虚的"守成"的反拨。一个朝代进入稳定期，意识形态话语中轴必然会由"革命"转向"维稳"，此时宋明理学兴起，要求人克制外向的名利欲望而向内心谋求价值的超越与心灵的安放，无疑这是符合维护统治秩序要求的。然而两宋内忧外患积重，民族危机加剧，以陈亮为代表的事功派开始不满于理学推崇的碌碌无为、消极保守的人生态度，高举"义利双行"大旗，要求人们以天下为己任，成为英雄豪杰，建功立业。明清激荡之际，黄宗羲、顾炎武、王夫之、戴震等进一步针对理学中的缺陷进行反思与批判，顾炎武将建功立业推进实学领域，要求"士当求实学，凡天文、地理、兵农、水火及一代典章之故，不可不熟究"。可以看到，这种高蹈的"事功"话语是基于尖锐的社会现实矛盾与问题提出的，它是针对造成社会发展阻碍的"守成"话语中轴进行的矫正。

需要注意的是，"守成"与"革新"并不是前后交替进行，而是双线并行，社会需要大的发展变革的时候，"革新"就成为意识形态话语中轴，"守成"成为一条辅线通过角力对其进行反拨；社会需要稳定的时候，"守成"就成为话语中轴，"革新"就成为辅线针对实时出现的问题进行调整。始终保持话语中轴与时代的合拍与默契，是既维护稳定又实现发展的必要条件。

"整个当下中国正在朝着更加本土化的方向发展，近三十年来社会科学高速发展繁荣的局面正在告一段落，而人文学术、特别是中国古典学术和传统文化研究正在从边缘重返主流……当前儒学复兴的挑战性一是指向主流意识形态，二是指向西方中心论，三是指向现行的学科分类。"①

儒学复兴成为当下社会思潮与学术研究的热点，各种流派与争议也随之而起。有人主张完全地继承，不仅包括指向社会诸领域的学说，还包括政教、宗教性的建制与仪式。有人主张选择性地继承，用民主与科学的现代思想改造儒学，使之成为适用于当下时代需求的新儒学，更有人探求马克思主义与儒学的嫁接产物，称之为"儒马"。

---

① 王学典：《中国向何处去：人文社会科学的近期走向》，《清华大学学报》（哲学社会科学版）2016年第2期。

有人则反对儒学代替马克思主义及自由主义成为中国主流的思想意识形态。其实，各种主张虽有争议，但初衷却相同，都是在为当下中国所处和将要面临的历史阶段探寻一条正确的路径。正如汤一介先生所言，他对儒学的复兴充满信心而怀有警惕。支持复兴的一派侧重的是"充满信心"的部分，即儒学在解决当下文化危机、精神危机、道德危机等问题时可以发挥作用；反对复兴的一派侧重的是"怀有警惕"的部分，即用中世纪儒学指导新世纪现实是否在开历史倒车，这其中尤令人警惕的就是可能伴随传统儒学意识形态复兴而来的皇权与人治的复辟。

历史是客观的，人是主观的，没有人能完全抽离主观性而准确把握历史的样貌、进程以及未来，这就是论争的意义，在不同声音与力量的相较中，实践会将各方力量调节成一股合力，而这股合力也是历史的合力，会把一切最终拉向平衡。

第六节 儒家权力话语体系的建立及对当今现实的启示

布迪厄的符号权力概念认为：

> 首先，从"符号权力"的角度来看，"符号系统"就是一套知识工具，既被结构塑造，也被进一步用来塑造结构。"符号权力"概念就是要强调符号是一种构建现实的权力，它往往能够建立社会世界的秩序；其次，要避免将符号关系化简为沟通关系，仅仅注意到沟通关系总是权力关系还不够，还必须认识到"符号系统"既作为知识工具，同时也是支配的手段。[1]

儒家通过名物建立的这套秩序，既是反映、指导生活世界本然

---

[1] 杨善华、谢立中主编：《西方社会学理论》下卷：北京大学出版社2005年版，第174页。

与应然的状态与规律的知识体系，又顺利使其成为社会管理的依据与方式，这不是知识与权力的外部结合，而是知识与权力的内部重合，或者说，权力主导就包含在知识建构之中。这种重合的决定性因素是知识分子与管理者身份的重合。我国古代文献中对知识分子的典型称呼为"圣人"，对管理者的典型称呼为"帝王"，然而在先秦儒家甚至道家文献中，"圣人"兼具这二者的内涵，即具有知识分子身份的管理者。文章在这里称其为"圣王"。兼具知识分子与管理者身份的"圣王"与单具管理者身份的"王"的区别，在于前者获得权力的形式是通过文化知识，而后者获得权力的形式是通过武装暴力。

远古时期，暴力争夺是材料分配与权力转移的主要方式，然而，随着社会生产与分工日趋复杂精密，暴力争夺已经不能解决分配问题，于是就出现了以理性协商取代暴力争夺的方式。拥有武力的掠夺者虽然强大，但其在数量上远远逊于弱小的被掠夺者，"圣王"带领被掠夺者反抗、制止掠夺者，并进一步确立契约，即前文详述的秩序，以这套秩序作为社会整体的运行规则。在这套秩序的建立、运行过程中，知识分子是发挥作用的关键，其分化为三种身份，或者说承担起三种职能。

第一种是学者身份，即知识分子天然具有的学术研究职能。学术从来都不能与政治社会功用相分割，它是以政治与社会管理为目的的理论体系的建构行为，是维持社会良性运行分工中的一种。这种建构既包括肯定型的建立与完善，又包括批判型的修正与调节。其神圣性不体现在与政治社会截然分割的独立，而体现在服务于社会群体的责任意识与客观严谨的科研原则。

第二种是管理者身份，即行政与法律的执行职能。面对宏观的策略与微观的措施的制定或调整，需要具备全局性与前瞻性的眼光，针对一些突发性或特殊性的状况要有应变和实效解决的能力。而学习文化知识的目的之一就是尽量提升这些素质与能力。同时，由于这套秩序体系本身具有文化性，其运行、相互传达的协商载体是文本，所以管理者也要具备相应的文化素养，能够准确理解、执行、传达、协调。

第三种是教育者身份，即秩序体系的社会推广者。秩序要求的群体统一性与个体的独立多样性之间，势必存在龃龉与冲突，如果只依靠行政法律的硬性实施，那么可能会遇到很大阻力甚至适得其反。所以，教育的初衷就是说服，让群体理解秩序的优越性与必要性，从而自愿服从并放弃一部分独立多样性。教育既包括理性说服又包括言行驯化，言行驯化既包括习俗道德的规训又包括文学艺术的熏陶。

综合以上三条路径，儒家建立的秩序体系在社会范围内得到确立，也随之掌握了权力话语与话语权力。这种权力与强虐者的暴力权力不同，它的方式理性温和，代表的是最广大群体，目的是使所有人的正当权益得到保障，从而使族群更好地延续、发展。

当今世界，全球化已成为所处的现实而非趋势，所有国家、民族都不可避免地暴露在联系、合作、冲突的相互作用关系中。全世界作为一个交互整体，还没有建立一套全面、公允、行之有效的秩序体系，霸权主义与强权政治仍然是交互关系中的主导力量，甚至在现代文明世界中还有武力解决争端的现象。我们的国家与民族面对这样一种现状与环境，秩序与权力话语体系的构建显得尤为重要。

第一，内部秩序是我们国家民族提升自身实力的先决条件。拥有一套完善、行之有效的秩序能保障我们社会各个领域健康高速地运行、发展，雄厚的经济、政治、军事、文化实力是我们在全球交互中居于主动地位的基础。

第二，话语体系是我们国家民族得以保持独立身份，不至于被其他文化入侵、同化的有力保障。"失语"是我们国家民族文化从传统转向现代过程中出现的病症，我们的文化在现代社会环境中找不到适当的话语表达方式，从而使我们对自己的身份都不了解，以至于民族认同感降低。儒家名物就是建构一套属于自己的文化与话语体系，显然这个行为在当今仍然需要，我们带着鲜明的自我身份与文化认同投入世界多民族的汇流，才不至于在磨洗中被同化、消失。

第三，话语体系是我们国家民族在对外交互关系中居于主导地位的必要条件。布迪厄认为，哪怕是最简单的语言交流也不是纯粹的沟通行为，总是涉及被授予特定社会权威的言说者与在不同程度上认可这一权威的听众之间结构复杂、枝节蔓生的历史性权力关系网。每一次语言表达都应视为一次权力行为。[①]找到一种合理的、具有说服力的语言方式，才能让对方认可，接受我们要传达的内涵。

第四，我们的秩序与权力话语体系对当今世界秩序的构建有着积极的借鉴意义。儒家于原始社会向文明社会的转型阶段担负起构建、推动、实施这一转型的历史责任，同样，当今世界处于多民族国家由独立无序向统一秩序的转型时期，我们国家作为幅员辽阔、人口众多、历史悠久、文化深厚、经验丰富的大国应该主动担负起这项历史责任。无论布迪厄还是鲍曼，都强调知识与权力的结合是现代性的政治社会特征，然而在两千多年前的中国，儒家就已经开始了这种探索，并成功建立了一套秩序体系与管理模式，这足以为当今世界秩序的构建提供内容与方法借鉴。我们贡献这些优秀的成果与财富，立足代表世界最广大群体发声，深入研究当今世界现实的特点与诉求，争取建构一套能够维护所有人正当权益的秩序体系，并推动其顺利实施、运行，从而使全人类更好地延续、发展下去。

---

① 参见杨善华、谢立中主编：《西方社会学理论》下卷，北京大学出版社2006年版，第174页。

第四章

北宋中期士大夫的变革

　　宋太祖赵匡胤为维护统治采取"崇文抑武"的策略，这种治国方针被确定为"祖宗家法"代代相承，于是，有宋一代形成皇帝"与士大夫治天下"的局面。为营建起这样一支庞大的士大夫队伍，中央不断增加文官职位，并扩大科举招考人数，宋太宗赵光义即位后，第一榜就录取五百多人，超过了宋太祖赵匡胤十七年科考取士的总数。对此，赵光义明确表示："吾欲科场中广求俊彦，但十得一二，亦可以致治。"可见，中央的策略是广撒网、捕大鱼，在扩大录取人数规模中提高偶遇贤才的几率。然而，这造成了北宋中期"冗员"问题的出现，官僚队伍庞大，行政效率低下，用于发放文官俸禄的财政支出水涨船高。

　　同时，为防止地方武将拥兵自重，宋朝皇帝采取"守内虚外"的策略，将精兵都集中到京师周围，形成边防将士战斗力减弱的局面。然而，北宋边患问题严重，东北部契丹与西北部的党项连年发动战争，政府又不得不扩充边防军队，于是采取募兵制招募兵勇。为防止兵士只认将领的状况出现，军队将领采取"更戍法"，然而兵将互不熟悉，配合作战时往往不能得心应手，削弱了边防军队的战斗力。这样大量招募兵勇又有欠精悍的行为直接导致了北宋中期"冗兵"问题的出现。

　　"澶渊之盟"后，宋真宗沉溺于"祥瑞兴国"，诹臣王钦若假造"天书"，与术士往来密切，东封西祀，大造宫观。宋仁宗年幼时，刘太后垂帘听政，热衷于建造宫殿、兴修塔庙。以上种种导致国库空虚，建国以来积累的财富消耗殆尽，于是形成北宋中期"积贫积弱"的局面。

宝元元年（1038年），党项李元昊称帝，建国号夏，大肆进攻西北边陲，经过"三川口之战"和"好水川之战"两场惨败，北宋积极有为的士大夫意识到，变革已成为迫在眉睫的时代呼声。

第一节　范仲淹与"庆历新政"①

提起范仲淹，我们并不陌生，相信很多人都可以熟记他的《岳阳楼记》，知道那句著名的政治理想述怀："先天下之忧而忧，后天下之乐而乐。"范仲淹是北宋中期改革浪潮中具有典型性的一位士大夫，他终生贯彻着"文以载道"与"家国天下"的信念，出将入相，用自己的行动与功绩树立起一座令人仰止的丰碑。

一、少年苦读，立志文道

范仲淹，字希文，生于989年，卒于1052年。范仲淹两岁丧父，身为妾室的母亲疑被正室逐出，带范仲淹改嫁一位朱姓县官，范仲淹原名朱说。后来范仲淹成年后想改回本姓认祖归宗，却遭到范氏族人的阻挠。可以说，范仲淹的少年经历并不是那么幸福。南宋楼钥作的《范文正公年谱》中记录了这样一则事情：范仲淹还叫朱说的时候，朱家的兄弟花钱无度，他看不过去，就规劝兄弟们要节制，没想到朱家兄弟反唇相讥："我们花的是朱家的钱，跟你有什么关系？"范仲淹听后大惊，询问了别人才知道自己不是朱家人，而是母亲改嫁带过来的继子。得知自己的身世后，范仲淹离开朱家，负笈求学。

范仲淹的求学之路非常艰辛，《墨客挥犀》中记录了他早年"划粥断齑"的故事。范仲淹与刘姓同窗住在长白山僧舍，每天用粟米煮

---

① 　本节参考：诸葛忆兵《范仲淹传》，中华书局2012年版；陈振《宋史》，上海人民出版社2016年版等。

一锅粥，粥凝固之后，就用刀把粥切成四块，每人早晚各吃一块。"韲"是捣碎的姜、蒜、韭菜等腌菜，范仲淹和同窗每天就吃两块粥块和一点腌菜，这样度过了三年。范仲淹学习非常刻苦，每天和衣而睡，困倦时就用冷水洗脸，清醒后继续苦读。不仅如此，范仲淹学习还非常专心致志，他在应天书院读书时，宋真宗到应天府朝拜祖殿，学子们都纷纷跑去看热闹，希望能见上皇帝一面，唯独范仲淹不为所动，仍然坐在书院里读书。有人问他为什么不去看皇帝，范仲淹说："皇帝总是要见到的，将来见也不晚。"

范仲淹虽然少年窘迫，但志向、心胸却不狭隘，他没有戚戚于自身遭际，而是将抱负放在救人治国的远大理想上。他曾经说，不为良相、便为良医："大丈夫之于学也，固欲遇神圣之君，得行其道。思天下匹夫匹妇有不被其泽者，若己推而纳之沟中。能及小大生民者，固惟相为然。既不可得矣，夫能行救人利物之心者莫如良医。果能为良医也，上以疗君亲之疾，下以救贫民之厄，中以保身长年。在下而能及小大生民者，舍夫良医，则未之有也。"可以看到，范仲淹始终将儒家推崇的"道"贯彻在自己的信念中，以救治天下百姓疾苦为己任。他此时虽是出身寒微的青年学子，但对自己的政治前景充满信心，这得益于当时科举制的盛行与公正，有志学子都坚信只要通过寒窗苦读就可以考取功名，进入仕途实现自己的理想抱负。

范仲淹就读于应天书院时作了《睢阳学舍书怀》一诗：

> 白云无赖帝乡遥，汉苑谁人奏洞箫？
> 多难未应歌凤鸟，薄才犹可赋鹡鸰。
> 瓢思颜子心还乐，琴遇钟君恨即销。
> 但使斯文天未丧，涧松何必怨山苗。

诗中"瓢思颜子心还乐"一句是以春秋时期的贤人颜回自比。颜回是孔子最得意的弟子，孔子曾经称赞颜回："贤哉，回也。"《论语·雍也》记载颜回："一箪食，一瓢饮，在陋巷，人不堪其忧，回也不改其乐。"意思是说颜回住在简陋的屋子里，吃饭只有粗粮和米汤，别人都对这种贫苦的生存条件感到忧愁，而颜回却因未曾改变志向而感到快乐。这与范仲淹少年求学的经历是有相通之处的，范仲淹"划粥断齑"三年，仍能坚持寒窗苦读，同样也是来自对志向的坚守。颜回推崇舜帝，他说："昔舜巧于使民，而造父巧于使马。舜不穷其民，造父不穷其马；是舜无失民，造父无失马也。"颜回认为舜帝深谙"以民为本"之道，懂得治理的初衷是让百姓过上好的生活。这无疑也是与范仲淹"不为良相，便为良医"的志向契合的，他们读书进业的目的是为了改善民生。

"涧松何必怨山苗"一句是针对左思的《咏史》诗之一提出的不同见解。左思是西晋著名文学家，才华卓著，但因为出身寒微而无法得到重用。魏晋时期盛行九品中正制，将全国的姓氏划分为九个等级，选官就按照这九个等级进行。也就是说，如果你出身下等姓氏，那么即使你再有才能也无用武之地，左思就是在这种社会背景和人生遭际中写下了这首诗：

> 郁郁涧底松，离离山上苗。
> 以彼径寸茎，荫此百尺条。
> 世胄蹑高位，英俊沉下僚。
> 地势使之然，由来非一朝。
> 金张藉旧业，七叶珥汉貂。
> 冯公岂不伟，白首不见招。

"郁郁涧底松"是生长在山涧底下的茂盛的松树，比喻出身寒微却德才出众的底层庶族，"离离山上苗"是生长在山顶的稀疏的野草，比喻出身显赫却平庸无奇的上层贵族，只是因为野草的出身比松树高，它就凌驾在松树之上作威作福。左思在这首诗中既表达了对这种社会不公平现象的愤慨，又流露出对这种现象无能为力的无奈。范仲淹在自己的诗中一改这种愤慨和无奈，他说"但使斯文天未丧，涧松何必怨山苗",表面上是说只要自己坚定"文""道"信念,就不必去怨天尤人,但实际表达的还是对自己前途的无忧与自信。北宋与魏晋的政治社会环境不同,魏晋仕途被世家大族垄断,而北宋却着力纠正、打击这一点,严格贯彻"因才取士"的理念,没有任何出身显赫的人可以打破科举取士的公正性。太宗雍熙二年(985年)科考,宰相李昉的儿子以及其他一些贵族子弟考中了进士,宋太宗在检视名录时发现了这种情况,说:"此并世家,与孤寒竞进,纵以艺升,人亦谓朕为有私也!"然后就将这些贵族子弟全部剔除。这些人考取进士未必是通过关系,而宋太宗为了严格贯彻公平的考试制度不惜全部剔除以避嫌疑,可见他对于选拔人才和任用人才的决心,也因此宋代文治达到空前之盛。

范仲淹成年后,改回本姓,因为崇拜南朝著名政治家、文学家江淹,就为自己取名"仲淹",字"希文",意在表明自己将追随江淹的步伐,通过"文道"来辅佐治理国家。

二、初入仕途,直谏强干

宋真宗大中祥符八年(1015年),二十七岁的范仲淹进士及第。之后,范仲淹出任安徽广德军司理参军事,掌管诉讼刑狱等事。范仲淹初入仕途,就体现出刚正不阿、心系百姓的品质。《广德州志》记载,范仲淹经常因为案件审理的事务与太守争论,太守常常被气得大发雷霆,范仲淹仍据理力争,从不屈服。范仲淹经常将一些见解、争论写在身后的屏风上,当范仲淹调离广德时,屏风上已经密密麻麻写满了文字。范仲淹在广德十分注重发展教育事业,因为他深知只有教育能让人文明开化,从而达成和谐治世。范仲淹聘请三位名士来广德做老师,当地的读书风气越来越盛,宋仁宗景祐年间,广德考出了历史上第一位进士,北宋一代广德先后共有二十二人考取进士,这些都得益于范仲淹在广德对教育事业的经营。

天禧五年(1021年),范仲淹调任江苏泰州,监西溪镇盐仓,他在泰州最显著的功绩就是坚持修筑海堰工程,治理好了当地的水患,造福千秋。范仲淹通过视察,发现当地的海堤修建于两百多年前的唐大历年间，早已残破败坏，如有水患后果不堪设想。于是，范仲淹上书淮南制置发运副使张纶，请求重修海堤。这次请求得到了张纶的支持，范仲淹被调任兴化县亲自负责重修的前期工程。在修建过程中，突降一场罕见的大雨雪，波涛汹涌，摧毁了初期的建筑物，工事人员死亡过百，军民纷纷逃亡。朝廷得知此次灾祸，任命胡令仪为淮南转运使，前来考察。范仲淹坚持向胡令仪进言，要求继续修建海堤，胡令仪听从范仲淹的建议，并亲自参与到工事修筑中。海堤修筑完毕，当地水患解除，很多绅民感戴范仲淹的功德，甚至改姓范来追慕他。当地《重建范文正公祠堂记》称赞范仲淹："初仕西溪镇官，即请于朝，筑捍海堰，为承、楚、泰三州民田无穷之利。作小官时志虑力量已如此，异时勋名满宇宙，皆自此发之。观大节必于细事，观立朝必于平日。前辈谓士自一命以上苟存心于泽物，皆可有济。"

天圣四年（1026年）至天圣六年（1028年），范仲淹因母亲去世丁忧，住在南京应天府。这时北宋名臣晏殊出守应天府，大力兴学，便聘任范仲淹为府学主管。范仲淹以极大的热情投身于教育，常常奖掖人才、济贫扶困。应天书院学生朱从道勤奋好学，范仲淹就作文《南京府学生朱从道名述》来鼓励他，借"从道"之名阐释什么是"道"，借以勉励书院所有学子。范仲淹说："臣则由乎忠，子则由乎孝，行己由乎礼，制事由乎义，保民由乎信，待物由乎仁。"并说如果能追随此道，则"可以言国，可以言家，可以言民，可以言物，岂不大哉？"

范仲淹虽投身教育，但始终心系国家。天圣五年（1027年），范仲淹将自己对国家问题的洞察与建议写成《上执政书》，提交给执政大臣。在这篇文章中，范仲淹提出了当下现实中六个比较紧要的问题："朝廷久无忧""苦言难入""国听不聪"；"天下久太平""倚伏可畏""奸雄或伺其时"；"兵久弗用""武备不坚""戎狄或乘其隙"；"士曾未教""贤材不充""名器或假于人"；"中外方奢侈""国用无度""民力已竭"；"百姓穷困""天下无恩""邦本不固"。针对这六大问题，范仲淹提出了具体的解决措施。一是"固邦本"，选拔优秀干部，黜退昏庸无能，"举县令，择郡长，以救民之弊"；二是"厚民力"，限制僧道产业，裁汰老弱兵丁，不用珠玉奇货，鼓励农业生产；三是"重名器"，兴办地方学校，改革科举制度，提高策论比重，降低诗赋比重；四是"备戎狄"，设立武举考试，选拔专门人才，发展军队营田耕桑，充实军库储备；五是"杜奸雄"，约束外戚，抑制恩荫，杜绝肆意兴修土木工程；六是"明国听"，鼓励直言敢谏之人，惩处谄媚奸佞之人，保持国家行于正道。范仲淹的此次上书基本包含了"庆历新政"的基本主张，为日后的变革打下了理论基础。

　　天圣六年（1028年）十二月，范仲淹丁忧期满，回京待职。晏殊推荐范仲淹担任馆职，范仲淹顺利通过考试，被任命为秘阁校理。宋真宗晚年多病，刘皇后当政，真宗病逝后，年仅十二岁的仁宗登基，刘皇后就成为刘太后垂帘听政，掌握了朝廷大权。范仲淹回京之时，仁宗已年满十八岁，而刘太后仍无归还政权之意。天圣七年（1029年）十一月，仁宗率百官在会庆殿向刘太后祝寿，范仲淹趁机当面上疏，公然指责刘太后违背法制："天子有事亲之道，无为臣之礼；有南面之位，无北面之仪。若奉亲于内，行家人礼，可也。今顾与百官同列，亏君体，损主威，不可为后世法。"事后，范仲淹继续上疏要求刘太后归还朝政，朝廷只能置之不理。在此期间，范仲淹又接连上《论职田不可罢》与《上时相议制举书》，集中讨论官僚队伍建设与科举选拔人才制度。范仲淹针对当时"文章柔靡，风俗巧伪，选用之际，常患才难"的问题，提出试子应以儒家经典为宗，录取也应以言之有物者为先。这些主张都是与范仲淹"文以载道"的观念相符的，也刺激了科场文章改革与古文运动兴起。天圣八年（1030年），范仲淹主动要求离京，到山西永济出任河中府通判。虽然范仲淹直斥刘太后得罪了权贵，却因此获得了宋仁宗的好感，为以后仁宗信任、支持他的变法铺开了道路。

　　范仲淹出任地方官非常有作为，为百姓办了很多关乎生计的实事。他任河中府通判时，看到当时郡县行政区域划分过多，导致百姓频繁服役、荒废农时，就上疏建议朝廷兼并郡县。在奏疏中，范仲淹对河东、河西两县的主户数量、所承担徭役都有详尽的统计，可见他的主张是来自切实考察，而非纸上谈兵。范仲淹出使长江、淮河沿线视察灾情，调拨粮食开仓济民，申请朝廷特别拨款，偿还官府从百姓手中购买粮盐的债务。范仲淹还采取了很多措施减缓灾情，比如改变当地恶陋习俗，捣毁不必要的祭祀场所，让人们把财力和精力都集中到抗灾上。范仲淹要求当地政府核查灾情，因灾情伤亡导致田地荒芜的，予以免除赋税；家中只剩孤寡老幼的，也予以减免；对外出逃荒重返家园的农民，予以免除当年赋税以作鼓励。范仲淹还发现，政府收购百姓余粮，商人会从中大肆牟利。商人趁丰收时从农民手中低价购粮，囤积存储，再高价卖给政府，因此政府耗费了大量资金，农民也并没有获得实惠。范仲淹奏报朝廷获得同意，农民在作保的前提下，可以先从政府领钱，一个月内将粮食上交政府，省去了商人从中的盘剥。王安石后来推行的"青苗法"，就是借鉴了范仲淹这些举措。

范仲淹此后经历起复、外放、再起复、再外放，历经三贬，他自己在诗文中称自己为"三黜人"。然而，任职中央，范仲淹能直言进谏，往往切中政体问题要害；出任地方，范仲淹则强干有为，造福一方百姓。地方任职的经历让范仲淹对国情、民生有了更深切的认知，也锻炼了他的实干能力，为以后出任宰辅匡扶社稷奠定了基础。

三、统将领兵，抗击西夏

西夏原是西北党项族的部落之一，居住在夏州，称作平夏部。其首领拓跋思恭曾率众参加平定黄巢起义的战争，被唐封为夏州节度使，赐姓李。北宋建立至真宗时期，该部落一直发展、扩大自己的势力，要求周边其他少数民族部落臣服于自己。宝元元年（1038年），李元昊正式称帝，建国号大夏，自称"始文英武兴法建礼仁孝皇帝"。北宋建国，一直推行崇文抑武、守内虚外、强干弱枝政策，导致边陲军备废弛，很多将士空有头衔和俸禄，甚至不能披甲上马驰走。然而北宋朝廷并没有意识到双方军事力量的差距，盲目作战，急于求成，直接导致两场损失惨重的败仗。

宋仁宗康定元年（1040年），李元昊大举进攻延州，当时知延州的范雍不懂打仗，赶紧请求朝廷增援。李元昊设计诈降，范雍中计不予防备，李元昊偷袭延州西北的金明寨，活捉了有"铁壁相公"之称的李士彬父子。此时刘平、石元孙、黄德和率一万余部将增援赶到，刘平轻敌冒进，被敌兵引入延州的三川口，宋军陷入埋伏圈，全线溃败，刘平与石元孙被俘。西夏大军围困延州七天七夜，因突降大雪才撤兵，延州暂得幸存。

庆历元年（1041年），李元昊发动十万大军攻打渭州，陕西安抚使韩琦发兵决战。韩琦命令环庆副总管任福率领一万八千余人绕道敌军后方，截断敌军归路，待西夏军队返程时予以痛击。韩琦一再叮嘱任福不要轻易与敌军交战，一定要按捺住情绪依计划行事。任福走到张家堡遇到一支敌军，经过交战，斩敌数百人，便大喜过望，乘胜追击。其实这是李元昊诱敌深入的计策，任福率军脱离原定路线，进入好水川，此时将士疲乏，粮草不济，进入了敌人的包围圈。李元昊事先在路边放置了很多白色的盒子，宋军不明就里，打开盒子，里面飞出一百多只哨鸽，正是敌军发动进攻的信号。好水川之战，宋军阵亡一万余人，任福战死，韩琦派出的后援部队也全线溃败，敌军大肆劫掠沿边州县。

韩琦回军的路上，遇到阵亡将士的数千家属沿途痛苦，他们披麻戴孝，捧着死者衣物为死者招魂。他们哭道："你们过去随韩招讨使出征，今天招讨使回来，你们却战死了，你们的灵魂能否随招讨使一起回来呢？"哭声震天动地，韩琦内疚悲戚，驻马不前。

早在康定元年（1040年），五十二岁的范仲淹就受韩琦推荐出任陕西都转运使。朝廷派遣范仲淹的原意是希望他保障西北战事的后勤工作，而范仲淹到达前线勘察形势后，对整个战局战略提出了自己的主张。范仲淹认为，西夏虽然兵良将勇，但物资匮乏，他们虽然短期作战锐不可当，但如果拉长战线，他们必定会因财物不支而被拖垮。反观宋军，边陲将士作战能力不及西夏，但国大物盈，适合打长期的消耗战。因此，范仲淹提出步步为营、积极防御、以守为攻的策略。可以说，范仲淹是北宋文臣中难得的有军事奇才的人。起初范仲淹、韩琦二人的好友尹洙评价二人，说范仲淹不如韩琦果断，不能将胜负置之度外，范仲淹反驳说，胜负即是千百万人的性命，怎能置之度外？果然好水川一战印证了范仲淹的主张正确，此时只有范仲淹主持的鄜延路固若金汤。范仲淹得知军民惨状后感叹"此时更不能将胜负置之度外了"。

　　自宋太宗至宋仁宗几朝，由于强干弱枝，边陲战役往往失败，导致宋朝皇帝对打仗有深深的恐惧。一方面，朝廷想尽快解决边患，重振天威；另一方面又怕轻敌涉险，一不小心导致万劫不复的后果。朝廷在进攻与防守两种策略中摇摆不定，恰好韩琦和范仲淹分别主张进攻和防御，朝廷就把边关难题丢给韩、范二人解决。韩琦与范仲淹是多年好友，政治上也是坚定的盟友，二人都是尽忠报国的良臣干将，镇守西北犹如铜墙铁壁。西北前线百姓流传着这样一首歌谣："军中有一韩，西贼闻之心胆寒；军中有一范，西贼闻之惊破胆。"

　　范仲淹从主持鄜延路到主持环庆路，在西北前线已有两年时间，他对敌我双方形势有了更深入的了解，写成《攻守二议》奏疏，提出自己的战略思想。范仲淹主张进攻金汤、白豹、后桥三寨，打通庆州与延州的联系路线。攻克三寨后，留宋军守卫，作为前沿军事要地。敌军大举进攻，就坚壁清野，固守待援；敌军小股来犯，就依据险要地势设伏，就地歼灭。范仲淹还提出了具体的战局部署和战略安排，出动多少军队、各路如何配合、每支军队将领的名字。奏疏中都有详细说明。如：某次进攻应出动步兵三万、骑兵五千，其中鄜延路步兵一万二千、骑兵三千，泾原路步兵九千、骑兵一千，环庆路步兵骑兵共一万，此外再调配少数民族军队七八千人。关于守策，范仲淹着重讨论屯田法，解决粮草补给问题，使宋军获得持久作战的条件。范仲淹还注重团结周边其他少数民族，与他们订立盟约，明确赏罚制度。同时，不放弃与西夏议和的主张，希求双方和平共处，发展互市贸易。

经过历年战争，西夏国力日益困顿，北宋对西夏的经济制裁也导致其经济陷入困境。李元昊终于坚持不住，提出议和。在双方议和的进程中，也几乎全靠范仲淹把握，既避免匆忙议和导致北宋有失国体，又避免过度拖延导致议和流产。最终宋、夏双方达成和平协议：李元昊削去帝号，向北宋称臣，宋册封李元昊为夏国主；双方恢复贸易，但不开放盐禁；宋赐西夏"岁币"绢十三万匹、银五万两、茶二万斤，其他节及李元昊生日再赐银二万两、银器二千两、绢帛等二万三千匹、茶一万斤。

就是在西北边防从戎的岁月里，范仲淹写下了那首脍炙人口的《渔家傲》：

> 塞下秋来风景异，衡阳雁去无留意。四面边声连角起，千嶂里，长烟落日孤城闭。
> 浊酒一杯家万里，燕然未勒归无计。羌管悠悠霜满地，人不寐，将军白发征夫泪。

这首词充满了对边关将士及战争中遭受苦难的人的悲悯。如果说，通常意义上人们推崇的将帅是"万里不惜死，一朝得成功"的勇士，那范仲淹恰恰相反，他深谙打仗的初衷是为了解决百姓疾苦，如果"不惜死"，拿大批将士的生命去换取功成名就，那自己和来犯的敌人有什么区别呢？无论他积极防守的战略，还是在边关实施安抚百姓的措施，都是围绕他尊重生命、心系民生疾苦的理念展开的。范仲淹在边关作战丝毫没有为自己建功立业的意图，在数年的战事过程中，宋仁宗多次因为范仲淹的战功想要给他加官晋爵，都被范仲淹严词拒绝了，他说边略未固、燕然未勒、百姓仍苦，这都是我没有尽到责任，我有什么资格接受封赏呢？

四、出任宰辅，推行新政

庆历三年（1043年）三月，宰相吕夷简因老病去职，宋仁宗将范仲淹、韩琦召回，分别任命参知政事、枢密副使，希图他们在中央有更大的作为。这一年，范仲淹与富弼上《答手诏条陈十事》，围绕官僚队伍建设和经济生产提出十条改革意见，揭开了"庆历新政"的帷幕。这十条改革意见分别是：

第一，明黜陟。北宋官员升迁实行"磨勘"制，升迁凭借资历而非能力，导致很多平庸无能之人占据高位。由于挨够年限资历就能升迁，很多官员采取不作为的态度，不求有功、但求无过，锐意进取、积极有为的官员反而被视为异端，同僚因怕出事受牵连而指责、排斥这些人。如此就导致整个官场疲废懈怠，缺乏责任心与实干精神，遇事推诿扯皮，很多问题积年不能解决。范仲淹提出，要以政绩取代资历成为考核官员是否升迁的标准，考核内容为"有补风化，或累讼之狱能办冤沉，或五次推勘人无翻讼，或劝课农桑大获美利，或京城库务能革大弊、惜费巨万"等。

第二，抑侥幸。北宋恩荫泛滥，如任学士以上官职二十年者，其兄弟子孙获得恩荫做官的可多达二十人，这些人很多并不具备做官的资质与才能，却白白拿取俸禄。另外，宋代优待考取功名者，凡是进士高等一任期满，均授予馆职，两府、二省大臣获得恩荫的家属也都附带馆职。这些政策都导致冗官现象严重，财政支出浩大，成为"积贫积弱"的推手之一。针对这种现象，范仲淹提出，进士及第前三名任满回京者分为五等，前两等由皇帝"召试"，其中优秀的才授予馆职，两府、二省大臣恩荫子弟不得进入馆阁，委托御史台纠察弹劾。

第三，精贡举。北宋沿袭唐代"以辞赋取进士，以墨义取诸科"的科举制度，选拔出的进士大多精于诗词歌赋的创作。但是，优秀的文学家不一定能成为优秀的政治家，这样选拔出的人才很多虽然擅长文学创作，但在政务管理和解决实际问题上有所欠缺，这是导致官僚队伍工作能力低下的一个很重要的原因。范仲淹提出选拔进士要先考策论，再考诗赋，以儒家经典为宗，录取有经邦济世、实干才能的人。各地设学校，任命"通经有道之士"为教师，教授"经济之业"。

第四，择官长。地方长官是一方百姓的父母官，他们的业绩直

接影响到百姓的衣、食、住、行等生活的方方面面。而北宋以资历而
不以能力任命官员，导致很多地方官昏庸无能，既不能发展经济、劝
课农桑，又不能明辨是非、理讼决狱，甚至有贪婪暴戾的地方官为害
一方。范仲淹建议：委任二府大臣推荐转运使、提点刑狱各十人、大
郡知州各十人，再委托两制以下官员各自推荐知州五人，转运使、提
点刑狱推荐知州、知县、县令，知州和通判同举知县、县令，获得更
多人推荐的得到任命。审官院和流内铨两个部门负责报告个知州、知
县、县令缺额情况，统计获得推荐的数量，最后由中书做出选择。

　　第五，均公田。北宋开国之初，物价低廉，官员依靠俸禄可以
自给自足；到宋真宗时期，物价飞涨，官员俸禄入不敷出，甚至有很
多官员家庭"鲜不穷窘，男不得婚、女不得嫁、丧不得葬者，比比有
之"。官员在候补期间，因为难以为继，只得借贷，而出任职务后，
为了还贷不得不贪赃枉法，如此形成恶性循环。宋真宗为此恢复"职
田"制，厚禄养廉，不过还存在"职田不均""侵民"等问题。范仲
淹建议：重新议定外官职田，"有不均者均之，有未给者给之，使其
衣食得足，婚嫁丧葬之礼不废，然后可以责其廉节，督其善政"。

　　第六，厚农桑。北宋疏于农政，粮食、布帛物价飞涨，贫苦百姓
砍伐桑树、枣树等作柴薪出售，导致农业更加凋敝。加之各地水利工
程失修，水灾频仍，大量田地抛荒。范仲淹建议：每年秋天农闲时，
由政府主持收集官民意见，各自提出农业活动中存在的优势与弊端。
各地组织兴修水利，地方政府统计工程所需材料，每年二月开工，
半个月完工。"如此不绝，数年之间，农利大兴，下少饥年，上无
贵籴"。

　　第七，修武备。北宋精兵皆拱卫京师，边陲军事力量薄弱。有边
患时，急调京师军队到边疆，如果京师有异常，那么对政权会造成极
大威胁。同样，如果戍边部队被调回京师，那么边防就会出现极大的
危险。同时，边防军备废弛，往往临时招募士兵，招来的士兵多是市
井游闲之辈，好利畏死，财物不足或激烈交战时往往临阵脱逃，散为
盗贼。因此，范仲淹建议效仿唐代的府兵制，以招募兵勇的形式建设

边陲军队，并采取"三时务农，一时练兵"的措施。"三时务农"可确保军队粮食等物资充足，"一时练兵"可以保证兵勇的战斗力。

第八，减徭役。北宋由于郡县划分过多导致百姓纳税、徭役负担沉重。如河南府，唐会昌中有十九万四千七百余户，共设置二十个郡县，到宋仁宗时期，该府只有七万五千九百余户，仍设置十九个郡县。相当于宋仁宗时期的该地百姓负担比唐会昌时增加了近三倍。于是范仲淹建议合并郡县，裁撤冗员，裁掉的公职人员可以选择归家务农，也可以选择到新设置的郡县候职。

第九，覃恩信。朝廷时常因事大赦天下，减免百姓的赋税、徭役等，但很多地方官吏却不执行，依旧盘剥甚至变本加厉，这就使皇帝的恩德成了一句空话。范仲淹建议，今后不执行赦书所宣告内容的官员，一律以违制之罪判刑，重者黥面发配。朝廷每次大赦令后，选派精干的官员到各地视察监督，看地方官员是否认真执行。

第十，重命令。刘太后至仁宗时期，往往下达一些不合规制的法令，有的法令细碎频繁，有的法令出而不行，导致朝廷的命令失去了公信力。范仲淹建议，今后朝廷颁布政令，必须经过两府详细商议，审慎确认，方可下达。如果是与刑法相关的，就交给审刑院、大理寺的官员进行审核。如果官员故意违背朝廷法令，就按违制罪处理；如果不是故意违背的，就按失职罪处理。法令推行过程中，如果有与事实相矛盾的地方，要立即上报中央，再由两府大臣共同商议。

《答手诏条陈十事》揭开了"庆历新政"的帷幕，虽然是由范仲淹和富弼联名上疏，但其实是综合了当时欧阳修、余靖等一批有识之士的共同意见，而且这次上疏是在宋仁宗的再三催促下发生的，可见从皇帝到有为的士大夫都期待一场变革为贫弱已久的北宋带来一股新的生机。

然而，这场看似能解北宋积久之弊的运动却很快偃旗息鼓，仅一年多的时间，范仲淹即被罢相，大部分新政也相继废止。关于这次改革为何没有成功，历来是学界研讨的问题，其根本原因，是"人治"社会要想纠正"人治"的弊端是不可能实现的。范仲淹推行的新政大部分是整顿官僚队伍，而北宋乃至整个封建时代的官僚体系依靠的是具体的人在具体环节上发挥作用，政务优劣完全取决于行政人能力的优劣，也就是说，官僚体系根本上是靠人而非绝对的制度运行起来的。整顿官僚体系是要规范、约束每一个人的权利，这必然会损害到个人的切身利益，从而遭到这些个体的共同反对。

比如，范仲淹在"择官长"一项措施中执行非常严格，削去了很多不称职的官员。富弼有时候会于心不忍，劝他说一人罢免、全家都要哭泣，每一个官员背后都有一个要赡养的家庭，砸掉一个官员的饭碗等于是砸掉一个家庭的饭碗。范仲淹回答说，让一个家庭哭泣，比让一个省的人哭泣要强得多。同样，被派去纠察弹劾不法官员的转运按察使行事也与范仲淹如出一辙，导致地方官吏惶恐不安，甚至有人离职逃跑。整个基层官僚体系受到了很大震动，行政事务更加混乱停滞，官员纷纷联名上书弹劾范仲淹等人"苛刻"之罪，朝廷为稳定统治，只好废止部分新政。在整顿官僚体系上，与其说新政失败，不如说新政根本没有推行。因为整顿官僚要依靠官僚，就等于让官僚自己整顿自己，人都有私心，或者说人都要生活，没有多少人肯为了一个宏观的理想而损害自己及家庭的利益。这是一个非常现实而复杂的问题，是人性在公与私之间徘徊的尺度问题，也是制度与人性的相互理解、相互角力。

此外，新政有很多措施到具体实施中，非但没有达到预期效果，反而产生了反作用。比如"磨勘"中的考课之法，京官升迁需要五人担保，这项措施的原意是为了限制只有资历没有能力的人升迁、选拔更优秀的人才，事实上却变成人们为了升迁奔走钻营，寻找保举者，以前只需要打理一家门路，现在要打理五家门路，加重了腐败不公的情况。

凡此种种，官场大部分"千里做官，只为吃穿"的官员开始想方设法排挤范仲淹。范仲淹无论于政绩还是品行方方面面都无可指摘，找不到任何可以借题发挥的污点，于是官场开始构陷范仲淹结"朋党"，用宋朝皇帝最为担忧的事情作为攻击范仲淹的致命武器。

果然，仁宗皇帝开始疑心，甚至当面质问范仲淹朋党之事。经过三十年官场沉浮，范仲淹看透了政治，他向皇帝请辞中央职务，要求调到西北继续打理边防事务。仁宗同意了他的请求，任命他为陕西、河东路宣抚使。未几，政府中的反对势力开始进行清算，抓住使用公钱、举办宴会等模棱两可的小事，大举罢免范仲淹的政治盟友，滕宗谅、苏舜钦、王益柔、王洙等十余人被处置。不久，韩琦、杜衍、尹洙、富弼也先后被排挤出政治中心。范仲淹本人被罢免宣抚使一职，移知邓州。

五、进退皆忧，临终上表

范仲淹徙知邓州期间，进行了大量创作，其中妇孺皆知的《岳阳楼记》就是庆历六年（1046年）九月十五日作于邓州"春风堂"。《岳阳楼记》是应好友滕宗谅之邀创作，滕宗谅即文中所提"滕子京"。

滕子京是范仲淹的毕生好友，被政敌构陷贬谪巴陵，在此期间修建岳阳楼。滕子京修建岳阳楼既不使用公款，也不从民间集资，而是发出通告，凡有欠官府旧债不能偿还的，都可以来自愿捐款，以抵消债务，很快，修建岳阳楼的款项就集够了。滕子京请远在千里之外的范仲淹为岳阳楼作记，又请书法闻名的苏舜钦书写，请邵疎作篆额，当时人称滕子京政绩、范仲淹文章、苏舜钦书法、邵疎篆额为"四绝"。《岳阳楼记》曰：

> 庆历四年春，滕子京谪守巴陵郡。越明年，政通人和，百废具兴。乃重修岳阳楼，增其旧制，刻唐贤今人诗赋于其上。属予作文以记之。
>
> 予观夫巴陵胜状，在洞庭一湖。衔远山，吞长江，浩浩汤汤，横无际涯；朝晖夕阴，气象万千。此则岳阳楼之大观也，前人之述备矣。然则北通巫峡，南极潇湘，迁客骚人，多会于此，览物之情，得无异乎？
>
> 若夫霪雨霏霏，连月不开，阴风怒号，浊浪排空；日星隐

曜，山岳潜形；商旅不行，樯倾楫摧；薄暮冥冥，虎啸猿啼。登斯楼也，则有去国怀乡，忧谗畏讥，满目萧然，感极而悲者矣。

至若春和景明，波澜不惊，上下天光，一碧万顷；沙鸥翔集，锦鳞游泳；岸芷汀兰，郁郁青青。而或长烟一空，皓月千里，浮光跃金，静影沉璧，渔歌互答，此乐何极！登斯楼也，则有心旷神怡，宠辱偕忘，把酒临风，其喜洋洋者矣。

嗟夫！予尝求古仁人之心，或异二者之为，何哉？不以物喜，不以己悲；居庙堂之高则忧其民；处江湖之远则忧其君。是进亦忧，退亦忧。然则何时而乐耶？其必曰："先天下之忧而忧，后天下之乐而乐"乎。噫！微斯人，吾谁与归？

时六年九月十五日。

文章先是交代创作缘起，然后描写洞庭湖不同季节的景致。然而，像范仲淹这样的文人士大夫很难不把祖国的大好河山与政治抱负联系在一起，于是在文章末尾，他抒发了自己毕生的政治心境："进亦忧，退亦忧"。"居庙堂之高则忧其民"，范仲淹是从郡县父母官作起，亲身目睹了百姓疾苦，他的所有举措都是围绕改善民生进行的，当他调任中央时，不禁会担忧各地的父母官有没有尽心尽力为百姓解决问题。同时，范仲淹居西北边陲多年，一手解决西夏边患问题，朝廷要他在中央任职时他总放不下边关事务，担心议和是否顺利兑现。"处江湖之远则忧其君"，范仲淹与宋仁宗的关系可以用忠诚与依赖来形容，范仲淹对宋仁宗竭尽忠诚，宋仁宗对范仲淹信任依赖，当范仲淹戍守边关或远知州府时，总是担心仁宗身边是否有谄臣扰乱视听。范仲淹的一生就是在无穷无尽的忧虑中度过的，他的忧虑全都是为国家和百姓。那么，忧愁了一辈子，什么时候能获得快乐呢？范仲淹自己给出了终极答案："先天下之忧而忧，后天下之乐而乐。"只有当全天下的人都快乐时，自己才会感到快乐。笔者以为，即便全天下人都快乐了，我们的范文正公也不会快乐，他已经赶在天下人忧愁之前开始忧愁了。

最后，范仲淹发出喟叹："噫！微斯人，吾谁与归？"这是对官场蝇营狗苟、谋求私利的不满，和对自己无力改变现状的哀叹。处事圆滑、全无公心、一心钻营名利的禄蠹反而掌握了朝政，忠直耿介、一心为公、殚精竭虑的干将反而被排挤出政治中心，难道天下事都是违背道义的吗？范仲淹感到孤独与无助，自己是一个一心救国却因权术之争失去力量的末路者。

即便如此，范仲淹在晚年知邓州、杭州、青州期间，还是殚精竭虑，兴修水利、增加就业、发展教育、举荐贤才、创办慈善事业。范仲淹任青州等九州岛军安抚使是宋仁宗再次对范仲淹委以重任，青州是东京东路路治所在，地处要害。然而，此时范仲淹已经因为多年奔波患上重病，无法打理事务，在青州仅一年就上书仁宗，请求调往较为清闲的颍州养老。宋仁宗答应了范仲淹的请求，然而范仲淹前往颍州途经徐州时，病情加重，最终病逝在徐州。

范仲淹在弥留之际，给宋仁宗上了最后一封奏疏《遗表》，第一次为自己的"庆历新政"进行辩护。在朝廷左右反复废止新政的这些年，范仲淹始终处于政治漩涡的中心，面对政敌对自己的构陷也是一言不发，从大局考虑自请远徙，他胸中积攒了许多不平和愤懑，更多的是对国家、对天下的担忧。范仲淹在《遗表》中说"事久弊则人惮于更张，功未验则俗称于迂阔。以进贤援能为树党，以敦本抑末为近名"，他恳切地希望仁宗能"调和六气，会聚百祥，上承天心，下徇人欲。明慎刑赏，而使之必当；精审号令，而期于必行。尊崇贤良，裁抑侥幸，制治于未乱，纳民于大中"。

范仲淹向宋仁宗上的第一封奏疏是《奏上时务书》，文章中提出变革文风、讲求武备、注重人才、勉励谏官、抑制恩荫五个方面，这五方面虽不成熟，但已可见"庆历新政"的主张端倪。范仲淹临终仍向仁宗进言整顿吏治，可见，这些政治主张贯彻他的毕生，他始终希望仁宗能励精图治，成为一代圣君，带领国家走向富强、人民走向大同。虽然自己的生命马上就要消逝，可范仲淹丝毫没有为自己悲伤，而是将风烛残焰迸发为一股希望托付给帝王，希求他开创贤明盛世。

仁宗看到范仲淹写给自己的《遗表》，反复嗟叹，想必他也回想起自己还未亲政时即与范仲淹结下的情谊，血气方刚时与范仲淹携手整顿旧弊，后来不得不在现实与复杂的政治中屈从，又因朋党心生猜忌而与范仲淹离心，将他逐出朝野，再想启用时他已病入膏肓、客死异乡，自己也没能与老友、与忠臣见上最后一面。《遗表》中没有一字一句涉及个人要求，宋仁宗派人询问范仲淹的家人有什么要求，家人与范仲淹的态度一样，于私事上毫无所求。范仲淹将自己的钱都捐给了慈善事业，下葬时竟然没有新衣入殓，友人集资为他举办了葬礼。曾经在范仲淹属下治理的边疆少数民族听说范仲淹去世，也在佛寺为他举行仪式，哀恸痛苦，如丧父母。朝廷特赠范仲淹兵部尚书，谥文正，停止上朝一天表示哀悼。

金末元好问赞叹范仲淹："文正范公，在布衣为名士，在州县为能吏，在边境为名将。其材其量其忠，一身而备数器。在朝廷则又孔子所谓大臣者，求之千百年间盖不一二见，非但为一代宗臣而已。以将则视管、乐为不忝，以相则方韩、富为有余，其忠可以支倾朝而寄末命，其量可以际圆盖而蟠方舆。"

第二节　王安石与"熙宁变法"①

"庆历新政"失败后，北宋积贫积弱的情况并没有好转，"冗官、冗军、冗费"仍是突出的三大财政问题。宋神宗时期，任用王安石变法，采取新政，着重解决经济问题，力图改革流弊。新法在发展农田水利、平均田赋、打击高利贷、解决乡村差役与城市工商业摊派、提高军队战斗力、维持治安等方面取得了一些成效，但仍像"庆历新政"一样在不同阶层的利益对抗中广受诟病。宋神宗去世后，高太后执政，部分地废除了新法。

---

①　本节参考：邓广铭《北宋政治改革家王安石》，北京出版社2016年版；陈振《宋史》，上海人民出版社2016年版等。

一、少年立志，扎根基层

王安石一生的政治倾向、学术倾向都深深受其父母的影响。

天禧五年（1021年），王安石生于江南西路抚州临川，他的父亲名叫王益，是一位积极有为的地方官员。王益历任知县、知州，每到一处都力图做出实绩，兴利除弊、除暴安良。王益做官主张推行"仁爱"，据记载，他所治理的时期，长达一年没有责打过一个人。他对家中子弟也施以仁教，经常召集大家讲解仁义孝悌的道理。王安石从小跟在父亲身边，随父亲上任，看父亲治理地方、言传身教，从这时候起，关于做官、做人的基本道理就已经在他心中埋藏下来了。

王安石的母亲吴氏文化水平很高，且富有见地，曾巩称颂她"好学强记，老而不倦，其取舍是非，有人所不能及者"。王安石的外祖母黄氏精通阴阳数术，母亲吴氏也精通这些学说，王安石就从外祖母和母亲这里接受了阴阳数术的知识与思想，这为他以后思想学说中流露出的鲜明的阴阳数术倾向打下了基础。王安石的母亲吴氏是其父亲的继室，第一任夫人留下两个孩子，吴氏对他们的慈爱超过自己的孩子，这些都对王安石的品格塑造产生了极大影响。

庆历二年（1042年），王安石进士及第，被委派为签书淮南东路节度判官厅公事，实质上是扬州地方长官的幕僚。在此期间，王安石写下了《忆昨诗示诸外弟》，反映出他从少年到青年的心境变化。

> 忆昨此地相逢时，春入穷谷多芳菲。
>
> 短垣圌圌冠翠岭，踯躅万树红相围。
>
> 幽花媚草错杂出，黄蜂白蝶参差飞。
>
> 此时少壮自负恃，意气与日争光辉。
>
> 乘闲弄笔戏春色，脱略不省旁人讥。
>
> 坐欲持此博轩冕，肯言孔孟犹寒饥。
>
> 两子从亲走京国，浮尘坌亦缁人衣。
>
> 明年亲作建昌吏，四月挽船江上矶。
>
> 端居感慨忽自寤，青天闪烁无停晖。

男儿少壮不树立，挟此穷老将安归。

吟哦图书谢庆吊，坐室寂寞生伊威。

材疏命贱不自揣，欲与稷契遐相希。

旻天一朝畀以祸，先子沦没予谁依。

精神流离肝肺绝，眦血被面无时晞。

母兄呱呱泣相守，三载厌食钟山薇。

属闻降诏起群彦，遂自下国趋王畿。

刻章琢句献天子，钓取薄禄欢庭闱。

身著青衫手持版，奔走卒岁官淮沂。

淮沂无山四封庳，独有庙塔尤峨巍。

时时凭高一怅望，想见江南多翠微。

归心动荡不可抑，霍若猛吹翻旌旗。

腾书漕府私自列，仁者恻隐从其祈。

暮春三月乱江水，劲橹健帆如转机。

还家上堂拜祖母，奉手出涕纵横挥。

出门信马向何许，城郭宛然相识稀。

永怀前事不自适，却指舅馆接山扉。

当时髫儿戏我侧，于今冠佩何顾顾。

况复丘攀满秋色，蜂蝶摧藏花草腓。

令人感嗟千万绪，不忍苍卒回骖騑。

留当开樽强自慰，邀子剧饮毋予违。

　　诗歌开头，王安石回忆了少年时期在临川悠游玩乐的日子，自己春入山谷赏花赏蝶，少年意气恃才傲物，未曾考虑过国计民生的问题。后来随父亲出官上任，四处奔波，突然感慨自己没有归属，如果不建立一番自己的事业，将来如何安放自己的精神与心灵呢？王安石开始立志建功立业，然而他希求的功业不是在朝堂之上，而是为百姓做事，造福一方。诗中说："刻章琢句献天子，钓取薄禄欢庭闱。"王安石认为靠写一些华丽的辞章谄媚帝王，获取一些微薄的俸禄，起到的作用只是娱乐宫闱，实现不了经邦济世的价值。王安石对馆阁虚职的态度此时已经明确。别人都想尽办法钻营要获得中央的馆阁之职，因为这既能免受基层劳苦，又是接近帝王、出任高官的捷径，王安石独以此不齿。后来朝廷多次征召他回中央任馆阁之职，都遭到了他的拒绝，王安石坚持要在地方官任上做造福百姓的实事。这与他父亲王益早年对他的熏陶是分不开的。诗歌最后感慨时光易逝，忽然春天就过去了，花就谢了，发现自己荒废了宝贵时光，于是下决心发奋苦读，为经邦济世的志向打下基础。

事实证明，王安石坚定不移地执行着对自己的要求。在任扬州签判期间，他发奋苦读，昼夜不息，常常因为苦读一夜而来不及洗漱就去上班，因此他还和韩琦有过一段故事。邵伯温《闻见录》记载：

> 韩魏公自枢密副使，以资政殿学士知扬州。王荆公初及第，为签判，每读书达旦，略假寐，日已高，急上府，多不及盥漱。魏公见荆公少年，疑夜饮放逸，一日，从容谓公曰："君少年，无废书，不可自弃。"荆公不答，退而言曰："韩公非知我者。"魏公后知荆公之贤，欲收之门下，荆公终不屈，如召试馆职不就之类也。

韩琦知扬州时，王安石正在扬州作签判，经常因为彻夜读书而来不及洗漱。韩琦见他容貌疲废，以为他是因为晚上饮酒放纵导致的，于是委婉地提醒他说："你正当少年，读书的事情不能荒废，不要自暴自弃。"王安石听后并没有辩解，回到自己的居处说："韩公不是知我者。"后来韩琦了解到王安石的才能，想请他做自己的门下，王安石始终拒绝。由此可以看出王安石对自己志向的坚定、才能的自信，以及他倔强的个性。

庆历七年（1047年），王安石出任明州鄞县知县，任期三年。王安石刚到任上，就着手解决民生问题。他发现当地农业经济发展不好是因为水患，便奔走各乡劝导大家疏浚川渠，当地人早为水患所苦，积极响应，很快堤堰和水渠就修好了。为了缓解贫穷农户的生存压力，王安石下令在青黄不接的春季，政府开仓贷粮，秋收时偿还，并交纳少量利息。这样既避免了高利贷者对穷苦之人的盘剥，又可以每年更新政府粮仓的存粮。

鄞县任满，王安石被派往安徽舒州任通判。其时惯例，凡进士及第名次高等的，在地方任职三年后，就可以申请调回中央担任馆职，馆职即史馆、集贤院、秘书省等馆阁文职，既清闲，又能接近高层，是跻身高级官员的终南捷径。王安石在地方任职期间，从未做过此种申请，朝廷多次下诏要他赴阙应试馆职，他都以各种理由推辞。在舒州期间，王安石以"先臣未葬，二妹当嫁，家贫口众，难住京师"推辞。舒州任满后，中书敕牒让他免试去作集贤校理，他也竭力拒绝了。朝廷任命他为群牧通判，是京师实职，为此，王安石专门上了一封《上执政书》，要求调任地方官，不愿留在京师。朝廷最终答应王安石出知常州。

王安石之所以三番五次坚决要求到地方任职，就是因为他不愿在中央虚职上耗费青春，他要把全部人生投入到实干兴邦中去。王安石对底层百姓生活疾苦有深切的同情与认知，在舒州期间，他写过大量反映民生疾苦的诗歌。如《感事》：

贱子昔在野，心哀此黔首。
丰年不饱食，水旱尚何有。
虽无剽盗起，万一且不久。
特愁吏之为，十室灾八九。
原田败粟麦，欲诉嗟无赇。
间关幸见省，笞扑随其后。
况是交冬春，老弱就僵仆。
州家闭仓庾，县吏鞭租负。
乡邻铢两微，坐逮空南亩。
取赀官一毫，奸桀已云富。

> 彼昏方怡然，自谓民父母。
> 竭来佐荒郡，慄慄常惭疚。
> 昔之心所哀，今也执其咎。
> 乘田圣所勉，况乃余之陋。
> 内讼敢不勤，同忧在僚友。

　　王安石在诗中描写了底层百姓面临的日常生活。即便在丰收的年份，百姓也很少有人吃得饱饭，大多还要经历洪水与干旱的灾年，不光要遭受盗贼的劫掠，还要承担官府的赋税与徭役，歉收之年不仅吃不上饭，还要遭受官府的责打。冬春交接之际，年老体弱的就因冻饿而去世。地方官大多尸位素餐，不把百姓的死活放在心上，百姓终年遭受痛苦与冤屈，却没有地方去申诉。正是在这种忧百姓甚于忧自己的情感支配下，王安石迫不及待想出任父母官改善百姓的处境。他每到一处，都大张旗鼓兴利除弊，想在最短时间内让百姓过上温饱生活。

　　刚到常州，王安石就发现常州是一个在政令、法律、农业生产等方面混乱荒废的地区，于是他马上投入到对各方面的整改中。基于发展农业经济需要，王安石计划在常州开凿一条运河，然而，当他征调民夫时，却遭到了上司及同僚的反对。王安石坚持认为开凿这条运河对当地来说是一件惠及千秋的事业，上司浙西转运使只好允许，但只给他常州本地极少量的民夫，使得工程进展十分缓慢。后来淫雨不断，民夫多因此生病，运河开凿半途而废。王安石此时就显示出了与大多数官僚格格不入的精神气质，他认为只要是有利于百姓的事情，当然就义无反顾去做，而大多数官僚的心理是袭故蹈常、不求有功、但求无过，安安稳稳保全官职俸禄就可以了。王安石这种不管不顾、大刀阔斧实干的行为当然不见容于官场，这也是后来变法失败的人心因素。

　　嘉祐三年（1058年），朝廷委派王安石为三司度支判官，王安石再次上书富弼，要求出任地方郡吏，然而没有获得允许，他只好赴汴京担任度支判官之职。在此任上，王安石将自己多年为官形成的改革意见整理成文，即长达万言的《言事书》，进献给当时的皇帝宋仁宗。《言事书》就吏治改革、选拔人才、经济、军事等各方面提出了意见，然而并没有受到仁宗及宰辅的重视。客观来说，这封万言书提出的意见与改革方法是脱离实际的，很难在现实中推行，老成持重的仁宗与宰辅们当然不会采纳。然而，这封奏折已经显示出王安石稍显激进的改革倾向。当血气方刚的小皇帝神宗即位时，与王安石一拍即合，便风风火火地开始了变法运动。

嘉祐八年（1063年），宋仁宗逝世，这一年，王安石的母亲也在开封去世，王安石就辞官扶柩归葬金陵。王安石对母亲非常孝顺，躬亲侍奉，他每次受任新的官职前，总考虑是否能够侍奉母亲，然后才决定是否接受。王铚《默记》记载：

> 王荆公知制诰，丁母忧，已五十矣。哀毁过甚，不宿于家。以薰秸为荐，就厅上寝于地。是时潘夙方知荆南，遣人下书金陵。急足至，升厅，见一人席地坐，露颜瘦损，愕以为老兵也，呼"院子"，令送书入宅。公遽取书就铺上拆以读。急足怒曰："舍人书而院子自拆，可乎！"喧乎怒叫。左右曰："此即舍人也。"急足惶恐趋出，且曰："好舍人！好舍人！"

王安石居丧时，已经年过五十，由于孤独哀伤，形销骨立。他不愿住在家中以免触景生情，就在公堂上铺了一些秸秆，就地而卧。有一次，一位官员派人到金陵下书，送信人来到公堂，见到公堂上有个人席地而卧，大吃一惊，以为是负责洒扫的老兵，就称他为"院子"，让他把书信送进内宅。谁知这个人拿过书信拆开就看，送信人发怒骂道："这是送给舍人的书信，你怎么自己拆开看了，这样做可以吗？"左右的人对他说："这就是舍人。"送信人慌忙退出公堂，连连说："真是一位好舍人！真是一位好舍人！"

王安石不拘小节、不为俗套所拘的性格已经完全显露。此时他已五十多岁，比起那些三四十岁即在朝堂纵横捭阖、经纶天下的人来说，已经算是"大器晚成"。很快，宋神宗即位，起用王安石，开启了他人生中最为波澜壮阔的时期。

二、变法

宋仁宗去世后，宋英宗登基，不到四年，即于治平四年（1067年）正月去世。年仅十九岁的神宗即位。神宗少年气盛，急于一振内外交困之颓势，开始重用王安石进行变法。

神宗赵顼还做淮阳郡王时，就已经对王安石颇有耳闻。当时赵顼的王府记事参军是韩维，赵顼进为颍王，韩维就升任颍王府记事参军，后来赵顼被立为太子，韩维又升任太子右庶子，可以说，韩维是赵顼相当信任的心腹。韩维与王安石交往甚密，赵顼常常称赞韩维的言论，韩维就对赵顼说这些都是一个叫王安石的人的见解。因此，宋神宗早在未当上皇帝、未与王安石发生交集时，就对王安石仰慕已久了。

熙宁元年（1068年）四月，王安石越次入对，第一次与神宗面对面进行交谈。神宗问："当今治国之道，应该以什么为最先呢？"王安石回答："以选择方法策略为先。"神宗又问："唐太宗是一位什么样的君主？"王安石回答："陛下做每件事都应当以尧舜为效法的榜样。唐太宗的谋略并不深远，作为也不都合乎法度；只不过是因为在极乱的隋代之后，他的子孙又都昏聩凶恶，所以唐太宗才单独被后世称道。道有彰显有遮蔽，处在今天的世界，恐怕应该每件事都以尧舜为准绳。"宋神宗又问："祖宗守天下，能百年没有大的变乱，粗略可以算是太平，用了什么方法呢？"这涉及当朝及当下的政治敏感问题，王安石担心节外生枝，没有当场作答。

之后，王安石向神宗上了《本朝百年无事札子》，历述了从太祖到英宗五朝的施政概况，其中对仁宗时期的内外策略尤为详细。这封札子对北宋建国以来政治、军事、赋税、理财、农业生产等方面都作了陈述，指出其中的利弊，尤其对吏治中存在的问题提出了意见。王安石认为，北宋官僚队伍不仅冗大，还盛行因循苟且之风，缺乏实干创新精神，北宋可以延续一百年全有赖于夷狄并不强大、水旱之灾并不频繁，不然早就不像今天这样尚且保全太平了。文章结尾，王安石劝神宗："伏惟陛下，躬上圣之治，承无穷之绪，知天助之不可常侍，知人事之不可怠终，则大有为之时正在今日。"王安石劝神宗"大有为"，其实是在暗示神宗对当下颓风进行变革。

神宗拿到这封札子，反复阅读，对其中的观点非常赞许，召见王安石，问他改革弊政的具体措施。王安石并没有直接言明，而是说："愿陛下以讲学为事，讲学既明，则施设之方不言而喻。"之后神宗又屡次向王安石请教改革事宜，王安石都表现出"顾左右而言他"的态度。其实王安石对改革是有顾虑的，他此时已在官场摸爬滚打数十年，深知要整顿官僚队伍面对的困难，极有可能自己会成为政治的牺牲品。虽然王安石寄希望于神宗改革，可同时又保持着对现实的清醒认知，他还没有下定最后决心成为出头鸟。

熙宁二年（1069年）春，神宗又一次召王安石应对，神宗对王安石说："这些改革策略除了您没有人可以为我推行，我必须要拿这些政事劳烦您了。您对改革考虑的这么充分，料想也一定是想要施行的，就不要再推辞了。"王安石说："我之所以来侍奉陛下，固然是愿意帮助陛下有所作为。然而天下风俗法度都颓败破坏了，朝廷少有善人君子，庸人都蹈袭常规没有立场，奸人则排挤正直相互忌恨。相互忌恨的就煽动造势，庸人就跟在后面附和，虽然有少数明白的见解，但恐怕还没来得及见成效就被反动声音压倒了。陛下如果真的要用我，不宜太快，宜先讲学，陛下对我所有的知识和见解都深信不疑了，然后再用我，可能还会初有成效。"

神宗说："我已经了解您很久了，并不只是今天。别人都不了解您，以为您只知道经术，而不会经理世务。"王安石回答说："经术就是用来经理世务的，如果不能经理世务，那经术有什么用呢？"神宗说："我太感念追慕您的道德了，您有可以帮助我的，请不要吝惜您的言论。不知道您的改革措施，从哪里开始呢？"王安石说："改变风俗，确立法度，是当下最急需的事情。"

这场应对使王安石抛掉了自保的顾虑，下决心成为改革的马前卒。对一个深谙官场之道和见惯前车之鉴的老臣来说，这需要多么大的对百姓的爱心与对君主的忠心。熙宁二年（1069年）二月，宋神宗擢王安石为右谏议大夫、参知政事。同月下旬，命知枢密院事陈升之与王安石共同审阅国家财政机构三司条例，二人提请设立专门机构"制置三司条例司"，作为变法改革的指导机构，这次变法的重点是经济方面。

然而正如王安石所料，变法一开始就遭到了阻力，这阻力还是出自主持变法的工作班子内部。王安石认为解决经济问题首先是兴利，扩大生产，亦即"开源"，而偏于保守的一派则认为天下的物资是固定有限的，无法做到兴利，只能除弊，亦即"节流"。吕惠卿、苏辙、程颢等都纷纷从变法队伍里撤出，站到了反对变法的保守队伍中。王安石要以新的制度取代旧的制度，是要变"祖宗之法"，当时个人利益受到损害的官僚就站出来百般攻讦，日食、地震、山崩等自然现象都被拿来作为王安石随意改动"祖宗之法"招来天怒人怨的证据。王安石深知旧的制度已经不能适应新的需求，变革是顺应规律，因此无论是天灾还是祖宗抑或反对派的攻讦都不足为惧，这就是著名的"天变不足畏，祖宗不足法，人言不足恤"之"三不足"。正是这种"三不足"的大无畏精神，支撑王安石激流勇进，推行变法。

王安石的变法主要有十项内容。

第一，均输法。北宋旧例，各州、府除正常田赋外，还有以"贡品"名义征收的各种物资，从金、银、绫、罗、绸、绢至箭干、牛皮、纸、笔等无所不有，这些贡品多是各地土产，由各地民户分担。无论当地发生什么情况，即使年成歉收，也要按规定缴纳贡品，这样，当地年成歉收时只得高价购买这些物品来完成进贡任务。另外，不管京城物资供需情况缴纳贡品，导致很多进贡来的物品爆仓而低价出售，商人趁机囤积居奇，官府和民户都深受其害。王安石提倡的均输法首先在全国最富庶的荆湖南、荆湖北、江南东、江南西、浙江、淮南六路施行，考虑京城每年用度及库存物资多少与当地每年应进贡数目之间的综合关系，发运使根据就近、就贱的原则负责购买，然后"徙贵就贱，用近易远"，以"稍收轻重敛散之权归之公上，而制其有无，以便转输"。经过一年的施行，取得了很大成绩，宋神宗手诏褒扬："东南赋入，皆得消息盈虚、翕张敛散之"；"能倡举职业，导扬朕意，底于成绩，朕甚嘉之"。

第二，青苗法。往年民户青黄不接的时候，要向地主、富户借高利贷，利息高达本金的一倍。青苗法即由政府开仓贷粮，秋成之时民户还贷，只需支付很少的利息，这既减轻了民户的负担，又使政府存粮每年更新。青苗法主要针对原有的常平仓法进行改革，因此也称"常平新法"，有时仍称"常平法"。然而，正是因为青苗法遏制了豪富放高利贷的机会，青苗法遭到官员中豪富利益代表者的攻击，在诸多新法措施中，攻击青苗法的人是最多的，攻击力度也是最猛烈的。对此，王安石以经济数据证明青苗法的有利，驳斥攻击青苗法的言论，然而由于反对人数过多，宋神宗的态度开始动摇。王安石由此称病在家，请求辞去主持变法的职务，宋神宗当面挽留，王安石才继续出来主持变法。

第三，农田水利法。熙宁二年（1069年）十一月颁布"农田水利法"，称为《农田利害条约》（《农田水利约束》）。鼓励各地开垦荒田，兴修水利，依据谁受益谁出工、出钱兴修的原则进行，较大的工程可向政府依青苗法申请贷款或贷粮。如果资金仍不足，可由政府出面劝富户出贷，依例计息，并由官府代为催还。由此，各地的农田水利迅速得到兴修。

第四，免役法，也称募役法。北宋旧例差役法是民户按户等轮流赴州、县当差，其弊端是"民间规避重役，土地不敢多耕，役使频仍，生资不给，不得已而为盗贼"，"理财以农事为急，农以去其疾苦，抑兼并，便趋农为急"。募役法是由官府出钱募人充役，钱的来源包括三部分：原先应服差役的上三等户，按各户的土地数量出钱，称为免役钱；原先不服差役的女户、单丁户、未成丁户、城镇户十等户中的上五等户，以及享有特权原先不服差役的官户、僧道户，按田产或资产比照同等原差役户减半出钱，称为助役钱；此外，各加收十分之二，称为免役宽剩钱，以备灾年使用。

第五，保甲法。保甲法规定每十家为一保，不及五家的附入别保，由主户一人任保长；五十家为一大保，由主户中最富有的一人任大保长；十大保为一都保，由主户中最有才能及最富有的二人任都、副保正。所有主户、客户两丁以上，出一人为保丁；单丁户及女户、疾病户及无丁户，就近附保；一户有两丁以上而武艺高强者，以及最富裕户有两丁以上的，两丁都可充任保丁。除禁止民间拥有的兵器外，其他如弓箭之类允许自置。每一大保每夜轮差五人，在保内巡逻，遇有盗贼即击鼓报告大保长，同保人立即前往接应捕盗；如盗贼逃入邻保，即递相击鼓报警，接应捕捉。还规定了捕盗的赏钱，保内有人犯法知而不告的要连坐，以及强盗三人以上在保内停留达三日，同保内不论知情与否都要受处罚等。从推行府县来看，治安情况确实有所改善，然而王安石推行保甲法的目的除维护地方治安外，还在于裁减军队数量，减少军队支出，使国家财政有盈余。至熙宁九年（1076年），已编排的保丁近七百万人，而经过军事训练的有五十六万人之多，形成了一支具有相当实力的民兵队伍。

第六，市易法。京城的富商常常在货多价贱的时候压低价格收购，然后囤积居奇，再以成倍的价钱出售。行商因为利少不愿意往来贩卖，人们只好购买价格数倍的商品，导致生活日益困难。有人上书请求平抑物价，设"常平市易司"，由通晓贸易的官员主持，货物价格贱时就用高一点的价格买入，货物价格贵时就用低一点的价格卖出，这样无论商人还是百姓都不会受到太大损伤，既为政府增加了财政收入，又达到了平抑物价的目的。熙宁五年（1072年）三月下诏在京城设立市易务，以内藏库的钱、帛为本钱，任命市易务官，市易务的"牙人"（经纪人）由京城诸行铺户的牙人担任。外地商人来京贩运物资卖不出去的，如果愿意到市易务出售，则由牙人与商人议定价钱，市易务出钱购买。如果想要市易务中已有物资，也可以折价交换。京城各行商贩以产业或金银作抵押赊购的，五人以上结为一保互相担保，半年或一年后缴纳本金，并加纳一分（半年）或（二分）利息。市易务也可以保留一部分物品，以备调剂。市易法的推行大大改善了政府财政，其利润大致相当于同年田赋收入的十分之三。

第七，方田均税法。田赋不均，主要是地主购买土地时，将田赋仍留给田产的原主人承担，导致国家田赋收入减少，如"至皇祐中，天下垦田视景德增四十一万七千余顷，而岁入九谷乃减七十一万八千余石"，土地数量增加了，田赋收入却反而减少了。嘉祐六年（1061年）八月，颁布《方田均税条约》，以东西南北各一千步为一方，合四十一顷六十六亩一百六十步，四角起土堆种树作为标志。每年九月，县官们主持计量土地，依据土地肥瘠分为五等，以定田赋的数额，由大、小甲头会同各户指认自己田产及所定等级和田赋数量，到次年三月完成。然后张榜公布各户的土地数量、等级、田赋数量，经过三个月没有异议，即重新发给田契。各县以旧有税额按土地等级，由各户实际拥有顷亩数平均分摊。一般道路、河沟、湖塘、坟地，以及荒瘠不毛之地和众户公有的山林等，都不计入田赋之内，多山的县视情况而定。方田均税逐步推广到全国，一定程度上消除了地主购地不缴田赋、民户卖地后仍负担田赋等种种弊端，增加了政府田赋收入，改善了国家财政状况。

第八，保马法，全称保甲养马法。这主要是为解决军马缺乏而令民户养马的新法。此前战马主要是依靠政府牧马监饲养的马匹供应，不仅政府要亏损大量资金，而且所养的马匹远远不能满足需要。保甲养马法即义勇、保甲户都可领养马匹，一户一匹，富户可养两匹，发给牧马监的国马，或给价钱自行买马，并许以种种优惠条件，但不准强制民户养马。保马法施行后，专职养马的牧马监相继废除，不仅节省了政府的大量开支，而且将牧监兵五千人改组为广固军，负责首都城池的维修。

第九，免行法。原各州府县及京城有关官府所需物品，大多由各行业的商人按行规低价供应，供应者甚至包括小商贩，而给京城各行的供应量比一般州府高达十倍以上。商人不但低价供应，而且还要无偿送货上门，并动辄遭到责打。这种不平等的交易，使各行的商人不仅赚不到钱，反而要倒赔遭受损害。为此，神宗诏令成立"详定行户利害所"，研究免行法。根据各行业的利润多少，按月或按季征收"免行钱"后，各行的商店不再低价供应有关物品，实际是将官府的强制剥削转化成一种商业税。以后宫中买卖的物品，一律到政府的"杂买务""杂卖场"进行，由政府根据市价高低进行估价，各内外官府所需物品，也依此价购买。所征收的"免行钱"充作吏的俸禄之用，类似于"以税代役"，有利于商业活动的正常进行，促进了社会经济的繁荣。

第十，将兵法。北宋初期为防止武将专权，采取"更戍法"，武将轮流更换驻地，将兵分离，导致"兵不知将，将不知兵"的状况，削弱了军队的战斗力。治平四年（1067年）四月，泾原路将驻守在辖区内的禁军分隶七将，由固定的将官进行训练，这是将兵法的前身。随后，将兵法推广到全国，除川蜀地区外，全都设有将兵，使将与兵相知，提高了军队的战斗力。对于王安石变法中关于"保甲""将兵"等强军措施，即使保守派也持肯定意见："咸平以后，承平既久，武备渐宽。仁宗之世，将骄士惰，徒耗国用。神宗奋然更制，于是联比其民以为保甲，部分诸路以隶将兵，虽不能尽拯其弊，而亦足以作一时之气。"

除上述十项外，王安石在执政期间，还进行了教育、科举、法制等方面的改革。

如我们所知，王安石的新法遭到朝野上下保守派的猛烈攻击，一些皇亲国戚甚至跑到神宗那里哭诉，导致神宗再没有当初恳求王安石帮他变法时的魄力和决心。经过王安石两次罢相和元祐更化，新法陆陆续续被废除。新法的深层性质，是豪强地主阶层与平民阶层的物质生产资料再分配，或者说是抑制豪强地主对平民的剥削，这触及了很多贵族的切身利益，因此新法遭遇了失败。

北宋建国之初，有意扶持大地主阶层，允许他们对土地进行买卖兼并，并辅以各种优惠政策。这一方面是拉拢地主阶级，使地主阶级成为统治者可靠的盟友，另一方面是直接从中获取利益。王铚在《枢廷备检》中说："不务科教，不抑兼并，曰：'富室连我阡陌，为国守财尔。缓急盗贼窃发，边境扰动，兼并之财乐于输纳，皆我之物。'"也就是说，朝廷把地主阶级通过各种方式经营来的财物当作国家财物的直接来源。然而，经过一百年的不断兼并，贫富差距已经大到令人发指，所谓"富者田连阡陌，贫者无立锥之地"，不少农民流离失所，成为社会安定的隐患。王安石意识到了这种恶性兼并的严重后果，很可能激化阶级矛盾，引发农民起义，从而导致社会混乱甚至政权颠覆。正是出于对政权稳定的考虑，王安石才提出变法，其实王安石推行的新法并没有动摇地主阶级的根基，只是减缓其对农民的剥夺，实际上还是一种缓和的方式，意图延缓矛盾激化。王安石在《兼并》诗中说：

> 三代子百姓，公私无异财。
> 人主擅操柄，如天持斗魁。
> 赋予皆自我，兼并乃奸回。
> 奸回法有诛，势亦无自来。
> 后世始倒持，黔首遂难裁。
> 秦王不知此，更筑怀清台。
> 礼义日已偷，圣经久埋埃。
> 法尚有存者，欲言时所咍。
> 俗吏不知方，掊克乃为材。
> 俗儒不知变，兼并可无摧。
> 利孔至百出，小人私阖开。
> 有司与之争，民愈可怜哉。

"后世始倒持，黔首遂难裁。秦王不知此，更筑怀清台。"这几句是说，随着土地兼并现象的加剧，破产农民越来越多，然而秦王没有意识到问题的严重性，还在大兴土木修建宫室。最终导致陈胜、吴广大泽乡起义，各地农民揭竿而起，推翻了秦王朝的统治。王安石忧虑的是赵宋王朝的颠覆，一旦政权颠覆，生产资料面临重新洗牌，旧的贵族地主便也失去了昔日的地位。然而，豪强地主们并没有领会到王安石的深意，因为一些皮毛受损就大声叫嚣，视新法如仇雠，百般阻挠、打击新法的推行。

第五章

南宋爱国文人的内外抗争

宋钦宗靖康二年（1127年），金人发兵攻打汴京，徽、钦二宗及后妃宗室被掳到金国，一时间社稷倾覆，百姓流离失所。这就是为后世爱国文人耿耿于怀的"靖康之耻"。宋徽宗第九子康王赵构在南京即位，是为南宋。南宋政权偏安一隅，并无实力与决心北伐，当权者在战与和之间摇摆不定，金人也无暇南下，宋、金之间就陷于一种长期而疲惫的对峙状态中。不少爱国文人生于这个时代，虽有恢复之志，但个人无法与大环境抗争，只能在壮志与郁结中寻找平衡点。

第一节 杨万里的内外之"诚" ①

杨万里，字廷秀，号"诚斋"，是南宋时期著名的理学家、政治家、文学家。我们最熟悉的，可能就是杨万里的"诚斋体"诗歌："毕竟西湖六月中，风光不与四时同。接天莲叶无穷碧，映日荷花别样红。""泉眼无声惜细流，树阴照水爱晴柔。小荷才露尖尖角，早有蜻蜓立上头。"他的诗歌平白自然，又充满诙谐意趣，读来朗朗上口，在当时流行的以"拗峭"为宗的"江西诗派"之外独辟蹊径，引导了一股不同于时代风尚的清流。除去这些诗歌，杨万里其他方面的

---

① 本节参考：张瑞君《杨万里评传》，南京大学出版社2002年版；张玖青《杨万里思想研究》，中国社会科学出版社2013年版等。

成就似乎不那么为人关注，其实杨万里还是一位笃定的理学家，一位高产的散文家，一位恪尽职守的政治家。

杨万里以"诚"为号，"诚"首先是他理学思想体系的核心，同时是他为人处世的座右铭。杨万里把"诚"贯彻进了学、行、文章的方方面面，他不仅仅是在理论上标榜、建设"诚"的体系，更亲身实践这一理念，在德行、职责、文章等方面身体力行，可以说是"知行合一"的典范。杨万里的厉害之处在于，他不仅能坚守品行的方正，还能兼顾内心的意趣，没有因为公务繁重或政治压抑而心绪郁积，也没有因为追求内心的安逸平和而玩忽职守。他成功调和了外部压力与内心诉求、道德职责与本真性情之间的矛盾，这对我们解决当下工作、生活中面临的诸多心理困境有重要的启发、借鉴意义。正如王水照先生所说，"诚"是杨万里思想体系的核心，他总是用这套理论来密切关注现实，跟他的政治实践、道德实践、文化创造实践密切结合在一起。杨万里的"诚"所蕴含的意义，我们今天可以结合当下现实进行新的阐释，同时将之加入到我们的核心价值体系里面来。①

一、家学师承

杨万里是一位标准的文人士大夫，他始终坚持上书，大胆言事，为解决民生问题与抗金收复失地操劳奔波。他的这种家国情怀既有家学渊源，又有师承传统。

杨万里的祖先可以追溯到汉代以清廉耿介著称的杨震，杨万里自己也把这位祖先作为自己追慕的模范与标杆。杨震，字伯起，弘农华阴人，因为学识渊博被时人尊称为"关西孔子杨伯起"。杨震最著名的典故大概就是"暮夜却金"了。《后汉书·杨震传》记载：

> 东汉杨震为东莱太守，途经昌邑，县令王密求见。至晚，以十金奉杨曰："暮夜无知者。"杨曰："天知，神知，我知，子

---

① 参见王水照：《杨万里的当下意义和宋代文学研究》，《江西师范大学学报》（哲学社会科学版）2010年第3期。

知。何谓无知者？"遂拒而不受。

……（杨震）四迁荆州刺史、东莱太守。当之郡，道经昌邑，故所举荆州茂才王密为昌邑令，谒见，至夜怀金十斤以遗震。震曰："故人知君，君不知故人，何也？"密曰："暮夜无知者。"震曰："天知，神知，我知，子知。何谓无知？"密愧而出。

杨震虽然学识渊博，但五十岁才赴州郡任职。他出任东莱太守，经过昌邑县时，昌邑县的县令王密前来求见。原来，杨震曾经推举过王密，王密为了表示感谢，给他送来十斤黄金。杨震淡然地看着这十斤黄金对王密说："我非常了解您，但您却不了解我，这是为什么呢？"王密仍然劝杨震收下，说："现在是晚上，没有人知道。"杨震义正词严地说："天知，神知，我知，你知，怎么能说没有人知道呢？"王密非常惭愧，带着黄金离开了。《礼记》说"君子慎其独也"，人暴露在众人的目光之下时，很容易遵守道德规范，但是没有旁人监督时，就容易越界，这时就需要自我监督。杨震暮夜却金可以说是自我监督的典范了。

杨震敢于直陈上书，得罪了很多权贵。公元124年，汉安帝东巡泰山封禅，中常侍樊丰趁机修造屋宇。杨震得知后，命令掾属高舒召将作大匠令史稽查这件事，截获了樊丰伪造的诏书。樊丰非常害怕，就捏造罪状诬陷杨震，安帝竟然听信谗言，命使者持节收回杨震的太尉印绶。樊丰不肯罢休，继续进谗言，安帝下令将杨震遣回原籍。杨震走到洛阳的几阳亭，对子孙、门生们说："死是一个人不可免的。我蒙圣恩居位，痛恨奸臣狡猾而不能诛杀，恶嬖女倾乱而不能禁止，还有什么面目见天下人呢？我死之后，只用杂木为棺，布单被只要盖住形体，不归葬所，不设祭祠。"之后饮鸩自尽。公元125年，汉顺帝刘保继位，诛杀樊丰等奸臣，杨震的冤情得以昭雪。汉顺帝感叹："故太尉震，正直是与。"

南宋王应麟称赞杨震："东汉三公，无出杨震、李固之右，而始进以邓、梁，君子以为疵。"清末小说家蔡东藩评价："杨震不受遗金，四知之言，可质天地；并欲清白传子孙，卒能贻泽后人，休光四世。后之为子孙计者，何其熏心富贵，但知贻殃，未知贻德耶？而关西夫子杨伯起，卒以此传矣。""拼死何如预见机，网罗陷入已难飞；夕阳亭下沉冤日，应悔当年不早归！""惟震为关西名士，当知以道事君之义，合则留，不合则去，胡为乎刺刺不休，坐听谗人之构陷，而未能自拔也？彼薛包黄宪周燮冯良诸人，则倜乎远矣。"杨震的品行对后世的文人士大夫产生了深刻的影响，对作为后人的杨万里的影响更是深入血液与基因的。

对杨万里的学、行、文章产生直接影响的，还是杨万里的父亲杨芾。杨芾是一位收入微薄的教书先生，却嗜书如命，常常把仅有的积蓄拿来买书。胡铨《杨君文卿墓志铭》记载："（杨芾）忍饥寒以市书，积十年得数千卷，谓其子是圣贤之心具焉，汝盍懋之。"杨芾忍饥挨饿，把所有积蓄拿来买书，十年之间积累了数千卷，他还对自己的孩子说："有了这些书，就有了具备圣贤之心的条件，还有什么可忧愁的呢？"同时，杨芾还是一位儒家德行的忠实拥趸者与践行者，侍奉双亲极尽孝道。《宋史》卷四五六《毛洵传》附《杨芾传》：

> 有杨芾者，亦同县人，字文卿。性至孝，归必市酒肉以奉二亲，未尝及妻子。绍兴五年大饥，为亲负米百里外，遇盗夺之不与，盗欲兵之，芾恸哭曰："吾为亲负米，不食三日矣。幸哀我！"盗义释之。

杨芾对圣贤之学的追求与实践潜移默化地影响着杨万里。杨万里八岁丧母，父亲长年奔波在外谋求生计，经常食不果腹。他回忆自己的童年："我少也贱，无庐于乡。流离之悲，我岂无肠？""啼饥如不闻，饥惯自不啼。"虽然生活艰苦，但杨万里并没有因此放弃读书，相反更加勤学苦读，胸怀高远的志向。他在《夜雨》中说："忆年十四五，读书松下斋。寒夜耿难晓，孤吟悄无侪。虫语一灯寂，鬼啼万山哀。雨声正如此，壮心滴不灰。"

　　杨芾是一位塾师，因此非常重视对杨万里的教育，杨万里十岁之后，杨芾就带着他四处求学，遍访名师。杨万里先后师从高守道、王庭珪、刘安世、刘廷直、刘才邵等，这些老师都刚正不阿、忠贞爱国，对杨万里产生了深远的影响。如王庭珪，字民瞻，号卢溪真逸。王庭珪还是太学生时，就表现出对政治斗争的判断力与胆量，当时由于党争，欧阳修、苏轼、黄庭坚等人的作品被列为禁书，王庭珪不仅敢于私自阅读，还效仿这些文章的风骨与作法。绍兴中，秦桧主和投降，胡铨上书请皇帝斩杀秦桧，因此得罪了主和派，被贬谪新州。当时没有人敢为胡铨送行，只有王庭珪不顾政局倒向，为胡铨送行，并作有"痴儿不了公家事，男子须为天下奇"的诗句。又如刘才邵，字美中，因文章被高宗赞美而遭到宰相嫉妒，出知漳州。在漳州期间，他在城东开河十四条，备聚汇决，溉田数千亩，甚为戍便。可以说，刘才邵是一位文学与实干能力兼优的能臣干将。杨万里回忆刘才邵对自己的教学说，"后十年又得进拜移溪而师焉，而问焉，其所以告予者亦太学犯禁之说也"，并称赞王庭珪与刘才邵："吾州之两先生独首犯时之大禁，力学众人之所不敢学，所谓豪杰特立之士者，不在斯人欤，不在斯人欤！"（《移溪集后序》）

　　绍兴二十四年（1154年），杨万里二十八岁，这一年他参加科考，进士及第。绍兴二十六年（1156年），杨万里三十岁，被任命为赣州司户，正式进入仕途。绍兴二十九年（1159年），杨万里调任永州零陵县丞，在零陵谒见了徙居在此的爱国名将张浚，受"诚"字为斋号，这次会面对杨万里的人生具有里程碑式的意义。张浚是一个值得多花笔墨书写的人物，如果说汉代祖先杨震是杨万里虚拟出的追慕的榜样，那么张浚就是杨万里现实中崇拜的偶像，杨万里对张浚是有一种雏鸟式的跟随、模仿情结的。

　　张浚，字德远，世称紫岩先生，汉州绵竹人，既是抗金名将，又是一位出色的理学家。张浚是西汉留侯张良、唐朝开元时期名相张九龄之弟张九皋之后，四岁早孤，行直视端、不说诳言，人们都说他以后必成大器，宋徽宗政和八年（1118年），登进士第，历枢密院编修官、侍御史等职。建炎三年（1129年）春，金人侵犯南方，皇帝移驾钱塘，留朱胜非在吴门抗御，并让张浚一同节制军马。后朱胜非被召回，张浚单独留下，当时溃兵数万，所至之处剽掠不已，张浚招集乱兵安定了秩序。宋高宗在临安为将领苗傅、刘正彦所废，史称"苗刘之变"，张浚组织吕颐浩、张俊、韩世忠、刘光世等大破苗刘叛军，助高宗复位，因功任知枢密院事。建炎四年（1130年），张浚提出经营川陕的建议，出任川陕宣抚处置使。金兵已攻取了鄜延路，金将娄宿孛堇引大兵渡过渭水，攻打永兴，宋将都按兵不动，不肯出兵援助。张浚到任后，立即查访真相，罢黜奸邪，以招纳豪杰之士为首要任务，兵将们都开始畏惧张浚而服从命令。张浚在关陕三年，训练新兵，以刘子羽为上宾，任赵开为都转运使，擢吴玠为大将守凤翔。刘子羽、赵开善于理财，吴玠每战必胜，西北流离的百姓前来归附的日益增多。绍兴元年（1131年），金将乌鲁攻打和尚原，吴玠乘险袭击，金人大败而走。完颜兀术亲自出马，吴玠与其弟吴璘又大破完颜兀术，这就是著名的大散关、和尚原之战。此后，张浚论功升检校少保、定国军节度使。绍兴六年（1136年），刘豫政权反扑南宋朝廷，高宗下令两淮守军南撤，张浚为保长江天险，星夜驰至安徽采石，制止宋军撤退，击退刘豫叛军。

绍兴七年（1137年）三月，刘光世因骄惰怯敌被罢，宋高宗打算把刘光世的旧部划归岳飞，但遭到枢密使秦桧的反对，张浚也表示不同意。于是就任命刘光世的部将王德为左护军都统制、郦琼为副都统制，授权兵部尚书、都督府参谋军事吕祉节制。郦琼不服气王德为主将，多次上书申述不被重视，于是八月，郦琼杀掉吕祉等人，带领四万人叛变，投奔伪齐政权。九月，张浚因为这件事引咎辞职，罢去宰相职务。绍兴九年（1139年）正月，宋金和议成功，宋高宗大赦天下，张浚复官，然而因为此前多次上书反对与金议和，被秦桧等排挤出朝廷，同年二月，张浚出任福州知州、福建路安抚大使。绍兴十一年（1141年）十一月，宋金订立绍兴和议，同月，张浚被授予检校太傅、崇信军节度使、万寿观使闲差，次年封和国公。绍兴十六年（1146年）七月，张浚上奏备战抗金，秦桧大怒，张浚被罢去检校少傅、节度使、国公官爵，只保留文阶官特进，以提举宫观，绍兴二十年（1150年）又移往永州居住。绍兴二十五年（1155年）十月，秦桧去世，十二月，张浚被重新起用，恢复观文殿大学士职衔及和国公爵位，任判洪州（今江西南昌）。此前不久，张浚因母死守丧，扶枢归葬西川，到达江陵时，又上书奏请高宗备战抗金，引起新任宰相亦即秦桧党羽万俟卨、汤思退等人的不满，宋高宗也以"今复论兵，极为生事"拒绝。绍兴二十六年（1156年）十月，张浚再次被贬往永州居住，就是在这个时段，杨万里谒见了张浚。

绍兴三十一年（1161年）正月，金军南犯迫在眉睫，宋高宗不得不抵抗备战，同时也放宽了对张浚居住地的限制。同年十月，宋金战争开始，高宗起用张浚任判潭州，十一月又改判建康府，张浚十二月下旬到任时，"采石之战"已经结束，金帝完颜亮被部下杀死，两淮金军也开始退兵。宋高宗始终认为抗金不能取得彻底胜利，最终还是归于和议，所以并不重用主战派的张浚。直到绍兴三十二年（1162年）五月，才任命张浚专一措置两淮事务兼两淮及沿江军马，全面负责江淮防务。六月，高宗退位，孝宗即位，起复张浚为枢密使，隆兴元年（1163年），封张浚为魏国公，都督江淮军马渡淮北伐，收复宿州（今安徽宿州市）等地，后因部下将领不和，兵败符离（今安徽宿州市）。主和派势力随即抬头，秦桧党羽汤思退，于七月间被任命为右相兼枢密使，议和活动也紧锣密鼓地进行。十二月，汤思退升任左相兼枢密使，张浚也升任右相兼枢密使，仍兼江淮东西路。隆兴二年（1164年）三月，张浚奉诏视师淮上，积极部署抗金措施；四月，被召回朝，随后江淮都督府也被罢。在太上皇宋高宗的干预下，左相汤思退更加加紧进行降金乞和的活动，张浚感到抗金无望，随即请求致仕，于是被罢去宰相职务，授少师、保信军节度使、出判福州（今属福建）。张浚继续辞去任命，恳求致仕，改授醴泉观使闲差。同年八月，张浚病逝，葬宁乡，赠太保，后加赠太师。乾道五年（1169

年），获赐谥号忠献。

朱熹评价张浚：

> 公自幼即有济时之志，在京城中，亲见二帝"北狩"，皇族系虏，生民涂炭，誓不与虏俱存。委质艰难之际，事有危疑，它人畏避退缩，公则慨然以身任之。不以死生动其心。南渡以来，士大夫往往唱为和说，其贤者则不过为保守江南之计。夷狄制命，率兽逼人，莫知其为大变。公独毅然以虏未灭为己责。必欲正人心，雪仇耻，复守宁，振遗黎，颠沛百罹，志逾金石。晚复际遇，主义益坚，虽天啬其功，使公困于谗慝之口，不得卒就其志，然而表著人心，扶持人纪，使天下之人，晓然复知，中国之所以异于夷狄，人类之所以异于禽兽者，而得其秉彝之正。则其功烈之盛，亦岂可胜言哉？忠贯日月，孝通神明，盛德源于生，奥学妙于心通。勋存王室，泽被生民，威镇四夷，名垂永世。

张浚不仅是名将，还是一位出色的理学家。他是北宋著名理学家程颐的再传弟子，对《周易》钻研得很精深，著有《易解》及《杂说》十卷，对《书》《诗》《礼》《春秋》也都有注解，有奏议二十卷，又著有《中兴备览》。杨万里来到零陵，对这位爱国领袖十分仰慕，前后三次请求谒见，然而张浚徙居零陵期间，正是政治失意的时候，闭门谢客，因此杨万里并没有得到接见。杨万里又三次致书信请求，后来通过张浚之子张栻引见，张浚才同意见他。

杨万里向偶像求教为人处世的道理，张浚对他说："元符贵人，腰金纡紫者何限，惟邹志完、陈莹中姓名与日月争光。"《宋史·杨万里传》记载这次会面："浚勉以正心诚意之学，万里服其教，终身乃名读书之室曰'诚斋'。"胡铨《诚斋记》记载杨万里感叹："夫天与地相似者，非诚矣乎？公以是期吾，吾其敢不力？"杨万里自己在诗中回忆："浯溪见了紫岩回，独笑春风尽放怀。谩向世人谈昨梦，便来唤我作诚斋。"杨万里将这次会面看作一场难得的美梦，张浚以"正心诚意"之学勉励杨万里，杨万里就以"诚斋"为号，以示谨遵张浚的教诲。从杨万里的生平中我们可以看到，杨万里不仅是在语言、形式上遵从张浚的教诲，更是真正把这教诲落实到行动中，用一生诠释了"正心诚意"之学。

二、初入仕途

绍兴二十六年（1156年），杨万里被任命为赣州司户，这是他政治生涯的起步。三年任满，杨万里即回到家乡短暂寓居。绍兴二十九年（1159年），任零陵县丞，任满之后又回到家乡。在杨万里的诗文中，我们可以明显看到出仕的家国情怀与归隐的山林向往之间的矛盾，这矛盾在他的生平中也体现得非常突出，他每次任满之后或出仕之前几乎都要进行一段寓居生活，作为心理的缓冲。绍兴三十二年（1162年）到乾道五年（1169年）的八年时光里，除短暂除官外，大部分时间都在家服丧或寓居。然而，杨万里生活的时代是南宋偏安、内忧外患积重难返的时代，在风雨飘摇的大环境中，他不可能闭目塞听独善其身，更何况他自幼接受的是儒家"修齐治平"的教育。杨万里虽然闲居，却始终保持着对时政消息的敏感与关切。

隆兴元年（1163年）五月，宋孝宗北伐失败，主和派趁机反攻，清算主战派的将士。主战派的张浚被弹劾，主和派汤思退任宰相，孝宗因北伐失败下"罪己诏"。杨万里听闻这一系列事件非常痛心，写了《读罪己诏时有符离之溃》组诗：

其一

莫读轮台诏，令人泪点垂。
天乎容此虏？帝者渴非黑。
何罪良家子？知他大将谁？
愿惩危度口，倘复雁门蹄！

其二

乱起吾降日，吾将强仕年。

中原仍梦里，南纪且愁边。

陛下非常主，群公莫自贤！

金台尚未筑，乃至羡强燕。

其三

只道六朝窄，渠犹数百春。

国家祖宗泽，天地发生仁。

历服端传远，君王但侧身。

楚人要能惧，周命正维新。

　　当政者因为战败而气馁，全面转向求和路线，杨万里身在乡野，无力插手朝廷和战决策，只能在诗里大声疾呼，希望君王臣民重新振作，收复失地，振兴家邦。杨万里深切地认识到，外患与内忧不是截然而分的，外患正是由内忧引起的，不解决朝政与吏治内部的矛盾，是没办法根本解决边患问题的。乾道三年（1167年），杨万里初到杭州，在杭州期间，他上书陈俊卿请求引荐，意图再次出仕报效家国，并针对一系列吏治与边防问题写成《千虑策》上呈。陈俊卿又将《千虑策》转呈时任知枢密院事的虞允文，向虞允文推荐杨万里。

　　《千虑策》总结了靖康之役以来的历史教训，大胆揭露朝廷弊端，明辨治国理政的哲理与方法论，并进一步提出整顿吏治、建设边防的具体措施。他分君道、国势、治原、人才、论相、论将、驭吏、选法、刑法、冗官、民政等十一个部分，分篇章单独论述，有喻有论，有曲有直，大有战国时期政论著作的风范。《千虑策》是杨万里早期的政论体系表述，虽然有些还不那么成熟，但基本涵盖了他政治理念的方方面面。据罗大经《鹤林玉露》记载，虞允文读到杨万里的《千虑策》大为赞赏："虞雍公初除枢密，偶至陈丞相应求阁子内，见杨诚斋《千虑策》，读一篇，叹曰'东南乃有此人物！某初除，合荐两人，当以此人为首'。"可惜虞允文匆匆调离，杨万里的这篇《千虑策》并没有受到朝廷重视。当时一位官职低微的抚干魏致尧也向朝廷上书进言，同样没有被采纳，杨万里感慨朝廷不听取有用的忠言，写了《跋蜀人魏致尧抚干万言书》一诗：

> 雨里短檠头似雪，客间长铗食无鱼。
> 上书恸哭君何苦，政是时人重《子虚》。

"雨里短檠头似雪"塑造了一位年迈的贫士形象，"客间长铗食无鱼"是说自己如不受重视的门客冯谖一般遭受冷落。"上书恸哭君何苦"抒发了自己对国家苦难的伤痛与为君王出谋划策的急切心情，"政是时人重《子虚》"，这是感慨当朝统治者也如汉代君主一样喜欢《子虚赋》这样歌功颂德、浮华无用的文章。可以说，杨万里这首诗对当政者的指斥是非常尖锐的了。

乾道六年（1170年），杨万里知隆兴府奉新县，开始了人生中比较集中的外宦阶段。杨万里的上书总是切中时弊，言之有物，这与他多年的外宦经历是分不开的。杨万里上任后，看见奉新钱库、粮仓空虚，狱中大量收押因贫穷交不齐赋税的百姓，深切认识到"保民富国"的重要性。可以说，"保民富国"是杨万里政治主张的核心，他认为只有先推行仁政使百姓安身立命，才能获得充足的劳动力，然后通过制定经济政策和教导百姓怎样发展经济，国家才能富强。他在《与张严州敬夫书》中详细阐述了"保民"的仁政主张：

> 某初至，见岸狱充盈，而府库虚耗自若也。于是纵幽囚，罢逮捕，息鞭笞，去颂系，出片纸书"某人逋租若干"，宽为之期，而薄为之取。盖有以两旬为约、而输不满千钱者。初以为必不来，而其来不可止。初以为必不输，而其输不可却。盖所谓片纸者，若今之所谓"公据"焉。里诣而家给之，使之自持以来，复自持以往，不以虎穴视官府，而以家庭视官府。大抵民财止有此，要不使之归于下而已。所谓下者，非里胥，非邑吏，非狱吏乎？一鸡未肥，里胥杀而食之矣。持百钱而至邑，群吏夺而取之

矣。而士大夫方据案而怒曰："此顽民也，此不输租者也。"故死于缧绁，死于饥寒，死于疠疫之染污，岂不痛哉！某至此期月，财租粗给，政令方行，日无积事，岸狱常空。

　　杨万里不仅要求薄赋税、平徭役，减轻农民负担，还积极改革财政措施，以更好地推动经济发展。杨万里说："何谓义？教民理财，义也。谨以出入，亦义也。禁民为非，亦义也。"可以看出，杨万里把儒家倡导的"仁义"落实到民生的具体层面，即理财，即教导百姓如何开源和节流，如何打理吃穿住行用，从而过上富足的生活。南宋既发行纸币，又发行铁钱和铜钱，发行过程中地方官吏利用差额钻空子盘剥，导致百姓更加贫穷。杨万里运用传统母子相权论，创造性地提出钱楮母子论，以朝廷为后盾，收券之入，发都内散钱以出，守钱券十半之约，于是母子相平，民蒙其利。这是历史上币论与币政密切互动与结合的典型史例。可以说，杨万里是一位脚踏实地而富有创建的实干家了。

　　乾道六年（1170年），杨万里受虞允文举荐，调任京城即杭州任国子博士。在此期间，孝宗想任命外戚张说为签书枢密院事，张浚之子张栻据理力争，被虞允文调离京城，出任袁州。杨万里并没有因为虞允文对自己的举荐明哲保身，而是上书虞允文，谏阻此事。杨万里刚正不阿、直言敢谏的精神突显出来。此后历任太常博士、太常丞兼权吏部右侍郎官、将作少监，他一直恪守自己中央文官的职责，连续上书言事，先后有壬辰轮对第一、第二札子，癸巳轮对第一、第二札子等。

　　淳熙元年（1174年），杨万里出知漳州，然而赴任途中由严州转而回到家乡吉水，度过了一段短暂的乡居生活。淳熙二年（1175年），杨万里被改知常州，然而杨万里也并不想赴任，请求改作祠官，即挂名食俸的虚职，仍在家乡寓居。他出仕与归隐的矛盾情结又显露出来。其实，杨万里何尝是贪恋山水美景，只是他积极进取的一系列"保民富国""收复失地"等政见与措施得不到伸张，倍感郁闷与无力而已，回乡寓居只是他逃离复杂官场的一种方式。淳熙四年（1177年），杨万里赴常州上任；淳熙六年（1179年），被任命为提举广东常平茶盐。同样，杨万里先是从常州回乡寓居了一年，才走马上任。淳熙八年（1181年），杨万里改任提点刑狱公事，掌管一路的司法、刑狱事务。这年冬天，沈师农民暴动壮大，从福建进入广东梅州，杨万里显示出卓异的军事才能，召集将兵亲自前去镇压，年底就扫平了暴动。宋仁宗称赞杨万里是"仁者有勇""书生知兵"。淳熙九年（1182年），朝廷除直秘阁，杨万里没有赴任，回到吉水丁母忧。这段寓居生涯结束后，杨万里就迎来了他政治生涯的巅峰。

三、政涯巅峰

淳熙十一年（1184年），杨万里被召为吏部员外郎，回京城任职。淳熙十二年（1185年），除吏部郎中。由于能面见皇帝，且多次上书言事，杨万里一时名声大噪，并以此被选为东宫侍读，陪伴太子读书。杨万里为太子评述历代政事，用阴阳灾异的儒家谶纬之说规劝太子以后做一位贤明的君主，并著有《东宫伴读录》一书。太子与杨万里相处十分融洽，还手书"诚斋"二字赐给杨万里。淳熙十三年（1186年），杨万里转任枢密院检详官，掌管监察枢密院事务，后升任尚书省右司郎中，十一月迁左司郎中。淳熙十四年（1187年），杨万里被任命为秘书少监，即掌管图书、国史、天文历数的秘书省副长官。

此年十月，宋高宗驾崩，孝宗欲守孝三年，命太子监国。一时间群情哗然，周必大、尤袤等纷纷上书谏阻此事。杨万里没有因为自己是太子侍读而支持此事，相反，他比别人更加强烈地上书反对，直陈太子监国的弊端，认为此举会导致权力中心分化，甚至酿成颠覆社稷的后患。他还向太子上了一封《上皇太子书》，苦口婆心劝导太子拒绝监国，书中说：

> 某伏读今年三月诏书，令殿下参决庶务。此主上圣孝之至，哀痛之极，无聊不平之深，而为此举、出此言也。然诏书一下，

国人大惊。盖太上升退之初，外有大敌，内有大丧，天下皇皇，人情靡宁，而复见此非常可骇之事，安得而不惊？而况殿下骤承君父甚异之诏，亦安得不惊乎？……天下之职皆可共理，惟人主之职非可共理之物也。何也？天无二日，民无二王，惟其无二王，故合万姓百官而宗一人。今圣主在上，而复有监国，无乃近于二王乎？自古及今，未有天下之心宗父子二人而不危者。盖宗乎二人，则向背之心生；向背生则彼此之党立；党立则谗间之言必起，父子之隙必开。开者不可复合，隙者不能复全，此古今之大忧也。主上之圣，殿下之贤，必无是也。然古人已往之事有不可不虑者，殿下独不见魏太武、太子晃父子之事乎？……且词臣代言，引贞观、天禧之故事，皆非美事也。殿下何不令宫吏检贞观之事为何事，天禧之时为何时而熟观之乎？尝观古人一履危机，悔之何及！与其悔之而无及，孰若辞之而不居乎？某愿殿下三辞、五辞、十辞、百辞，而必不居也。如此则可以安殿下之子职，可以增殿下之仁孝。上可以解天颜之戚，下可以慰天下之望，实宗社之福，生民之福，主上及殿下父子万世无疆之福也。

杨万里劝阻太子监国，是高瞻远瞩，明确地看到了这一举措可能导致的后果。杨万里担心因为孝宗和太子两个决策中心而使官僚队伍分化，出现朋党之争，那么孝宗和太子之间的关系势必分裂恶化，甚至出现相争、相残的惨剧。事实证明，杨万里这一预见是明智的。距此次上书一个月之后，一个掌管分养杂畜的太仆寺小官公开扬言争功，以图取悦太子而得到晋升，由此就出现了官吏对皇帝统治地位绝对服从的"向背"。淳熙末年，孝宗和太子即光宗关系决裂，大家更佩服杨万里的政治远见。

淳熙十五年（1188年），孝宗听从洪迈建议，以吕颐浩、赵鼎、韩世忠等名臣配飨高宗宗庙，由于派系斗争等因素，杨万里十分追慕的爱国将领张浚未入配飨之列，杨万里对此非常愤激，上《驳配飨不当疏》，据理力争。因语言直指孝宗任用指鹿为马的奸臣，致使孝宗不悦，将杨万里调离京城，让他出知筠州。不出例外，杨万里仍然任性地回到家乡吉水寓居。淳熙十六年（1189年），光宗即位，召回杨万里，仍委以重任，而这次杨万里却担任了一项满怀屈辱与兴亡之叹的差事。

　　淳熙十六年（1189年），杨万里被任命为借焕章阁学士接伴金国贺正旦使，这个职务的内容就是迎送和接待、陪伴金国来南宋祝贺元旦的使者。杨万里率领二十四只大船北行，南起临安，中渡长江，北抵淮河。淮河一带是被金兵掠去的失地，昔日百姓在金人的统治下艰难求生。杨万里在这里写下了著名的爱国诗歌《初入淮河四绝句》：

> 船离洪泽岸头沙，人到淮河意不佳。
> 何必桑乾方是远，中流以北即天涯。
>
> 刘岳张韩宣国威，赵张二相筑皇基。
> 长淮咫尺分南北，泪湿秋风欲怨谁。
>
> 两岸舟船各背驰，波痕交涉亦难为。
> 只余鸥鹭无拘管，北去南来自在飞。
>
> 中原父老莫空谈，逢着王人诉不堪。
> 却是归鸿不得语，一年一度到江南。

　　杨万里此次出使，设身处地考察了失地百姓生存状况与金人对失地的统治政策，他敏锐地发现，收复失地的关键是收复民心，而收复民心的关键是解决经济问题。杨万里上了一道《轮对札子》，讲述如何通过节财惜用来收复失地的民心："臣近因接送北使，往来盱眙，闻新酋用其宰臣之策，蠲民间房园地基钱，又罢乡村官酒坊，又减盐价，又除田租一年。窃仁义，假王政，以诓诱中原之民，又使虚誉达于吾境，此其用意不可不察。"金人在攻掠来的南宋失地推行"仁政"，通过减免赋税等一系列惠民措施收买人心，让失地百姓不再抗争，进而不再思归南宋。可以说，一旦失去民心，收复失地就几乎遥不可及了。

四、晚年致仕

绍熙元年（1190年）八月，宋孝宗《日历》修讫，命人作序。杨万里身为秘书省长官，例行为《日历》写了一篇序，然而左丞相留正却没有采纳，另委派他人作序。杨万里因此上书弹劾自己失职，请求外任。此年十一月，杨万里出任江东转运副使。其时，朝廷下令江南诸郡行使铁钱会子，然而江南并不流通铁钱，会子无法兑现，又不能用来纳税，有百害而无一益。杨万里深知此举弊害，上书严词谏阻，因此得罪了宰相，改知赣州。杨万里请辞，改作祠官，返回家乡吉水。从此杨万里彻底离开官场，开始了晚年的退休生活。

杨万里为官清廉，退休后没有钱财置办田地，就自己动手在老屋旁边开辟了一片园地，此时杨万里成了一位归园田居的诗人。他在《癸丑正月新开东园》中说："长恨无钱买好园，好园还在屋东边。周遭旋辟三三径，只怕芒鞋却费钱。"他称自己的园为"三三径"，因为"东园新开九径，江梅、海棠、桃、李、橘、杏、红梅、碧桃、芙蓉、九种花木各植一径，命曰三三径云"。并将自己的"三三径"与前代隐逸者们的田园相比："三径初开自蒋卿，再开三径是渊明。诚斋奄有三三径，一径花开一径行。"

在杨万里归隐期间，朝廷还试图给杨万里加官晋爵，然而杨万里一再拒绝。绍熙三年（1192年），除秘阁修撰提举万寿宫；宋宁宗庆元元年（1195年），召赴行在，杨万里力辞；同年九月，升焕章阁待制，提举江州太平兴国宫。杨万里连上辞呈，表明连挂名食俸的虚职都不想再担任。庆元二年（1196年），杨万里上《陈乞引年致仕状》说："臣闻在法命官，七十致仕……臣合于今年正月，陈乞致仕；盖缘去年十二月初日方告拜圣恩次对外祠之命，未敢遽有陈请。"庆元三年（1197年）再次上书请求："今则臣七十有一，久病之后，血气愈衰，耳目全无聪明，手足全然缓若，饮食减损，举动艰难，疾苦无聊，伏枕待尽，欲望圣慈曲垂天听，悯臣废疾之久……许臣守本官致仕。"

庆元四年（1198年），朝廷又进封杨万里吉水县开国子，食邑五百户，又授太中大夫。庆元五年（1199年），进封宝文阁待制。杨万里上《辞免转一官仍除宝文阁待制致仕奏状》："臣昨于庆元二年六月内具状陈乞引年致仕，奉圣旨不允；至三年七月再伸前请，俟命两年，于今月初四日，伏准省札，以臣三存乞引年致仕，二月十七日，三省同奉圣旨，与臣转一官除宝文阁待制致仕者，臣闻命欢喜，省躬震惊。"庆元六年（1200年），朝廷又进封杨万里为吉水县开国伯；嘉泰三年（1203年），诏进宝谟阁直学士，给赐衣带；嘉泰四年（1204年），进封庐陵郡开国侯，加食邑三百户；宋宁宗开禧元年（1205年），召赴行在。杨万里上《辞免召赴行在奏状》："臣于九月二十一日伏准省札，九月二日奉圣旨杨万里召赴行在者……伏念臣齿几八十，灾亦频年。伏自去秋，偶婴淋疾，当平居则似乎无事，遇发作则痛不可堪，惨毒甚于割烹，呻吟达于邻曲……欲望圣慈矜怜追寝召命，令臣仍旧官职致仕。"开禧二年（1206年），朝廷仍升杨万里为宝谟阁学士。这年五月，杨万里去世。开禧三年（1207年），追赠光禄大夫，谥号文节。

杨万里的一生都在出仕与归隐的矛盾中撕扯，他有一腔为国为民的爱国情怀，却迫于官场政治斗争不得施展，最终彻底厌弃尔虞我诈名利场而致仕归隐。"学而优则仕"，杨万里身为读书人，自然将出仕作为实现人生价值的第一途径，更何况杨万里还是一位胸怀"致君尧舜上，再使风俗淳"抱负的爱国忧民者。他何尝不想像诸位先贤那样辅佐君王、献言进策、匡扶社稷呢？然而现实是复杂多舛的，在明争暗斗的政治漩涡中，刚正不阿无疑是注定落败的死穴。杨万里在这种矛盾中被撕扯着，最终耗尽心力，彻底离开官场保全天年。他在给长子杨长孺的劝诫《大儿长孺赴零陵簿示以杂言》中说：

好官易得忙不得，好人难做须着力。

汝要作好官，令公书考不可钻。

借令巧钻得，遗臭千载心为寒。

汝要作好人，东家也是横目民。

选官无选处，却与天地长青春。

老夫今年六十四，大儿壮岁初筮仕。

先人门户冷如冰，岂不愿汝取高位？

高位莫爱渠，爱了高位失丈夫。

老夫老则老，官职不要讨。

白头官里捉出来，生愁无面见草莱。

老夫不足学，圣贤有前作。

譬如著棋著到国手时，国手头上犹更尽有著。

　　"先人门户冷如冰，岂不愿汝取高位？"杨万里坦诚地说出人之常情，谁不愿意高官厚禄、光宗耀祖呢？然而"爱了高位失丈夫"，为了追求功名利禄去阿谀奉承甚至党同伐异，不是君子所为，那样就失去了作为大丈夫的根本原则与底线。所以最终还是选择成为"大丈夫"而舍弃"高位"。可以说，这是杨万里与自己周旋许久之后做出的抉择，他也用一生的实际行动践行了这一抉择。

第二节　辛弃疾的恢复之志①

　　辛弃疾，字幼安，号稼轩，是南宋时期著名的爱国文人、军事将领。辛弃疾以词闻名，作为"豪放派"代表与苏轼并称"苏辛"，然而人们却鲜有关注他的散文作品。辛弃疾著有《美芹十论》《九议》等政论文，风格与豪放词一样磅礴恣肆，思想内容却秉承了文人士大夫"文以载道"的理念传统。南宋刘克庄将辛弃疾与苏洵相提并论，称赞他的文章"文墨议论，尤英伟磊落。乾道、绍熙奏篇及所进《美

---

　　① 本节参考巩本栋：《辛弃疾传》，南京大学出版社2011年版。

芹十论》、上虞雍公《九议》，笔势浩荡，智略辐辏，有《权书》、
《衡论》之风"（《后村先生大全集》卷九十八《辛稼轩集序》）。
与范仲淹、王安石、杨万里一样，辛弃疾所处的时代也是内忧外患，
他在治理地方与收复失地两方面都作了积极而贯彻终生的抗争。

一、少年英才

辛弃疾出身于将门世家，据《济南辛氏谱》记载，济南辛氏由
甘肃临洮迁来，靠近羌、胡地区，"民俗修习战备，高上勇力鞍马骑
射"，"风声气俗自古而然"。西汉时期，有辛武贤、辛庆忌父子以
勇武显闻，官至破羌将军和左将军。唐代有辛云京兄弟数人，皆以将
帅之才知名，官至北京都知兵马使、代州刺史。辛弃疾自己也曾自豪
地称道家世："家本秦人真将种。"可见，辛弃疾的军事才能是有天
赋和家族积淀的。

辛弃疾的祖父辛赞，在宋朝廷南渡后降金仕宦，屡知州县，然
而他却是一位爱国志士，无一刻不想抗金归宋，为祖国收复失地。他
经常带领家人登高远望，抒发胸中愤懑，同时教导辛弃疾学习兵家韬
略。辛弃疾十五岁时，辛赞让他借应试的机会"两随计吏抵燕山，谛
观形势"，搜集金人的军事情报。辛弃疾不仅有将才，文才也十分出
众，这得益于他少年时期接受的传统儒家思想的教育。辛弃疾少年时
代师从亳州刘瞻，学习儒家经典，同时学做诗文，长大后广泛涉猎典
籍，正如他在词作中自述："读书万卷，合上光明殿。"时人称他为
"诗书帅"，赞誉他"文武兼资，公忠自许，胸次九流之不杂，目中
万马之皆空"。

绍兴三十一年（1161年），金主完颜亮发动大规模南侵，率领
十万大军南渡。然而，完颜亮好大冒进，金朝廷统治内部的矛盾日益
激化，金人不满频繁严苛的征兵，厌战情绪严重，河南、河北、山东
等地的汉族百姓也不堪重负，纷纷揭竿而起，《金史》记载此时的状
况为"大者连城邑，小者保山泽，或以数十骑张旗帜而行，官军莫敢
进"。十一月，完颜亮在瓜洲渡会师，打算一举南渡，被厌战已久的
部下将士杀死，此次南侵以失败告终。

在"屯聚蜂起"的汉族反金义军中，辛弃疾带领的队伍即重要的一支。他带领人马投奔山东的农民起义军首领耿京，担任掌书记一职，同时与耿京部下其他将领一起到各地招兵买马，队伍扩大到数十万人，所谓"壮岁旌旗拥万夫"，就是辛弃疾此时的写照。然而，辛弃疾起义的目的并不只是反抗金人压迫，或者割据地方，而是有更宏阔的意图，即恢复河山，投身国家统一大业。于是，辛弃疾劝说首领耿京归附南宋朝廷，齐心协力共图恢复。绍兴三十一年（1161年）十二月，耿京派都头领贾瑞渡江，向南宋朝廷表达归附之意。贾瑞对耿京说："如果到了朝廷，从宰相往下的官员有所问答，恐怕我不能应对，请您派一位文人跟我一起去。"于是耿京就命辛弃疾和贾瑞一同前往。徐梦莘《三朝北盟会编》卷二四九记载了辛弃疾等人进京受职的详细经过：

> 京然之，乃遣进士辛弃疾疾行，凡一十一人同行。到楚州，见淮南转运副使杨抗，发赴行在。是时，上巡幸在健康。乙酉，瑞等入门，即日引见，上大喜，皆命以官：授京天平军节度使，瑞敦武郎阁门祗候，皆赐金带；弃疾右儒林郎，改右承务郎；其余，统制官皆修武郎，将官皆成忠郎。凡补官者二百余人，悉命降官告。令枢密院差使臣二员与瑞等诣京军。枢密院差使臣吴革、李彪赍京官告、节钺及统制官以下告身。至楚州，革、彪不敢行，请在海州伺候，京等到来即授告节。瑞等不得已从之。至海州，革、彪以官告节钺待于海州。京东招讨使李宝遣王世隆率十数骑与瑞等同行。

可以看到，南宋朝廷对耿京队伍的归附是十分欢迎的，对相关将领都进行了封赏。辛弃疾本以为这次可以名正言顺地南归，实现自己收复失地、振兴家邦的抱负，不料耿京队伍内部出了内讧，打乱了这次归附的进程。金世宗即位后，为稳定统治采取怀柔政策收买人心，派官员安抚山东地区的百姓："招谕盗贼或避贼及避徭役在他所者，并令归业，及时农种，无问罪名轻重，并与原免。"金世宗下令不追究起义百姓的罪责，鼓励他们回归农民身份重新进行生产。原本成分混杂的起义军内部就出现了分化和动摇，一部分比较坚定的仍南渡归附朝廷，一部分解甲归田，还有一部分投降金政权。其中最为人不耻的是张安国、邵进等人，趁机杀死首领耿京，向金人邀功请赏。

自南宋朝廷带着喜讯归来的辛弃疾听说这件事，震惊而愤怒，他积极筹划的恢复大业眼看就要被破坏，与王世隆、马全福、贾瑞等商议之后，轻骑突袭，直入敌营，活捉张安国，南渡回朝，将张安国斩首示众，朝野为之轰动。《宋史·辛弃疾传》中有鲜活的描述：

> 金主亮死，中原豪杰并起。耿京聚兵山东，称天平节度使，节制山东、河北忠义军马，弃疾为掌书记，即劝京决策南向。僧义端者，喜谈兵，弃疾间与之游。及在京军中，义端亦聚众千余，说下之，使隶京。义端一夕窃印以逃，京大怒，欲杀弃疾，弃疾曰："丐我三日期，不获，就死未晚。"揣僧必以虚实奔告金帅，急追获之。义端曰："我识君真相，乃青兕也，力能杀人，幸勿杀我。"弃疾斩其首归报，京益壮之。
>
> 绍兴三十二年，京令弃疾奉表归宋，高宗劳师建康，召见，嘉纳之，授承务郎、天平节度掌书记，并以节使印告召京。会张安国、邵进已杀京降金，弃疾还至海州，与众谋曰："我缘主帅来归朝，不期事变，何以复命？"乃约统制王世隆及忠义人马全福等径趋金营，安国方与金将酣饮，即众中缚之以归，金将追之不及。献俘行在，斩安国于市。仍授前官，改差江阴佥判。弃疾时年二十三。

此时的辛弃疾只有二十三岁，名重一时，"壮声英概，懦士为之兴起，圣天子一见三叹"。

二、仕宦地方

辛弃疾南归后，宋高宗便任命他为江阴军（今江苏江阴）签判，开始了他长达十四年的地方仕宦生涯。

辛弃疾初到江阴，就结识了南归不久的爱国志士范邦彦。范邦彦，字子美，邢州人，是宋徽宗宣和年间的太学生。靖康之难时，因为母亲年事已高不便南渡，就留在北方。后来应金朝廷进士试，中举，请求担任宋、金边境上的蔡州新息县县令。绍兴三十一年（1161年），宋金开战，金主完颜亮被部下杀死，范邦彦趁机率众打开城门迎接宋师，之后举家南迁，寓居在京口（今江苏镇江）。辛弃疾与范邦彦两位爱国志士相见恨晚，对彼此的爱国壮举都十分钦佩，于是，范邦彦把自己的女儿许配给了辛弃疾。辛弃疾与范邦彦的儿子范如山也十分投契，多年后，辛弃疾又把自己的女儿许配给了范如山的儿子。可以说，辛弃疾的家人、姻亲、交游全是忠肝义胆的爱国志士。

宋高宗退位后，宋孝宗即位，锐意收复失地，采取了一系列鼓舞人心的措施。孝宗即位，便广开言路，鼓励士庶讨论这些年政务的得失，同时恢复爱国名臣胡铨的官职，追复岳飞原职，重新厚葬。孝宗在军事上做了一系列人事调整，任命主战派将领张浚为江淮宣抚使，命四川宣抚使吴玠兼陕西、河东路宣抚招讨使，派参知政事汪澈赴湖北、京西巡视诸军，下诏淮南诸州抚恤归朝士民，为北伐做积极的准备。这些措施对一心北伐报国的辛弃疾来说，无疑是一针强心剂，他冒昧求见爱国将领张浚，向他陈述自己的军事设想和主张，然而他的建议并没有被采纳。隆兴四年（1166年），孝宗北伐，取得小胜之后，金人重兵反击，李显忠、邵宏渊互不配合，导致宋军在符离大败。此后，南宋朝廷主和派又占了上风，张浚降职，汪澈罢相，孝宗下罪己诏，南宋朝廷又回到之前求和紧缩的状态。

辛弃疾痛惜不已，深感个人的无力，然而他并没有就此沉沦，而是在宋廷一次次对外策略的失败中思考经验教训，以期摸索出可以恢复统一的道路。隆兴二年（1164年），辛弃疾江阴签判任满，改任广德军（今安徽广德县）通判。在广德期间，辛弃疾的思考渐渐成形，于是他决定越职上书，直接向宋孝宗进言，这就是辛弃疾著名的政论散文《美芹十论》。"美芹"是一个典故，《列子·杨朱》记载，有一个人吃了芹菜觉得味道很好，就向同乡的富豪称赞，谁知富豪吃了却过敏不适。"献芹"后来就演变为一个谦辞，谦称自己赠人的礼品菲薄或所提的建议浅陋。《美芹十论》的序言表明了此次上书的目的：

> 恭惟皇帝陛下，聪明神武，灼见事几，虽光武明谟，宪宗果断，所难比拟。一介丑虏尚劳宵旰，此正天下之士献谋效命之秋。臣虽至愚至陋，何能有知，徒以忠愤所激，不能自已，以为今日虏人实有衅之可乘，而朝廷上策惟预备乃为无患。故罄竭精恳，不自忖量，撰成御戎十论，名曰美芹：其三言虏人之弊，其七言朝廷之所当行。先审其势，次察其情，复观其衅，则敌人之虚实吾既详之矣；然后以其七说次第而用之，虏故在吾目中。惟陛下留乙夜之神，沈先物之机，志在必行，无惑群议，庶乎"雪耻酬百王，除凶报千古"之烈无逊于唐太宗。典冠举衣以复韩侯，虽越职之罪难逃；野人美芹而献于君，亦爱主之诚可取。惟陛下赦其狂僭而怜其愚忠，斧锧余生，实不胜万幸万幸之至。

辛弃疾表明此次上书的目的是"御戎"，他称《美芹十论》为"御戎十论"，分为《审势》《察情》《观衅》《自治》《守淮》《屯田》《致勇》《防微》《久任》《详战》十篇，其中前三篇阐述金人的弊端，后七篇阐述宋朝廷应该采取的行动。

乾道三年（1167年），辛弃疾在广德通判任满，次年添差建康府通判。乾道六年（1170年），任满回到临安，在延和殿受到宋孝宗的召见。辛弃疾利用这次召见机会积极向宋孝宗上书，陈述自己抗金恢复的战略构想，如《论阻江为险须籍两淮》《议练民兵守淮》等。宋朝廷当时已采取守势，避战求和，因此宋孝宗并没有对辛弃疾的战略构想做出回应，但看中他奏疏中的实干才能，之后任命他为转运使、安抚使之类治理荒政、整顿治安的实职。

乾道八年（1172年），辛弃疾出知滁州，任司农主簿。滁州经过战乱与战后经营不善，十分凋敝，城郭已经倒塌成为废墟，百姓用茅草结屋居住，没有鸡犬等家畜，正常生活秩序中的事宜一概都没有心力去维持。辛弃疾上任之后，首先请求免除百姓的上供钱，然后又上疏请求对滁州的官吏进行推赏，商旅到滁州经营贩运的，税收减半。同时，辛弃疾招抚南来的流散士民，带领他们开垦荒田，修建房屋，增加了当地的常住人口。夏熟之后，又用结余的资金修建了奠枕楼、繁雄馆等楼台馆阁，滁州就开始呈现出繁华的都市气象。《宫教集》中记载，自此，"流逋四来，商旅毕集，人情愉愉，上下绥泰，乐生兴事，民用富庶"，"荒陋之气一洗而空矣"。

滁州任满后，辛弃疾被升任为江东安抚司参议官，之后被召对，升任仓部员外郎，稍后又升任仓部郎中。当时宋孝宗正与宰相叶衡商议如何解决"会子"发行过滥导致金银贬值的问题，辛弃疾上《论行用会子疏》，主张打击不法行为，确立"会子"的信用值，这些见解受到宋孝宗的赞赏。次年，辛弃疾被任命为江西提点刑狱，督捕起事的茶商军。

辛弃疾南归仕宦地方的阶段，任职升迁总体来说还算顺利，虽然没有实现自己一举恢复的抱负，但始终没有放弃在强国恢复上的努力。这里，就不得不介绍一下辛弃疾的交游情况，他所结交往来的，如范如山、周孚、杨炎正等，都是当时非常著名的爱国志士们。

辛弃疾与爱国名将张浚之子张栻交好。张栻，字钦夫，南宋著名的理学家、教育家，曾主管岳麓书院教事，从学者达数千人，初步奠定了湖湘学派规模，成为一代学宗，与朱熹、吕祖谦齐名，时称"东南三贤"。张栻三十一岁，以荫补官，避宣抚司都督府书写机宜文字，除直秘阁。当时张浚正受命率师北伐，张栻在军中参佐其事，"内赞密谋，外参庶务，其所综画，幕府诸人皆自以为不及"。张栻秉承了父亲的抗金主张，深得孝宗信任。张栻曾向宋孝宗进言说："陛下上念及国家的仇恨和耻辱，下怜悯中原之地遭受涂炭，心中警惊想着有所振作。我认为这种心思的萌发就是因为天理的存在。希望陛下更进一步内省俯察研习古事亲近贤人来自相辅助，不要使它稍有止息。那么当今的功业一定能够成就而因循守旧的弊端就可以革除了。"（《朱文公文集》卷八九，《左文殿修撰张公神道碑》）孝宗对张栻的见解感到惊叹，于是始定君臣之契。辛弃疾与张栻相识，是在他任司农寺主簿的时候，二人因志趣相投，结为好友。

与此同时，辛弃疾还结识了吕祖谦。吕祖谦，字伯恭，世称"东莱先生"，南宋著名理学家、文学家，为吕夷简六世孙、吕大器之子。隆兴元年（1163年），吕祖谦登进士第，复中博学宏词科，调南外宗学教授，累官直秘阁、主管亳州明道宫，参与重修《徽宗实录》，编纂刊行《皇朝文鉴》。吕祖谦博学多识，主张明理躬行，学以致用，反对空谈心性，开浙东学派之先声。他所创立的"婺学"，也是当时最具影响的学派，在理学发展史上占有重要地位。著有《东莱集》《历代制度详说》《东莱博议》等，并与朱熹合著《近思录》。吕祖谦在政治上也主张恢复，因此，与张栻、辛弃疾二人投契交好。三人在朝中相识，曾同游南轩，交流抗金的政治主张和理学思想。

三、三起三落

辛弃疾自出任江西提刑，到淳熙八年（1181年）之间，职务更迭非常频繁，这是他人生中最为奔波的仕宦时期。淳熙二年（1175年）七月，出任江西提点刑狱，九月因为评定茶商军有功加秘阁修撰。淳熙三年（1176年）秋冬之交，调任京西转运判官。淳熙四年（1177年）春，出任江陵府兼湖北安抚使，十一月出任隆兴府兼江西安抚使。淳熙五年（1178年）春，召为大理少卿，春秋之交出任湖北转运副使。淳熙七年（1180年）年末，加右文殿修撰，出任隆兴府兼江西安抚使。淳熙八年（1181年）七月，因为政绩转奉议郎，十一月改任两浙西路提点刑狱。

辛弃疾为政赏罚分明、果敢刚毅，对治下官吏和军队的要求非常严格，因此得罪了很多权贵。辛弃疾吸取了平定茶商军的教训，在湖北转运使任上时，着手组建了地方武装"飞虎军"。调任江西安抚使是临危受命，主持救荒，他刚到任上即下令"闭籴者配，强籴者斩"，"次令尽出公家官钱、银器，召官吏、儒生、商贾、市民各举

有干实者，量借钱物，逮其责领运籴，不取子钱，期终月至城下发
粜。于是连樯而至，其直自减，民赖以济"。辛弃疾因为此次救荒有
功升迁，大儒朱熹也对他的才干啧啧称赞。

辛弃疾为政包含了许多民本思想，他在《九议》中说："恢复之
事，为祖宗，为社稷，为生民而已。"他虽然镇压过农民暴动，但对
农民有着深切的同情，他曾上《淳熙乙亥论盗贼札子》，分析农民起
义的根本原因是官府横征暴敛：

> 臣窃惟方今朝廷清明，法令备具，虽四方万里之远，涵泳
> 德泽如在畿甸，宜乎盗贼不作，兵寝刑措，少副陛下厉精求治之
> 意；而比年以来，李金之变，赖文政之变，姚明敖之变，陈峒之
> 变，及今李接、陈子明之变，皆能攘臂一呼，聚众千百，杀掠
> 吏民，死且不顾，重烦大兵翦灭而后已，是岂理所当然者哉？臣
> 窃伏思念，以为实臣等辈分阃持节、居官亡状，不能奉行三尺，
> 斥去贪浊，宣布德意，牧养小民，孤负陛下使令之所致。责之臣
> 辈，不敢逃罪。
>
> 臣闻唐太宗与群臣论盗，或请重法以禁，太宗哂之曰："民
> 之所以为盗者，由赋繁役重，官吏贪求，饥寒切身，故不暇顾廉
> 耻尔。当轻徭薄赋，选用廉吏，使民衣食有余，则自不为盗，安
> 用重法耶。"大哉斯言。其后海内升平，路不拾遗，外户不闭，
> 卒致贞观之治。以是言之，罪在臣辈，将何所逃。
>
> 臣姑以湖南一路言之。自臣到任之初，见百姓遮道，自言嗷
> 嗷困苦之状，臣以谓斯民无所诉，不去为盗，将安之乎。臣一一
> 按奏，所谓"诛之则不可胜诛"。臣试为陛下言其略：
>
> 陛下不许多取百姓斗面米，今有一岁所取反数倍于前者；
> 陛下不许将百姓租米折纳见钱；今有一石折纳至三倍者；并耗
> 言之，横敛可知。陛下不许科罚人户钱贯，今则有旬日之间追
> 二三千户而科罚者；又有已纳足租税而复科纳者，有已纳足、复
> 纳足、又诬以违限而科罚者，有违法科卖醋钱、写状纸、由子、

户帖之属，其钱不可胜计者。军兴之际，又有非军行处所，公然分上中下户而科钱、每都保至数百千；有以贱价抑买、贵价抑卖百姓之物，使之破荡家业、自缢而死者，有二三月间便催夏税钱者。其他暴征苛敛，不可胜数。

然此特官府聚敛之弊尔。流弊之极，又有甚者。州以趣办财赋为急，县有残民害物之政而州不敢问；县以并缘科敛为急，吏有残民害物之状而县不敢问；吏以取乞货赂为急，豪民大姓有残民害物之罪而吏不敢问。故田野之民，郡以聚敛害之，县以科率害之，吏以取乞害之，豪民大姓以兼并害之，而又盗贼以剽杀攘夺害之，臣以谓"不去为盗，将安之乎"，正谓是耳。

且近年以来，年谷屡丰，粒米狼戾，而盗贼不禁乃如此，一有水旱乘之，臣知其弊有不可胜言者。

民者国之根本，而贪浊之吏迫使为盗，今年剿除，明年扫荡，譬之木焉，日刻月削，不损则折。臣不胜忧国之心，实有私忧过计者，欲望陛下深思致盗之由，讲求弭盗之术，无恃其有平盗之兵也。

臣孤危一身久矣，荷陛下保全，事有可为，杀身不顾。况陛下付臣以按察之权，责臣以澄清之任，封部之内，吏有贪浊，职所当问，其敢瘝旷以负恩遇！自今贪浊之吏，臣当不畏强御，次第按奏，以俟明宪，庶几荒遐远徼，民得更生，盗贼衰息，以助成朝廷胜残去杀之治。但臣生平则刚拙自信，年来不为众人所容，顾恐言未脱口而祸不旋踵，使他日任陛下远方耳目之寄者，指臣为戒，不敢按吏，以养成盗贼之祸，为可虑耳。

伏望朝廷先以臣今所奏，申敕本路州县：自今以始，洗心革面，皆以惠养元元为意，有违弃法度、贪冒亡厌者，使诸司各扬其职，无徒取小吏按举，以应故事，且自为文过之地而已也。

然而，并不是想改革吏治就能成功，辛弃疾在任上一直遭到同僚的弹劾，矛盾最尖锐的就是在他创建"飞虎军"这件事上。在飞虎军刚刚起建的时候，枢密院就有人表达不满，"数沮挠之。弃疾行愈力，卒不能夺。经度费钜万计，弃疾善斡旋，事皆立办。议者以聚敛闻"。飞虎军建成后，又有人针对管理问题提出疑问，还有人认为辛弃疾"竭一路民力为此举"，是怀有私心，"欲自为功，且有利心焉"。监察御史王蔺竟然弹劾辛弃疾"用钱如泥沙，杀人如草芥"。最终，于淳熙八年（1181年）冬，辛弃疾被罢官，退居上饶，开始他人生中第一次隐居时期，这也是他政治生涯中的第一次大落。

辛弃疾在江西上饶城北带湖营建了一处房舍，即稼轩，《宋史》中记载辛弃疾以"稼"为号的原因："人生在勤，当以力田为先。北方之人，养生之具不求于人，是以无甚富甚贫之家；南方多末作以病农，而兼并之患兴，贫富斯不相侔矣。故以'稼'名轩。"辛弃疾在带湖的退居时光是闲适的，他自己有一首描述退居的词《水调歌头·盟鸥》：

> 带湖吾甚爱，千丈翠奁开。先生杖屦无事，一日走千回。凡我同盟鸥鹭，今日既盟之后，来往莫相猜。白鹤在何处，尝试与偕来。
>
> 破青萍，排翠藻，立苍苔。窥鱼笑汝痴计，不解举吾杯。废沼荒丘畴昔，明月清风此夜，人世几欢哀。东岸绿阴少，杨柳更须栽。

虽然退居，辛弃疾仍然放不下家国之事，他在带湖与一些志趣相投的爱国之士往来唱和，如范开、辛助等，其中最著名的就是南宋"事功派"代表陈亮。

淳熙十五年（1188年），陈亮应邀来到上饶，与辛弃疾同游鹅湖，不顾风雪严寒，交流恢复大计十数日。在此期间，辛弃疾与陈亮在诗词上进行了很多唱和，如辛弃疾《贺新郎·把酒长亭说》：

> 题记：陈同父自东阳来过余，留十日。与之同游鹅湖，且会

朱晦庵于紫溪，不至，飘然东归。既别之明日，余意中殊恋恋，复欲追路。至鹭鸶林，则雪深泥滑，不得前矣。独饮方村，怅然久之，颇恨挽留之正是遂也。夜半投宿吴氏泉湖四望楼，闻邻笛悲甚，为赋《贺新郎》以见意。又五日，同父书来索词，心所同然者如此，可发千里一笑。

把酒长亭说。看渊明、风流酷似，卧龙诸葛。何处飞来林间鹊，蹙踏松梢微雪。要破帽多添华发。剩水残山无态度，被疏梅料理成风月。两三雁，也萧瑟。

佳人重约还轻别。怅清江、天寒不渡，水深冰合。路断车轮生四角，此地行人销骨。问谁使、君来愁绝？铸就而今相思错，料当初、费尽人间铁。长夜笛，莫吹裂。

陈亮和《贺新郎·寄辛幼安和见怀韵》一首：

老去凭谁说。看几番，神奇臭腐，夏裘冬葛。父老长安今余几，后死无仇可雪。犹未燥，当时生发！二十五弦多少恨，算世间、那有平分月。胡妇弄，汉宫瑟。

树犹如此堪重别。只使君，从来与我，话头多合。行矣置之无足问，谁换妍皮痴骨。但莫使伯牙弦绝。九转丹砂牢拾取，管精金、只是寻常铁。龙共虎，应声裂。

辛弃疾再和《贺新郎·同父见和再用韵答之》：

老大那堪说。似而今、元龙臭味，孟公瓜葛。我病君来高歌饮，惊散楼头飞雪。笑富贵千钧如发。硬语盘空谁来听？记当时、只有西窗月。重进酒，换鸣瑟。

事无两样人心别。问渠侬：神州毕竟，几番离合？汗血盐车无人顾，千里空收骏骨。正目断关河路绝。我最怜君中宵舞，道"男儿到死心如铁"。看试手，补天裂。

陈亮复和两首《贺新郎·酬辛幼安再用韵见寄》《贺新郎·怀辛幼安用前韵》：

> 离乱从头说。爱吾民，金缯不爱，蔓藤累葛。壮气尽消人脆好，冠盖阴山观雪。亏杀我，一星星发。涕出女吴成倒转，问鲁为齐弱何年月。丘也幸，由之瑟。
>
> 斩新换出旗麾别。把当时、一椿大义，拆开收合。据地一呼吾往矣，万里摇肢动骨。这话霸、又成痴绝。天地洪炉谁扇鞴，算于中、安得长坚铁。洴水破，关东裂。

> 话杀浑闲说。不成教、齐民也解，为伊为葛。樽酒相逢成二老，却忆去年风雪。新著了、几茎华发。百世寻人犹接踵，叹只今两地三人月。写旧恨，向谁瑟。
>
> 男儿何用伤离别。况古来、几番际会，风从云合。千里情亲长晓对，妙体本心次骨。卧百尺、高楼斗绝。天下适安耕且老，看买犁卖剑平家铁。壮士泪，肺肝裂。

绍熙二年（1191年）年末，辛弃疾被任命为福建提点刑狱。绍熙三年（1192年）春，辛弃疾启程赴任。辛弃疾在福建任上为政较为宽容，但也不是毫无作为。福建一路历来管理不善，盐钞之法不行，经界之法（丈量土地收税）也不规范。辛弃疾上《论经界钞盐札子》，主张规范实行经界、钞盐之法，增加国库的财政收入。同时，令官吏就坊场出售犒赏库回易盐（回易是沿边地区官府、武将以朝廷专拨钱物为本进行的一种赢利性的经营活动），以增加地方的财政收入。辛弃疾设"备安库"将这些收入存放起来，用来修建福州郡学，又打算用这些收入籴米备荒，或供宗室和军人补给。辛弃疾还准备造铠甲，招兵勇，训练武备，以防海盗和边民起事。

绍熙三年（1192年）秋，辛弃疾被召回京，接受宋光宗的召见。辛弃疾上疏《论荆襄上游为东南重地》，提出要固守江南，首先要加强荆湖北路和襄阳地区的军备力量。并且根据读史经验提出，如果宋不能及时收复失地，在宋、金之外，很可能出现第三个政治军事势力，并且很可能这第三个势力会占得上风。辛弃疾沉痛地向光宗呼吁："故臣敢以私忧过计之切，愿陛下居安虑危，任贤使能，修车马，备器械，使国家有屹然金汤万里之固，天下幸甚！社稷幸甚！"事实证明，第三方势力的出现被辛弃疾言中，蒙古取代宋、金建立了统一王朝。

绍熙五年（1194年）秋，宋光宗禅位给皇太子赵扩，是为宋宁宗。同月，辛弃疾遭到右司谏黄艾弹劾，罪名是"残酷贪饕，奸赃狼藉"，被罢实职，主管建宁府武夷山冲祐观。两个月后，御史中丞谢深甫再次弹劾辛弃疾"交结时相，敢为贪酷"，降充秘阁修撰。次年十月，辛弃疾已经退居上饶，又遭到御史中丞何澹弹劾，被免去秘阁修撰的职务。庆元二年（1196年），辛弃疾再次遭到弹劾，连武夷山冲祐观的祠官也被罢免了。

宋宁宗是一位欲有作为的皇帝，他下诏大臣上书言事："事关朝政，虑及边防，应天之实何先？安民之务何急？"又诏百官轮对，诏宰相举荐可任将帅之人。辛弃疾历仕高、孝、光、宁四朝，极富声誉，又有军功，所以又被重新启用，任集贤殿修撰。三年后，嘉泰元年（1201年）秋，宋宁宗决意着手北伐，启用一批被闲置已久的主战派大臣。嘉泰三年（1203年）夏，已经六十四岁高龄的辛弃疾出知绍兴府兼浙东安抚使，次年春，又被召回京。临行前，陆游作诗《送辛幼安殿撰造朝》为辛弃疾送别：

> 稼轩落笔凌鲍谢，退避声名称学稼。
> 十年高卧不出门，参透南宗牧牛话。
> 功名固是券内事，且茸园庐了婚嫁。
> 千篇昌谷诗满囊，万卷邺侯书插架。
> 忽然起冠东诸侯，黄旗皂纛从天下。
> 圣朝仄席意未快，尺一东来烦促驾。

大材小用古所叹，管仲萧何实流亚。

　　　　天山挂旆或少须，先挽银河洗嵩华。

　　　　中原麟凤争自奋，残虏犬羊何足吓。

　　　　但令小试出绪余，青史英豪可雄跨。

　　　　古来立事戒轻发，往往谗夫出乘罅。

　　　　深仇积愤在逆胡，不用追思灞亭夜。

　　陆游和辛弃疾一样，是南宋时期非常突出的爱国文人，他深知辛弃疾北伐恢复的志向，因此在诗中一再勉励辛弃疾。同时他也深知北伐的艰难与危险，也劝告辛弃疾谨慎行事，以免因一时志气影响全局。

　　嘉泰四年（1204年）春，辛弃疾到达临安，接受宋宁宗召见。他向宁宗分析了金人内部的矛盾与弊端，鼓励宁宗趁金朝廷衰败之际一举北伐。召见之后，辛弃疾加职宝谟阁待制，提举佑神观，随朝臣早晚陛见。三月，朝廷命辛弃疾出知镇江，并赐金带，意在表明加强军备，以图进取。在镇江任上，辛弃疾积极着手准备北伐的事宜。他在沿边地区招募兵勇，造红色战袍万领，派密探深入金人境内打探军情，并审慎地与自己年轻时积累的信息对照，以防有诈。辛弃疾此时是全身心投入到即将开始的北伐事业中去了。

　　然而，好景不长，辛弃疾又因一些小的失误遭到弹劾，被调离镇江，改知隆兴府，随后又被彻底罢官。

　　开禧二年（1206年）春，北伐正式开始。与隆兴北伐一样，宋军先是取得小胜，继而连连败绩，四川宣抚使吴曦叛宋降金，宰相韩侂胄不得不与金人议和。然而，金人提出的议和条件十分苛刻，韩侂胄又准备再次与金人开战，随着叛将吴曦被诛，北伐形势又渐渐变得明朗。谁知，这场北伐竟败于内部，礼部侍郎史弥远密谋杀害韩侂胄，并砍下他的首级献给金人，以求议和。开禧北伐正式以失败告终。

　　开禧三年（1207年），辛弃疾六十八岁，重新退居。这年八月，辛弃疾卧病，朝廷任命他为枢密都承旨，命他急速进京奏事。辛弃疾上书乞致仕获准。九月，辛弃疾怀抱着从未施展的救国抱负离开了人世。朝廷在下达的准许辛弃疾致仕的制词中写道："具官某蕴识疏明，临机果毅，功名自许，早已负于奇材；险阻备尝，晚益坚于壮志。事我烈祖，逮于冲人，畴其外庸，登之法从。"这算是对辛弃疾的一生做出了比较公允的评价。辛弃疾去世后，宋廷加赠四品。然而，对立派对辛弃疾的打击并没有因为他的去世而停止。次年，摄给事中倪思弹劾辛弃疾迎合开边，而追削辛弃疾的爵秩，并夺从官恤典。辛弃疾第五子辛穮上书为辛弃疾辨谤。绍定六年（1233年），即辛弃疾去世二十六年之后，宋廷又追赠其光禄大夫。宋龚宗德祐元年（1275年），辛弃疾去世六十八年，谢枋德奏请朝廷，追赠少师，谥忠敏。

正如项安世在《祭辛幼安文》中所赞："人之生也，能致天下之憎；则其死也，必享天下之名。所不朽者，垂万世名；孰谓公死，凛凛犹生！"辛弃疾的爱国情怀和载道精神彪炳千古，不可磨灭。

第六章

明清之际散文流变与遗民的家国情怀

第一节　晚明小品文的"一点觉醒"

晚明的散文书写领域，以小品文最具时代特色。在公安派和竟陵派的倡导及创作实绩的影响之下，文坛大兴自然流畅、清新活泼的文风。"小品"一词，早在晋代《世说新语·文学》中即有载：

> 殷中军读《小品》，下二百签，皆是精微，世之幽滞。尝欲与支道林辩之，竟不得。今《小品》犹存。①

此处的"小品"一词，指佛经的节本，与"大品"相对而言。晚明以降，"小品"一词广泛地运用于文学，出现大量冠名"小品"的散文集，如王思任的《谑庵文饭小品》、陈继儒的《眉公先生晚香堂小品》、朱国祯的《涌幢小品》，不一而足。崇祯六年（1633年），陆云龙选辑《翠娱阁评选皇明小品十六家》，涵盖了诸如徐渭、屠隆、董其昌、汤显祖、王思任、袁宏道、曹学佺、陈继儒、钟惺等十六家的小品文作品，从中可见小品文创作的盛况。该选本的序中对于晚明小品文的特色有所评价：

---

① 刘义庆：《世说新语》上卷，岳麓书社2015年版，第43页。

　　文章之有小品，犹苍灵之有月，有星，有云，有霞，有雪；莽罥之有山，有水，有庄墅，有园林；山之有窦，有谷，有岩，有洞，有石；水之有渚，有涧；而山水之中有隐士、高僧、羽客、游侠也。故必贞观天地人之文之理，更参之磊砢岭峥，喷薄盘涡，而文章之观毕达。①

　　晚明小品体裁多样，以游记、杂感、随笔、尺牍、日记、寓言为主，在表现方式上，将写景、抒情、议论、记叙融于一体，多呈现出简约清隽、不拘格套、洒脱自然、独抒性灵的风格。

　　在古代散文史上，晚明小品文顺应文学自身的发展规律，以其清新自然的风格标举于晚明文坛。晚明小品的兴盛自有其独特的社会政治、经济、文化背景。晚明以降，朝纲腐坏，阉党专权，党争激烈，内忧外患，文人士大夫虽忧心于朝政，却报国无门，言路堵塞，只能退居闲处，寄情于山水园林之间，或诗酒自娱，或逃禅隐逸，聊以慰藉内心。在与山水自然相亲之时，撰写表现日常生活和个人性灵的小品文，不再高谈言志载道的道德文章，这与晚明兴盛的阳明心学和张扬自我、重视个人精神和价值的启蒙思潮相呼应。重情任性，率意而为，追求个性的自由和人性的解放，以此为代表的社会风潮与小品文的文学审美价值相契合，进一步繁荣了小品文的创作。此外，晚明商品经济发展推动了文化消费，结社雅集，相伴出游，看戏赏曲，品鉴书画，营造园林，丰富的精神文化生活促进了小品文内容的多样性。

　　晚明小品文并非一味只是闲适性灵，鲁迅先生曾撰《小品文的危机》一文，其中称道："明末的小品虽然比较的颓废，却并非全是吟风弄月，其中有不平、有讽刺、有攻击、有破坏。"②晚明小品文中的讽刺并不锋芒毕露，往往是在自然随意的笔调中暗含作者对世俗生

_____

　　①　陆云龙编：《翠娱阁评选皇明十六家小品·序》，浙江古籍出版社1996年版。

　　②　鲁迅：《鲁迅全集》第四卷，人民文学出版社1981年版，第575页。

活的批判。林庚称道晚明小品文的出现是末世中的"一点觉醒"①。

如张岱的《西湖七月半》一文，在描写西湖热闹繁华市井气息的同时生动地刻画出各色市民的心态，轻松自然的行文中暗含对权贵豪富附庸风雅行为的讽刺。随着明末社会的动荡，内忧外患丛生，文人士大夫无法再避处山水园林间，吟咏风月。至于启祯年间，危机四伏，边患加剧，社会矛盾激化，文变染乎世情，世风和士风的变动推促文学的关注点由自我人生转向社会现实。文风的嬗变反映在小品文创作上，则是抨击时政，揭露讽刺社会黑暗的作品渐多，代表作首推王思任的檄文《让马瑶草》一文：

> 阁下文采风流，才情义侠，职素钦慕。当国破众疑之际，爰立今上，以定时局，以为古之郭汾阳，今之于少保也。然而一立之后，阁下气骄满腹，政本自出，兵权独握，从不讲战守之事，而只知贪黩之谋。酒色逢君，门墙固党，以致人心解体，士气不扬。叛兵至则束手无策，强敌来而先期以走；致令乘舆播迁，社稷邱墟。阁下谋国至此，即喙长三尺，亦何以自解也！以职上计：莫若明水一盂，自刎以谢天下，则忠愤节义之士，尚尔相亮无他。若但求全首领，亦当立解枢权，授之才能清正大臣，以召英雄豪杰，呼号惕厉，犹当幸望中兴。如或逍遥湖上，潦倒烟霞，仍效贾似道之故辙，千古笑齿已经冷绝。再不然如伯豁渡江，吾越乃报仇雪耻之国，非藏垢纳污之区也。职当先赴胥涛，乞素车白马以拒阁下。上干洪怒，死不赎辜。阁下以国法处之，则当束身以候缇骑；以私法处之，则当引颈以待钼矍。②

王思任，字季重，号谑庵，浙江山阴人，万历乙未年进士，晚明

---

① 林庚：《中国文学简史》，北京大学出版社1995年版，第521页。
② 王思任：《让马瑶草》，邓绍基主编《尺牍精华》，巴蜀书社1998年版，第512页。

著名的文学家和戏曲理论家，其女王端淑，亦以诗文行世。明亡后鲁王监国，任其为礼部右侍郎，旋又晋升为尚书。后山阴为清兵所破，王思任宁死不屈，绝食殉国。是文对于南明权奸马士英专权祸国并于君国覆亡之际自保逃命的可耻行径进行辛辣的讽刺和谴责。这封檄书实代表民众公愤，对于马士英祸国殃民，以致弘光政权迅速瓦解的罪恶行径痛下针砭，在文中一一细数其祸国罪行。文辞锋利如匕首，气势高昂，大义凛然，不愧"笔悍而胆怒"之誉，充分体现出晚明小品文胸臆直露的特色，也反映出王思任卓然不屈的浩然正气与爱国情怀。

文人结社，宋元已有，降至晚明，江南结社之风甚炽，社团林立。明末社团中声势浩大，影响深远者莫过于复社和几社。在社集中切磋八股举业，揣摩经义，评议时政，兼以文会友，诗酒唱和，如《复社纪略》中所云：

> 今甲以科目取人，而制义始重，士既重于其事，咸思厚自濯磨，以求副功令。因共尊师取友，互相砥砺，多者数十人，少者数人，谓之文社。即此以文会友，以友辅仁之遗则也。好修之士，以是为学问之地，驰骛之徒，亦以是为功名之门，所从来旧矣。[①]

可见，复社和几社最初成立时，是张溥、陈子龙、夏允彝等人为钻研八股制艺，扩大声名。复社之名，意在尊经复古，张溥解释命名由来曰："期与四方多士共兴复古学，将使异日者务为有用，因名曰复社。"[②]

崇祯二年（1629年）左右，复社、几社先后成立，时国势衰颓，

---

① 陆世仪：《复社纪略》卷一，《中国内乱外祸历史丛书》第十辑，神州国光社1936年版。

② 陆世仪：《复社纪略》卷一，《中国内乱外祸历史丛书》第十三辑，神州国光社1936年版。

乱兆渐萌。以陈子龙为代表的复社、几社社友不满于明末王学末流空谈心性的风气，倡导复兴古学，以矫正士人埋头八股不懂实学的弊病，致力经世救国之道。陈子龙与徐孚远、宋征璧等人编选《皇明经师文编》，收录明代四百多人三千余篇文章，内容涉及政治、军事、外交、经济、农事等国计民生的各个方面，意欲通过宣扬"关于军国，济于实用"的治国之策，改变空虚不实的士风和学风。在李雯所作序言中明确道出编选主旨：

> 若徐文学孚远，陈进士子龙，宋孝廉征璧，皆负韬世之才，怀救时之术，相与网罗往哲，搜抉巨文，取其关于军国，济于时用者，上自洪武，迄于今皇帝改元，辑为《经世》一编。①

《皇明经世文编》的编纂，是以陈子龙为代表的具有强烈社会责任感的士大夫顺应晚明兴起的经世致用、推重实学的社会思潮而为，体现出强烈的经世思想和忧患意识。复社和几社作为明末的爱国社团，在明清鼎革之际，涌现出众多心系家国、以天下为己任的爱国文人，如张溥、陈子龙和夏允彝。

张溥作为复社领袖，倡为复古，务为有用之学，一生著作宏富，编述三千余卷，精通文学、史学、经学，文风质朴，有散文名篇《五人墓碑记》，兹节选部分以窥风貌：

> 五人者，盖当蓼洲周公之被逮，激于义而死焉者也。至于今，郡之贤士大夫请于当道，即除魏阉废祠之址以葬之。且立石于其墓之门，以旌其所为。呜呼，亦盛矣哉！夫五人之死，去今之墓而葬焉，其为时止十有一月耳。夫十有一月之中，凡富贵之子，慷慨得志之徒，其疾病而死，死而湮没不足道者，亦已众矣；况草野之无闻者欤！独五人之皦皦，何也？予犹记周公之被

---

① 方岳贡：《明经世文编·序》，陈子龙等选辑《明经世文编》，中华书局1962年版，第6页。

逮，在丁卯三月之望。吾社之行为士先者，为之声义，敛资财以送其行，哭声震动天地。缇骑按剑而前，问："谁为哀者？"众不能堪，抶而仆之。是时以大中丞抚吴者，为魏之私人，周公之逮所由使也。吴之民方痛心焉，于是乘其厉声以呵，则噪而相逐，中丞匿于溷藩以免。既而以吴民之乱请于朝，按诛五人，曰：颜佩韦、杨念如、马杰、沈扬、周文元，即今之傫然在墓者也。然五人之当刑也，意气扬扬，呼中丞之名而詈之，谈笑以死。断头置城上，颜色不少变。有贤士大夫发五十金，买五人之脰而函之，卒与尸合。故今之墓中，全乎为五人也。[1]

是文记述明末苏州五烈士不畏强暴，与阉党英勇斗争的光辉事迹，歌颂五烈士蹈死不顾的英雄气概。融记叙、议论、抒情于一体，陈辞慷慨，感人至深。

夏允彝和陈子龙在明亡之后皆组织参与抗清义军，继续战斗，最后皆兵败殉国而亡。明清鼎革之际，山河易主，家国沦丧，士人皆需面对出处行藏的抉择，事关儒家传统思想中的忠孝节义、华夷之辨等命题。如夏允彝、陈子龙，以九死不悔的决心投入到挽救家国危亡的战斗中，最终选择为旧国捐躯，英勇殉节，将忠君爱国的高洁志行镌刻青史。在忠君爱国思想和家国情怀的感召下，复社、几社成员中为忠义以身殉国者，仅据杜登春《社事本末》记载，即有侯峒曾、侯元演、侯元洁、黄淳耀、史可法、祁彪佳、夏允彝、黄道周、冯元飚、陈子龙、侯岐曾、夏完淳等三十九人。[2]

与殉节相对比的是部分士人在明亡之后或被迫或主动出仕清朝，成为新贵，或言贰臣，诸如钱谦益和龚鼎孳。另外一部分士人选择和平的方式坚守忠义，甘作明遗民。

① 张溥：《五人墓碑记》，郭预衡选注《历代文选·明文》，河北教育出版社2001年版，第281页。
② 杜登春：《社事本末》，嘉庆《松江府志》卷五六。

第二节　明遗民的家国情怀与文风嬗变

不同于逸民、隐士，遗民具有其独特的内涵，指改朝换代之际拒绝与新朝合作的士人群体，其意识具有明确的政治性和强烈的民族自尊情绪。纵观整个遗民史，宋、明两代遗民群体占据醒目的位置。特别是明遗民，不仅在数量上空前绝后，在地域分布上呈现出既广泛又密集的特点，反清斗争激烈，并且在明清之际以结社雅集的方式互通声气，砥砺气节。明遗民群体数量巨大，据卓尔堪《明遗民诗》第一六卷即收录有作者五百零五人，在清末民初孙静庵的《明遗民录》中立传者凡八百余人，并据序曰："尝闻之，弘光、永历间，明之宗室遗臣，渡鹿耳依延平者，凡八百余人；南洋群岛中，明之遗民涉海栖苏门答腊者，凡二千余人。"①

严迪昌先生在《清诗史》中称："史称吴头楚尾的徐淮、维扬地区，在清初是个遗民密集的文化'场'。"②对淮海地区这一特定的遗民场域展开分析，可考见明清之际遗民文学中浸润血泪歌吟的哀苦之篇，和寄寓其中鹃啼猿哭的泣血心态及沉郁的家国情怀。

明清之际的淮海地区，为水陆通邮要冲，占据着得天独厚的地理位置。运河流经带来便利的交通，进可联络冀、鲁，退可接应东南沿海，故而在清初集结了大量的遗民文人。甲申巨变后，早在顺治四年（1647年）的淮安一地，已有遗民文人阎修龄、张养重和靳应升三子，结世外交，合刻《秋心集》，成立望社。阎修龄，字再彭，号容庵，别号饮牛叟，早年师事江南大儒黄道周，著有诗文名。国变后，弃诸生，遁迹白马湖滨，筑一蒲庵，结望社与诸子相唱和，名溢江南北。阎修龄作为望社盟主，平生交游广泛，友朋遍及社内外。淮安一地的望社成立尤早于其他遗民社团，其兴衰始末正如望社成员邱象随在《淮安诗城·凡例》中介绍：

---

① 孙静庵编著：《明遗民录》，浙江古籍出版社1985年版，第372页。

② 严迪昌：《清诗史》，人民文学出版社2011年版，第97页。

自茶坡诸君子当干戈抢攘之际，肇兴望社。及曙戒余弟兄在跋涉流离之余，唱和西轩，其初盛也。嗣与伯玉、阶六、友龙、腹老诸公会猎，则吾社凡出处二十有四人，风雨晦明，刻期毋失，以是远迩同声，其再盛也。今社仍以望名，亦从始云。[①]

从这段记载大致可知望社在清初先后经历了肇兴期、初盛期、再盛期和衰落期。阎修龄作为望社肇始人之一，操持社中的各项事务，为清初淮安遗民群体的重要组织者。阎氏为淮安世家大族，家产丰厚，在淮安新城有眷西堂、金石庋、嘉树轩，平湖桥西岸有一蒲庵、影阁、鹩巢、鹤墩，又西数里有饮牛草堂。此数所在阎修龄及友人诗文中多有出现，尤以眷西堂和一蒲庵次数最多，是望社社集唱和之地。"名流老辈来访，下榻嘉树轩，或留止经年，或数月"[②]，从中可窥见当时结社盛况。经年数月的留宿有赖于阎家盐业获得的雄厚家资。从阎修龄交游的社友可知，其在望社中的行吟唱和主要集中在肇兴期及初盛期。过从密切者，有张养重、靳应升、邱象随、邱象升等诸位社友，其中尤与张养重交厚。张养重与阎修龄同年出生，弱冠时即订为白首交，志同道合。甲申变后，更结为世外交，在城外白马湖滨的一蒲庵结社行吟。顺治六年（1649年），张养重一家人先是为清兵所驱，后旧宅遭水淹没，迁居至阎修龄之饮牛草堂。阎修龄不仅在精神上与张养重同守遗民气节，互相砥砺，在生活中也能雪中送炭，解友人燃眉之急。张养重欲出游至燕地，苦无旅资，阎修龄则慷慨赠送画卷，助其出行。在顺治十四年（1657年）至十六年（1659年）这三年里，张养重与阎修龄曾三次偕同出游至镇江。通过望社盟主之间的交游可见，清初的望社在初始阶段，其性质更接近于遗民社团。无论是社友还是往来的友人，以遗民居多。其后随着清朝统治的稳固，

---

① 李元庚：《望社姓氏考》，《小方壶斋丛书》及《国粹学报》第七一期影印版。

② 张穆：《阎潜邱先生年谱》，北京图书馆编《北京图书馆藏珍本年谱丛刊》第八三册，北京图书馆出版社1999年版，第553页。

文网日密，后期社友参与科举者渐多，望社由遗民诗社逐渐转变为纯粹的诗文社。阎修龄作为清初淮安地区遗民群体的社事祭酒，主持望社，行谊甚高，与清初众多著名遗民皆有交游。盐商家世提供了丰厚家资，身处淮安有沟通南北的地理优势，又有闭户却扫的清名，这些有利因素使得阎修龄能对过淮下榻的遗民施以援手，助其庇藏。据《山阳诗征》载：

> 先生沧桑后隐居白马湖，与同里茶坡、虞山诸人结望社相唱和，风雅之士一时翕集。如黄冈杜茶村、太原傅青主、南昌王于一、宁都魏叔子、临清倪天章、徐州万年少、阎古古，皆下榻相待，飞觞拈韵，为南北词流所宗，不减玉山雅集之盛，于世味泊如也。①

此处简要列出了数名与阎修龄往来的遗民，实际人数远不止此。玉山雅集为元末昆山豪富顾瑛于其玉山草堂举办的文酒之会，群贤毕至，影响深远。以"不减玉山雅集之盛"来揄扬眷西堂雅集，可想当日共襄盛举的风尚。参与过从的遗民近则来自金陵、徐州，远及秦晋、江西宁都，可见阎修龄在清初遗民群体中的影响力与号召力。阎氏为淮安世家，声名显赫。阎修龄父阎世科在明末选择投簪归隐的出路。阎父平生与黄宗羲、阎尔梅有交谊，在其身后由阎修龄请黄宗羲作《参议阎公神道碑铭》，中述阎世科与阎尔梅论兵事。阎尔梅又作《跋黄石斋为阎磻楚墓志》，黄石斋为阎修龄师黄道周。可见黄宗羲、阎尔梅与山阳阎氏为世交，阎尔梅所在的沛县阎氏与山阳阎氏本属山西太原同宗，故而阎尔梅在遁走淮上时屡过阎修龄宅下榻。康熙元年（1662年）九月，阎尔梅由扬州至淮安，"故交若阎再彭、胡

---

① 丁晏辑，王锡祺重编：《山阳诗征》卷十，清光绪二十四年（1898年）小方壶斋铅印本。

天放、吴姬望、张鞠存之流毕会于是"①。此时阎尔梅已年届六十，自吴门游云间、太仓，一路北行归乡，至淮与寓居淮安的遗民名流宴集，这是其平生最后一次至淮。阎尔梅是淮海遗民群体中的奇杰之士，交游范围广阔，足迹遍布中原及东南数十省。望社僻处淮安，通过阎尔梅勾连着江南江北各地的遗民耆宿，互通声气。淮海遗民诗群的另一位领袖人物徐州万寿祺，在清初避地淮安，筑隰西草堂。此期顾炎武于顺治八年（1651年）秋至淮，与万寿祺订交。越明年，万氏聘归庄往淮安为其子执教。万寿祺、顾炎武、归庄三人避难淮安，却少不了"视天画地"，与当地遗民群体交游，联络各地遗民，志图恢复。万寿祺与望社诸子结为密友，在其《隰西草堂诗集》中并不多见唱和诗作留存，但张养重《古调堂集》中有《春夕过一蒲庵次万年少韵》一首，证实万寿祺确实在阎修龄的一蒲庵与望社诸子往来唱和。

除万寿祺、顾炎武、归庄等矢志恢复的义士之外，更多的遗民选择归隐逃禅、行医卖卜、寄情诗酒的人生道路。这些遗民与望社诸子行藏相近，故而交游更为密切，其中尤以桐城方文、宁都魏禧与阎修龄交游较多。方文入清后以行医卖卜为生，游食四方，广泛结交遗民。顺治十三年（1656年）后屡过淮上，与望社诸子订交。方文久客淮安，频过阎修龄眷西堂、范良幽草轩，进行诗文唱和，相交深厚。为阎修龄题眷西堂，"堂以眷西名，宁唯念所生"，不仅道出此堂之所以名"眷西"之意，并直陈"釜破鱼谁溉，岐荒凤不鸣"，流露出遗民间声气相通的悲鸣。

江西宁都三魏中的魏禧、魏礼昆仲与阎修龄皆有交游。据张穆所撰的《阎潜邱先生年谱》载，"所交尽海内名流，如李天虚、梁公狄、杜于皇、李叔则、王于一、魏冰叔昆弟。时过淮必主其家，辄留止"②。此处是赞扬阎若璩生长世胄，所交尽名流之辈，事实上，这

① 鲁一同：《白耷山人年谱》，北京图书馆编《北京图书馆藏珍本年谱丛刊》第六七册，北京图书馆出版社1999年版，第597页。

② 张穆：《阎潜邱先生年谱》，北京图书馆编《北京图书馆藏珍本年谱丛刊》第八三册，北京图书馆出版社1999年版，第567页。

些珍贵的交谊皆本自父辈的经营。魏禧，字冰叔，其弟魏礼。魏冰叔昆弟过淮则必留止阎修龄眷西堂，与其雅集，此为阎若璩少时亲见。年谱中还收录了魏礼次子魏世俨的文集中所记载的，阎、魏两家的世交情况："阎再彭七十寿序，家大人曾与先生相见，而先生令子同宿于清江浦上。时俨甫十岁耳，辄知先生父子。"①因世交之谊，两家关系密切，康熙十六年（1677年），魏禧客扬州时还应阎修龄之请为其作《阎氏本支录叙》，传其谱系。魏禧作为清初"散文三大家"之一，为文善议论，持论精研，内容上注重用世，文辞简练，慷慨任气，凌厉刚健。魏禧与阎修龄行藏相近，皆为明末诸生，国变后绝意仕进，甘为遗民，隐居于故乡金精山翠微峰，与兄魏际瑞、弟魏礼及同邑丘维屏、李腾蛟、曾灿诸人结为"易堂九子"，以文名行世。易堂九子在鼎革之际心怀家国，总结明季学风、文风的弊端，痛下针砭，以古人实学为旨归，意欲以经世思想挽救乱世中衰颓的世风。刘师培在论述明清之际文风嬗变之时，肯定易堂九子文风独成一派，为顺康间古文翘楚，称道：

> 明代末年，复社、几社之英以才华相煽，敷以藻丽之文（如陈卧子、夏考功、吴骏公之流是）。顺、康之交，易堂诸子竞治古文，而藻丽之作，易为纵横。若商丘侯氏、大兴王氏（昆绳）刘氏（继庄）所为之文，悉属此派。大抵驰骋其词，以空辩相矜，而言不轨则，其体出于明允、子瞻。或以为得之苏、张、史迁，非其实也。②

易堂九子的创作将明季藻丽文风易为纵横派，在明清文风嬗变的过程中发挥重要的作用，并且对桐城文派的兴起亦产生积极的影响。

---

① 张穆：《阎潜邱先生年谱》，北京图书馆编《北京图书馆藏珍本年谱丛刊》第八三册，北京图书馆出版社1999年版，第567页。

② 刘师培：《论近世文学之变迁》，章太炎、刘师培等撰，罗志田导读，徐亮工编校《中国近三百年学术史》，上海古籍出版社2006年版，第170页。

与阎修龄有过交谊的还有"关中三友"之一的王弘撰。王弘撰，号山史，陕西华阴人。明亡不仕，屡游江南，意图有所经营，与顾炎武、余怀、阎修龄子阎若璩友善。作《阎处士修龄传》称："吾不识君而善君之子。盖君之志行高洁，疾流俗若浼，不为事务所纠缠。闻之熟矣。"[①]王弘撰虽未与阎修龄有过直接交往，却能为传而详述其平生事迹，赞其品性高洁。

清初有"江左三大家"活跃于诗坛。其中钱谦益在降清后官至礼部侍郎，龚鼎孳累官至礼部尚书，两人皆与阎修龄有所交往。作为仕清的贰臣，与遗民交游，在清初是一种特殊而普遍的存在。阎修龄的眷西堂雅集在淮安称为盛事，大江南北的文章宿老，往来多有题眷西堂诗词以赠阎修龄，如施闰章、彭孙遹等。龚鼎孳变节仕清后，宦海浮沉，对遗民志士多有庇护。久居京师，主持风会，赢得令誉。曾南下与寓居淮安的遗民万寿祺、范良、阎修龄等有交游。康熙元年（1662年），阎若璩游京师时，龚鼎孳在京为官，颇为其延誉。

明清鼎革之际，遗民文人率相结社，在杨凤苞《书南山草堂遗集》对其时结社之风有简论："明社既屋，士之憔悴失职、高蹈而能文者，相率结为诗社，以抒写其旧国旧君之感，大江以南，无地无之。其最盛者，东越则有甬上，三吴则有松陵。"[②]清初结社风行，实以诗文唱和的形式掩饰着心系旧君旧国的家国之痛。大江以北的淮安早在顺治四年（1647年）已经建立望社，阎修龄于明亡后弃诸生，成为遗民，失去了社会话语权。通过创建望社、交游雅集，不仅扩大其在文坛的声名和影响，还可与遗民文人同声相和，和衷共济，在缅怀和追忆中抒发、纾解内心的黍离之悲，寄托沉郁的家国情怀。淮安、扬州、金陵等不同地域间遗民群体的文学交流，推动了清初淮安文坛的繁荣。

---

① 王弘撰：《砥斋集》，《清代诗文集汇编》编纂委员会编《清代诗文集汇编》第八一册，上海古籍出版社2010年版，第629页。

② 杨凤苞：《秋室集》，《清代诗文集汇编》编纂委员会编《清代诗文集汇编》第四四八册，上海古籍出版社2010年版，第408页。

第七章

晚明以降女性书写与家国情怀

第一节　女性书写的繁荣与文章之事

二十世纪二三十年代，先后有谢无量的《中国妇女文学史》，梁乙真的《清代妇女文学史》，谭正璧的《中国女性的文学生活》（后增补重编为《中国女性文学史》）等一系列研究女性文学史和生活史的专著问世，可谓这一学科的开山之作。正如谢无量所言："夫男女先天之地位，既无有不同，心智之本体，亦无有不同，则凡百事之才能，女子何遽不若男子。即以文学而论，女子固亦可与男子争胜，然自来文章之盛，女子终不逮于男子者，莫不由境遇之差，有以致之。"① 自古以来女性地位窳弱，文学成就因男女境遇之差别处于依附地位，缺乏自主性与独立性。封建礼教的摧残和压抑，使得女性文学在视角上局限于闺闱之间，多为吟咏剪红刻翠、风月情愁之作。漫溯女性文学发展的长河，只有蔡文姬、薛涛、李清照、朱淑真、陈端生等女性作家如璀璨星辰般映照文学史册。女性文学史的书写，深受"一代有一代之文学"的文学史观影响。如谭正璧《中国女性的文学生活》中按照时代分列出"隋唐五代诗人""两宋词人""明清曲家""通俗小说与弹词"等章，介绍古代女性作家的文学成就。在女性文学的创作体裁上，侧重于研究诗、词、弹词等韵文，对女性作家

---

① 谢无量：《中国妇女文学史》，中华书局1916年版，第2页。

的文章成就关注阙如。特别是明清女性作家数量几乎占到古代女性作家总数的九成以上，现有的古代女性文学研究格局，对于明清女性文学生态的繁荣与独特性未能给予足够的注目，并且在研究中重视诗词韵文，忽视女性文章的发掘，无法展现古代女性文学创作的全貌。

明清时代的江南，形成一个颇具地域特色的文化型社会，这是在自然环境、经济发展、人文化成等各种因素合力下形成的文明鼎盛形态。在江南人文环境的化育之下，明末以来，女性文学蔚然兴盛，呈现出家族性和地域性的鲜明特征。女性作家在不同家族和地域间展开交游，推动女性书写的繁荣。诗词创作固为女性文学传统，至于明清时期，颇多女性作家以编撰文选、诗选为业，具有高扬的文学使命感和责任感。这种文学自觉精神在女性文章创作中反映得尤为直观和明确。

江南形胜，自古繁华，嘉靖、万历年间，更是烈火烹油，鲜花着锦，经济空前繁荣。比之柳永《望海潮》中所绘，"市列珠玑，户盈罗绮，竞豪奢"，有过之而无不及。侈靡的消费风尚裹挟着士族阶层，催生了精致丰富的晚明文化，具体而微地表现在眷游山水，竞修园林，嗜好梨园词曲，鉴赏古玩金石，书法绘画擅场等各个方面。江南文化的繁盛，有赖于清嘉灵秀山水的滋育，更是生长于科第绵连、宗族繁衍的世家大族中。江南世家大族的形成与发展有着悠久的历史。早在汉魏六朝时期，即有顾、陆、朱、张、王、谢等著姓望族前后相望，杨葩振藻。逮至明朝，诗礼传家，重视科举，世家大族呈现出空前繁荣的局面。世家子弟用心科举，以图光耀门楣，维持门第，家族中的女性亦是幼承家学，在家族文化环境的化育下知书识礼，养成良好的文学素养。晚明江南在心学的鼓荡下，激起思想启蒙与人性解放的潮流，体现在女性教育上，即在传统女德闺范教导之余更加推崇才艺的培养，重视名族令媛的诗文才情，既可以播扬传承家学，同时也顺应晚明以来士人重视女子才情的风尚，利于在世家联姻时增加家族的实力，共享望族之间的文化资源，确保家族持续繁荣昌盛。在如此繁荣的文学生态哺育下，晚明的江南望族中涌现出大量以家族血缘关系为纽带而形成的才女群体。此外，江南名妓凭借其绝世的才艺和广阔的文学交游，与世家才媛群体共同构成了明清之际女性文学的繁荣态势。特别是在清初，很多名妓嫁与才子名士，融入闺秀群体，开展雅集唱和活动，推动女性的文学创作。世家望族中的才媛闺秀群体得益于母教和闺塾教育，不仅用文学记录人生，抒写内心体验，更将此作为人际交往、社会交游的重要方式。正如曹雪芹在《红楼梦》中所述："忽念及当日所有之女子，一一细考较去，觉其行止见识，皆出于我之上，何我堂堂须眉，诚不若彼裙钗哉！"曹公深感"闺阁中历历有人"，行止见识不让须眉，故为其昭传。以大观园这一理想国为交游空间，虚构出海棠社、桃花社等诗社，令黛玉、宝钗、探春、湘云等不同家族的才媛在其中张扬文才，女性诗教的盛况在《红楼梦》中得以生动形象地展现。小说源于现实，早在十七世纪的江南，女性作家群体便以家族的形式面世。以家族为单位，形成该家庭内部一代或数代文学群体，一门风雅，作家辈出。文学家族中的婆媳、母女、姐妹、姑嫂之间吟诗填词，开展文学活动。女性家族成员内部相互唱和的诗文活动，以吴江叶氏午梦堂开风气之先，被誉为首个女性创作群体的文学家族。"有明一代，妇女长于文学之佼佼者，首推吴江叶氏，一门联珠，唱和自娱。"①以沈宜修为首的吴江叶氏午梦堂女性创作群体，一门之内，同时出现女性作家数可达十人，开启了晚明女性创作的风雅盛事。在此影响之下，吴江地区的女性文学创作呈现出欣欣向荣的景象，如钱谦益所称："于是诸姑伯姊，后先娣姒，靡不屏刀尺而事篇章，弃组纴而工子墨。松陵之上，汾湖之滨，闺房之秀代兴，彤管之诒交作矣。"②此处的"松陵"，为吴江的文苑世家沈氏家族世代聚居之地，而"汾湖"则是吴江叶氏文学世家聚族而居之所。

---

① 冀勤：《午梦堂集·前言》，叶绍袁编《午梦堂集》，中华书局1998年版，第1页。

② 钱谦益：《列朝诗集小传》，上海古籍出版社1983年版，第753页。

沈氏家族自明初迁居吴江，发展至嘉靖、隆万年间，簪缨济济，下延至清同治沈桂芬，已有十七世，其中进士达十人。沈宜修父沈珫乃万历二十三年（1595年）进士，官至按察司副使，其母为继室，生长女沈宜修与子沈自征。沈氏一族以戏曲著称，沈宜修之从伯父沈璟，是明代著名的戏曲理论家和传奇作家，戏曲吴江派领袖。璟字伯英，万历二年（1574年）进士，官至吏部、光禄寺，世称"沈光禄"。仕途不顺，致仕居家后潜心研究戏曲，并在家中蓄养昆曲家班，亲自登台表演，进行戏曲实践。其曲学理论自成一家，针对昆曲传奇中案头化、不谐格律日趋严重的倾向，提出"僻好本色"之"本色论"与合律依腔的"声律论"，编纂《南九宫十三调曲谱》为传奇创作规范。沈璟著传奇十七种，称"属玉堂传奇"，其在明代中叶为曲坛盟主，对戏曲的创作和研究深受家乡吴江浓厚的戏曲氛围浸润，又通过自身的带动和影响力，在沈氏一族中营造出深厚的艺文氛围。自沈璟始，沈氏家族中从事戏曲研究和创作者，绵延至十一世，达九十余人。与沈宜修同辈的沈自徵、沈自继、沈自晋，皆擅戏曲，世有"吴江沈氏，词人渊薮"之称。

叶氏一族在明清两代的发展历经四百余年，从晚明一直延续到清光绪初年。文学世家的形成始自明成化年间叶绅一辈，至其五世孙叶绍袁、六世孙叶燮两代臻于鼎盛，有"七世进士，登乡榜者犹多"之誉。叶绍袁，字仲韶，号天廖，明天启五年（1625年）进士，累官至工部主事。其人为官清刚，不屑于同流合污，在负责疏浚护城河时为宦官进谗，后因政党纷争，朝政昏聩，以母老告归。

沈宜修（1590—1653），字宛君，自幼通经史，工于诗词，才情颇富。十六岁适叶绍袁，夫妻琴瑟相合，以吟咏为乐。叶绍袁曾追述沈宜修婚后的文学和教育活动："经史词赋，过目即终身不忘。喜作诗，溯古型今，几欲追步道韫令娴矣。……（儿女）四五岁，君即口授《毛诗》《楚辞》《长恨歌》《琵琶行》，教辄成诵，标令韶采，夫妇每以此相慰。"①沈宜修婚后，生有五女八男。子女得益于母教，皆有文采。长女叶纨纨、次女叶小纨、三女叶小鸾、五女叶小繁，三儿媳沈宪英，均工诗词，并著有诗集。叶纨纨、叶小纨、叶小鸾分别有《愁言集》《存馀草》《返生香集》，叶小繁存诗十余首，三儿媳沈宪英存诗十八首，而沈宜修作为家族女性文学的引领者，著有诗集《鹂吹集》，收诗六百三十四首，诗余一百九十阕，文七篇。叶氏一门，家族女性在创作上硕果累累。叶氏一族雅好诗文，文采卓著，闺闱彤管之盛，享誉当时，且文泽后世。钱谦益《列朝诗集小传》对叶氏家族女性文学环境有详尽生动的记载：

> 仲韶少而韶令，有卫洗马、潘散骑之目。宛君十六来归，琼枝玉树，交相映带，吴中人艳称之。生三女：长曰纨纨，次曰蕙绸，幼曰小鸾。兰心蕙质，皆天人也。仲韶偃蹇仕宦，跌宕文史。宛君与三女相与题花赋草，镂月裁云。中庭之咏，不逊谢家；娇女之篇，有逾左氏。②

所谓"娇女之篇，有逾左氏"，实写沈宜修引领的叶氏家族女性文学创作不止以诗词赋为己业，所撰文章，亦可直追左芬。左芬为西晋文学家左思之妹，少好学而擅属文，晋武帝重其辞藻，召入宫中纳为嫔妃。左芬存诗、赋、颂、赞、诔等各体二十余篇，多为应诏而作，代表作为《离思赋》。

自古女子为文，擅于吟咏情性，多著诗词，鲜少能作文章辞赋者。胡文楷在编选《历代名媛文苑简编》时即称："闺秀著述，诗词为多，选辑闺文，实非易事。"③胡明先生撰文认为："中国古代妇女文学独偏于韵文尤其是诗词和弹词，这实际上也就决定了她们在整

---

① 叶绍袁：《甲行日注》，岳麓书社2016年版，第152页。
② 钱谦益：《列朝诗集小传》，上海古籍出版社1983年版，第753页。
③ 王秀琴编集，胡文楷选订：《历代名媛文苑简编》，商务印书馆1947年版。

体战略上畏惧并放弃了古文。"①诚然，从古代文学史的宏观发展这一视角进行考量，女性作家在文章数量和影响上无法与男性作家媲美，但也不是一无表现。从先秦至元代，女子擅长文章辞赋，令名行世者，犹有数人。乾隆时期，嘉定王初桐刊《奁史》一百卷，可谓古代女性研究的百科全书，中有"文墨门"一类，分列出学术、诗、文、书法等项。在"文"这一项下，列出若干能文的女性作家。《烈女传》中有名为柳下惠妻所作的《柳下惠诔》，虽后人质疑其为伪作，但刘勰的《文心雕龙》评其"辞哀而韵长"，对其文辞和情韵予以肯定。东汉班昭博学才高，赋颂并娴，继亡兄班固之志，续写《汉书》，多次为汉和帝召入宫中，教导后宫，被称为"曹大家"，每有珍奇异物进贡，班昭便奉诏赋颂。西晋左芬亦因擅于属文和辞藻，为晋武帝所重。唐代薛涛在初识元稹时，作《四友赞》，令其惊服。宋代李清照以词名家，创"易安体"，以女性身份独步词林。其家世清华，文学成就卓著，腹笥丰赡，与夫赵明诚雅好金石，撰《金石录后序》。《金石录》由赵明诚所撰，记载了夫妇二人共同经见的上起夏商周，下迄隋唐五代的钟鼎铭文、碑刻墓志铭。这篇后序是李清照在婚后三十四年，整理亡夫遗物时感慨万千，挥笔成文。语言质朴凝练，不仅叙述了该书的内容和成书始末，且以"得之艰而失之易"为线索，追述了金石书画聚散的经过和两人志趣相投的婚姻生活。将国事、家事和个人的生平遭际杂糅进文中，感情上聚散悲喜，皆用情至深，通过细节描写层层渲染，将国破家亡、身世跌宕的悲戚与哀苦尽诉笔下。李清照的才华识见得益于家学，其父李格非因文章之学为苏轼赏识，是"苏门后四学士"之一。其母为宋仁宗庚午科状元王拱辰之女，亦是擅于文章和诗文的才女。李清照在诗词之余，工四六，散体文也备极清雅，称文章圣手。如其《词论》一文，在词论史上占有重要地位，是女性文学批评的第一篇文。虽不足七百字，却能用精当的语言回顾词体发展历史、品评当世词家，提出词"别是一家"的词

---

① 胡明：《关于中国古代的妇女文学》，《文学评论》1995年第3期。

学观，并且在文中不吝笔墨，描写新进士及第的曲江宴会上，李八郎一曲惊众的故事。

明代以前擅长文章的女性作家，以上述数家令名赫赫，在数量上显然明清时期能文女性作家人数及存世文献更为丰富。吟咏情性，出自女子天性，故多为诗词。至于文章之学，则需要更加广博的学养作为支撑。明清女性作家的文章造诣得益于以下诸方面。

首先，文学家族形成的家庭环境培养女性作家的成长，为其提供读书条件。家族女性间的相互联络，开展丰富的文学活动，形成浓厚的文学气氛，进一步滋育着女性作家的成熟。女性在出嫁之后，夫家是否具备文学气氛成为女性作家能否继续文学创作的重要条件。明清文学世家中的女性作家，在这方面具备着优于前人的得天独厚的优势。

其次，家庭环境之外，社会环境对女性撰文的态度和给予的反馈、评价，在女性作家从事文章之事时也发挥着举足轻重的作用。明代封建礼教森严，尤其表现在对女子天性的压抑和禁锢上，鼓吹"饿死事小，失节事大"。政府大力表彰节烈，提倡妇德，出现一大批贞女、烈女。与此同时，明代中晚期商品经济的繁荣和发展，为女性提供了大量就业机遇。在刺绣业、编织业、服务业等方面，女性有着天然的优势，通过多样化的就业方式参与经济活动，从中获取经济利益，进而提高了女性在家庭中的地位。明代中晚期人性解放的启蒙思潮盛行，反映在文坛上则是开明包容的文学风尚，尤其是士大夫阶层对于女性的教育、才德，文学活动和诗文作品，皆持有开明褒扬的态度。在闺塾教育上，以诗书为闺训，提倡女子的才情培养。晚明冯梦龙曾称颂女子的过人才识道："岂谢希孟所云'光岳气氛，磊落英伟，不钟于男子而钟于妇人'者耶？"①钱谦益作为文坛领袖，在《列朝诗集小传》中设"香奁"一类，收录明代女性诗歌。中晚明文坛鼓扬女性才学的风气由此可见一斑。女性文学的繁荣，也得力于

---

① 冯梦龙：《情史类略》，岳麓书社1984年版，第145页。

一些有识文人的奖掖和提拔。如明末著名的藏书家、出版家毛晋在品评李清照的《金石录后序》时称道："非止雄于一代才媛……直洗南渡后诸儒腐气，上返魏晋矣。"①这一评价不仅是对李清照散文风格的褒扬，同时将这种清朗文风置于中晚明文坛风尚取向的大背景下，认为其是对魏晋文风的接续。与此相似，晚明文人热衷于激赏和品评女性文学作品。这些男性文人作为女性作家的父亲、丈夫或亲友，通过评论和称赞来扩大女性作家的影响和传播，同时介入女性的文学创作活动，招收女弟子，为其创作提供切实的指导，并且以编辑女性别集、题写序跋的方式对女性作家进行支持鼓励。

叶氏家族的一家之主叶绍袁鲜明地提出女性"德、才、色"三论："丈夫有三不朽，立德、立功、立言；而妇人亦有三焉，德也，才与色也，几昭昭乎鼎千古矣。"②这一思想与传统士大夫"立德立功立言"的"三不朽"人生观相对应，从思想解放的角度出发倡导女性的主体意识。沈宜修在《表妹张倩倩传》一文中记叙家族女性，刻画生动，赞扬其姿性聪颖，风度潇洒，并工诗词。在《季女琼章传》中赞美其女叶小鸾"才色并茂，德容兼备"，"其爱清幽恬寂静，有过人者。又最不喜拘检，能饮酒，善言笑，潇洒多致，高情旷达，夷然不屑也"③。这种新型的女性人生理想深深植根于叶氏家族的女性群体中，培养出完备健全的女性人格，并作用于其文学创作实践。

叶氏家族的女性作家在"德、才、色"的女性评价体系下表现可谓卓尔不群，品貌非凡。惜其红颜薄命，慧而不寿。曹学佺在为《午梦堂集》作序时称："信乎，文人多厄，不独须眉，彤管玉台，俱所难免矣！"④叶小鸾十岁时，其妗母兼养母的张倩倩病逝，遂回归叶家抚养。岂料在十六岁时，婚前五日染疾，未嫁而卒。其姊叶纨纨因哭妹哀伤过度，一病而亡。叶绍袁、沈宜修夫妇为纪念亡女，将叶小

① 毛晋：《跋》，李清照《漱玉词》，汲古阁刻本。
② 叶绍袁：《序》，叶绍袁编《午梦堂集》，中华书局1998年版。
③ 叶绍袁：《甲行日注》，岳麓书社2016年版，第175页。
④ 曹学佺：《午梦堂集序》，叶绍袁编《午梦堂集》，中华书局1998年版。

鸾《返生香》一卷、叶纨纨《愁言》一卷刊刻行世。崇祯八年（1635年），仲子叶世偁婚前病亡，沈宜修因悲痛过度亦于同年辞世。这种家族性的体质衰弱，年寿不永应是与沈、叶两个家族世代通婚，近亲结婚导致遗传性的基因缺陷有关。叶绍袁在妻逝后第二年整理编纂《午梦堂集》，收入沈宜修《鹂吹》三卷，《返生香》《愁言》二卷，其余如《彤奁续些》《窈闻》等共九种，为最早刊本。清康熙二十五年（1686年），沈宜修第六子叶燮辑刻《午梦堂诗钞》，下迄民国时期，亦有刊本，可见叶氏家族的《午梦堂集》，影响昭著，流芳后世。乾隆年间，倡导"格调说"的文坛宗主沈德潜撰《午梦堂集·沈序》，明确记载当时叶氏家族一门联珠，诗文活动的盛况：

> 吴江之擅诗文者固多，而莫盛于叶氏。其最著者，如虞部、廷尉、横山、菜亭诸先生。而横山则出自虞部，为余所师事。师门群从类长吟咏，虽闺阁中亦工风雅，郡志所载《午梦堂集》，妇姑姊娣，更唱迭和，久脍炙人口。师尝出示，心窃契之，以为《关雎》《樛木》而外，克继元音者欤！[①]

沈德潜从诗教温柔敦厚的正统出发，评价叶氏闺门风雅为"庶几婉顺幽贞不拂乎温柔敦厚之音者"，对吴江叶氏家族诗文集的价值予以肯定。值得注意的是，在《午梦堂集》所收诸集中，有沈宜修编选的《伊人思》一卷。生年四十六岁的沈宜修尽管年华短暂，却能笔耕不辍，在重病中仍卧榻赋诗，留下数量颇丰的作品，作品涵盖了诗、词、骚、赋、序、传等各体，共计八百三十三篇。沈宜修不仅通过闺中酬唱和文人交游推动文学作品的创作和传播，同时也积极地编辑、出版女性作品集，使其在更大范围内产生影响。其编撰的《伊人思》是明代现存第一部妇女选本朝诗文集，此后，女性诗文选本的编辑蔚然成风。从晚明至民国时期，先后有王端淑的《名媛诗纬》《名媛文

---

① 叶绍袁编：《午梦堂集》，中华书局1998年版，第1094页。

纬》、恽珠的《国朝闺秀正始集》及续编、沈善宝的《名媛诗话》、单士厘的《闺秀正始再续集》等女性诗文选本问世。

《伊人思》共一卷，辑录了当代女性作家方孟式、方维仪等四十六人诗一百八十八首、词十三首、文四篇，并有沈宜修自撰笔记及唐宋遗事十七则。沈宜修在《自序》中称：

> 世选名媛诗文多矣，大都习于沿古，未广罗今。太史公传管晏云："其书世多有之，是以不论，论其佚事。"余窃仿斯意，既登琬琰者，弗更采撷。中郎帐秘，乃称美谭。然或有已行世矣，而日月湮焉，山川阻之，又可叹也。若夫片玉流闻，并及他书散见，俱为汇集，无敢弃云。容俟博搜，庶期灿备尔。[1]

其中主要辑录当朝女性作家作品，志在存人，对于前代女性作家，统以附录的形式刊出。所选女性作家主要来自江南，间有安徽、湖南、江西等地女性作家入选。在诗文集中，沈宜修未以身份地位划分作品的高低，对于嫁为人妾的才女黄媛贞、妓女周绮生，甚至一些身份地位不详的女子诗文，也爱惜其才，皆予以辑录。作为女性作家兼编撰者，沈宜修在晚明首开女性诗文集的编选风气，客观上实现了女性文学作品的经典化。此后，男性文人如竟陵派钟惺编选《名媛诗归》，陈维崧著《妇人集》载明末清初著名才女事迹，女性作家编选女性诗文作品蔚为大观。以沈宜修为中心的叶氏女性作家群以独特的家族式写作群体意识和艺术涵养，为后世留下了宝贵的文学财富。

叶绍袁仕途失意，退而居里，虽家道式微，经济拮据，却能在与妻沈宜修抚育子女之余，潜心文史，诗文唱和，尽享天伦之乐。孰料两三年间，先后有六个子女英年早逝。接踵而至的家庭悲剧令叶绍袁难以承受，只能通过编选家族文集的方式聊以寄托内心沉痛的悲悼之情。然而，个人的不幸命运还未及消释，时代便风卷残云地将他裹

---

[1]　叶绍袁编：《午梦堂集》，中华书局1998年版，第538页。

挟至异族入侵、山河改易的亡国之痛中。明亡后叶绍袁携三子隐遁空门，四年后以遗民终老。叶绍袁作为传统的士大夫，心怀忧国忧民的家国情怀，虽仕途偃蹇，英雄失路，报国无门，却在著述中将明末的乱世众生相真实地记录在册。其《崇祯记闻录》叙议结合，不仅记录了明清之际百姓生灵涂炭，故土沦丧的悲惨命运，且在文中为民疾呼，沉痛控诉了崇祯年间天灾人祸不断，奸佞当道，民不聊生，以致异族入侵，奸淫掳掠，强征暴敛的亡国惨象。特别是满族入侵者在江南残暴推行"薙发令"，凌辱抢掠妇女，对此有详尽的记载，如《崇祯记闻录》在乙酉年八月所记：

> 路旁各处招贴，寻妻觅女者，知昆山于七月七日被屠，太仓于三十日被兵，松江于八月初三日被兵，兵回时多掠妇女，卖于城内外，冀破镜或可复圆，故具招寻觅耳。乱离之惨乃尔。江阴负固，屡挫兵锋，贝勒发奋战，限三日不破者，破城诸将悉按军法，乃八月二十二日下之，闻屠遍城中，并及城外，三四十里俱尽，此劫运使然。①

叶绍袁以日记的形式记录了从崇祯元年（1628年）始的明亡世相和家国劫难，同时对矢志殉国的仁人志士如祁彪佳、倪元璐等人的殉节事迹不吝笔墨，对抗清义士如陈子龙、顾咸正等人的高节义行称颂讴歌。乙酉年八月二十五日，为甲辰日，叶绍袁出行为僧，故将之后所撰日记命名为《甲行日注》，兼取屈原"甲之朝吾以行"之意。与众叔侄道别后携子离家云游，暗中联系抗清义师。此书所记起于乙酉年间，终于戊子九月，即叶绍袁病死在荒山古刹之时。书中所记为叶绍袁携子在苏南、浙西山林中遁迹僧隐的生活，举凡清军入侵的残暴镇压，抗清义士的英勇赴死，地方官僚的奴颜婢膝，流亡生活的困苦

---

① 　叶绍袁：《崇祯记闻录》，孔照明主编《台湾文献史料丛刊》第3辑（52），台湾大通书局1984年版，第79页。

无望，一一诉诸翰墨。用简洁清隽的文字道出衣冠扫地、饥病交加的
黍离之悲，既为实录，又不乏文采，是晚明小品文中的精品。

　　刘勰在《文心雕龙·时序》中有"时运交移，质文代变"之语，
阐述文学内容和形式的发展随着时代的盛衰治乱发生变化，即"文变
染乎世情，兴废系乎时序"。沈宜修引领的叶氏家族女性群体置身晚
明末世，虽未受到政局波动的直接冲击，但家庭经济的衰落和家族成
员的凋零，为这群才媛的文学作品烙下了哀愁的底色。其作品中尚未
直接感慨国事，却能感受到悲哀之雾遍布华林。女性主体意识的觉醒
令这些生长于文学世家的才媛在命运多舛之时，犹能将生命的价值寄
托于诗文作品的创作，甚至在文学评论、诗文选辑方面也有所成就，
产生了很多诗话、词话、序跋及诗文选本。晚明女性书写在文体上呈
现出多样化的趋势，诸体皆备，这标志着女性文学的发展步入了成熟
的阶段。

第二节　明清之际山阴才媛书写与家国情怀

　　文随世变，晚明以降独特的社会环境和时代特点赋予女性文学
地域性、家族性等新的特征。女性文学活动的兴盛，促进了不同家族
甚至不同地域的女性作家群体进行交游，形成广泛的女性文学交游网
络。散落在山阴、嘉善、青浦等地的闺秀群体，如商景兰家族、王端
淑姊妹、黄媛介黄德贞姊妹等，跨越了血缘、家族、地域因素，展开
直接或间接的文学交游。考察江南女性作家的文学交游，可以生动地
再现明清之际江南女性作家广泛而交错复杂的文学交游网络。通过对
这一交游网络的分析和透视，我们能够从中观察到明末清初政治无序
状态下宽松开放的社会风气所催生的一种以才学为根基，相互吸引、
自由交游的女性文学生态。

　　这种繁荣的文学生态推动女性文学趋向成熟，体现在女性作家以
多种文体进行书写，开展女性诗文集编选活动，特别是在明清易代之
际，家国巨变和身世浮沉的冲击下，乱离中的女性怀抱着深沉的家国

悲痛在文学作品中感时伤乱，反思历史，用高尚的节操和高超的文学艺术谱写出深刻的家国情怀。

明末山阴商景兰引领的祁氏家族女性文学群体在易代之际书写不辍，其诗文作品蕴含了深沉的家国情怀。商景兰，字媚生，出身于明末山阴商氏家族。其父商周祚，万历二十九年（1601年）进士，由邵武县令累官至福建巡抚、兵部尚书。商氏族内瓜瓞绵绵，科甲蝉联，可谓绍兴名门。商周祚曾为晚明心学大师刘宗周所纂修的《水澄刘氏家谱》作序，称其幼年曾受外祖父刘太素公鞠育教诲，与大京兆即刘宗周序为中表兄弟，少年同举于乡，同中进士，同朝为官三十年。刘太素公乃刘炌，与刘宗周祖父为同宗兄弟。商周祚在序中追溯刘氏的抚育教诲为其本源，与刘宗周情谊深厚，对其理学节义十分向往。刘宗周是晚明心学的代表，"以慎独为宗旨"，提倡理气一元论，一生致力于播扬心学要义。由此可见商氏家族的文化底蕴。

置身于文化根基深厚的簪缨世族，商景兰从小便接受了良好的文化教育，与其妹商景徽俱以才女的身份名扬山阴。毛奇龄在《西河词话》中称赞两姊妹文名昭著，俱为越中闺秀的领袖人物。在商景徽诗作中遥想当年商氏家族女性的诗歌雅集活动时称"当年绣户集群仙，一旦分飞罢管弦"，绣阁中众才女口齿噙香，吟咏翰墨，及至出阁之日，适与同邑的文化世家子弟，将此种文化风尚带入夫家。

商景兰在年满十六岁时适与山阴梅墅祁彪佳。祁彪佳，字弘吉，号世培，史载其生而英特，风姿绝人，弱冠时即中进士，授兴化府推官。师事刘宗周，其文学思想深受浙中心学影响。山阴祁氏家族，亦是簪缨显宦之家，至祁彪佳时，已历十世。其父祁承煠，世称夷度先生，是晚明著名藏书家，澹生堂藏书在其时甲于大江以南，足与宁波天一阁、会稽世学楼藏书颉颃媲美。商景兰与祁彪佳的婚配，被乡人目为金童玉女，两人才貌相当，志趣相投，伉俪相重，几百年来一直传为佳话。乾嘉时期的地方诗总集《两浙輶轩录》中称赏道：

梅市祁忠敏一门，为才子之薮，忠敏群从则骏佳、豸佳、熊佳，公子则班孙、理孙、鸿孙，公孙耀征；才女则商夫人以下，子妇楚缠、赵璧，女卞容、湘君，阃门内外，隔绝人事，以吟咏相尚，青衣家婢无不能诗，越中传为美谈。①

这满门的风雅可谓商景兰与祁彪佳珠联璧合，共同孕育的杰作。祁氏为名满东越的藏书世家，继承澹生堂藏书的基础上，祁彪佳建"八求楼"藏书，并撰文述意，商景兰在适与祁氏家族后，"从事简册"，与夫共同整理藏书。

商景兰自道"性喜柔翰"，雅好诗文，同时悉心教导女儿、子媳，在祁氏家族形成了"以吟咏相尚"的女性诗文圈，引领祁氏一门女性进行诗文唱和。其日常的文学活动，正如清初邓汉仪《诗观》中所记载："夫人有两媳四女，咸工诗。每暇日登临，则命媳女辈载笔床砚匣以随，角韵分题，一时传为盛事。"②通过登临览胜，家庭诗会等文学活动交流情感、吟咏情志，有利于发扬和延续家族文化风尚。在祁氏家族女性之外，商景兰引领的闺秀诗歌群体还涵盖了商景徽及其女徐昭华、侄女商采，并且将唱和群体越出家族血缘的限制，拓宽至社会中的知名才媛，与黄媛介等中下层才女交游唱和。

晚明名士多有奖掖扶持女性创作之举，通过指导诗艺、编撰女性诗歌选集等方式鼓励女子发展才艺，进行文学创作。明末清初的诗文名家毛奇龄与山阴商氏、祁氏皆有通家之谊，时相往来。商景兰有向毛奇龄请教诗艺之举，并将祁氏诸才媛的诗作交与毛奇龄点定。这在毛奇龄为《徐都讲诗》作序时有所载："予弱冠时，过梅市东书堂，忠敏夫人出己诗与子妇张楚缠、朱赵璧、女湘君四人诗作编摘，请予

---

① 阮元、杨秉初辑，夏勇等整理：《两浙輶轩录》第一册，浙江古籍出版社2012年版，第242页。

② 邓汉仪：《诗观》初集第一二卷，《四库禁毁书丛刊》编纂委员会编《四库禁毁书丛刊》集部第一册，北京出版社1997年版，第23页。

点定。"①此处的《徐都讲诗》，即商景徽之女徐昭华所作诗一卷，由毛奇龄作序并附刊于《西河文集》卷末，徐昭华通过其父徐咸清的介绍，师从毛奇龄，以女弟子的身份得以传播文学令名，由此可见明末文人士大夫对女性作家的奖掖扶持之功。商景兰作为名门之后、名士之妻，其社交活动空间及具备的文化资源已经远远超过同时期的女性作家。以家族为立足点，商景兰引领祁氏家族女性展开文学创作，沟通闺阁内外的文学唱和活动，在这种文学氛围的滋育下，以商景兰为首的家族女性著有家族合集《东书堂合稿》传世。

祁氏家族女性群体的文学书写呈现出鲜明的女性创作特征，能够通过文学书写提升自我人格价值，培养出独立自信的女性意识，在作品中寄寓为女性立言的超凡识见。遭遇家国之变后更是以朴语写至情，用变徵之音吟咏出深挚的家国之感。商景兰有《锦囊诗余》一卷，附于《祁彪佳集》后。晚明社会对女性创作持有相对包容和开放的态度，然囿于礼教规范，世家才媛多深居闺阁，在珠帘绣户中抒写日常生活的细腻情感与敏锐体验，其文学书写继承的是传统女性创作固有的思春伤春、顾影自怜等主题，借阅读和写作以抒发情志，拓展狭隘的生存空间和生命体验。商景兰的文学书写中，一部分是日常的闺阁吟咏，主要落笔于四季节气变化、春华秋实的更迭，在"长堤""阑干""水殿"构成的世家大族闺秀赖以生活的"深闺"中言说女性的生命常态和普遍境遇。《锦囊诗余》中的《闺中四景歌》、《浪淘沙·秋兴》（窗外雨声催）即是此类中的佳构。然而，商景兰作品中最能够反映其人格气质与思想价值的篇章，当属国变前所作的《代卞容闺怨》《西施山怀古》及暮年撰写的《琴楼遗稿序》等诗文篇目。

在《代卞容闺怨》一诗中，商景兰用背离常规的姿态和比兴的手法宣告女性独立意识的觉醒：

---

① 毛奇龄：《西河文集》，《清代诗文集汇编》第八九卷，上海古籍出版社2010年版，第618页。

谁谓秦晋欢？愁多掩明月。虽然织素工，一寸肠一裂。兔丝附高松，自不成琴瑟。弹筝理怨思，调悲弦欲绝。夜夜对孤灯，孤灯自明灭。①

诗题中的卞容，即祁德琼，商景兰第三女。在这首代作闺怨诗中，商景兰反用《古诗十九首》中习见的"兔丝""织素"等寄托女子哀怨的意象，对依附他人、自怨自艾的闺阁女子严词批评，从自身的经验和见识出发，对女儿示以谆谆告诫，认为女性只有精神独立、人格自信，才能避免落入怨妇、弃妇的境地。

另一首《西施山怀古》更是以铿锵之音，掷地有声地表明商景兰对女性自身价值和人生意义的思考：

土城已作一荒丘，人去山存水自流。
身事繁华终霸越，名垂史册不封侯。
须眉多少羞巾帼，松柏参差对敌雠。
凭吊芳魂传往什，愁云黯淡送归舟。②

诗中以巾帼不让须眉的豪情对西施名垂史册之事进行讴歌，表现出商景兰对女性拥有流芳千古令名的向往。女性才媛进行诗文书写，借作品而流传千古，赋予生命永久的意义和价值，商景兰的这一远见卓识不亚于士大夫的"立言"之说，彰显出晚明知识女性高度独立的思想和精神。

"风雅闺中仗主持"，商景兰引领祁氏一门女性乃至山阴女性群体诗文化活动的状况在明末国变后戛然而止。先是乙酉年祁彪佳写下"浩气留天地，含笑赴九泉"的豪词壮语之后慷慨沉塘殉国，清兵南下后灾难接踵而至。此后二十年间浙东抗清义师风起云涌，二子祁理

① 祁彪佳：《祁彪佳集》，中华书局1960年版，第265页。
② 祁彪佳：《祁彪佳集》，中华书局1960年版，第273页。

孙、三子祁班孙在寓山结社以诗词唱和为名，隐秘结纳抗清人士，毁家纾难，卷入浙江通海案而罹祸，祁班孙遣戍宁古塔，后逃回为僧，祁理孙则在家中郁郁而亡。故国沦丧，异族入主，亲情上的生离死别，种种悲痛叩击着商景兰的内心，她只能借诗词将郁积的沉痛聊作纾解。

自古文人多是"国家不幸诗家幸，赋到沧桑句便工"。商景兰在国变之后并未流离失所，仍寓居在山阴梅墅。如祁彪佳自沉前留下的《别妻室书》所言"夫则尽忠，妻则尽义"，商景兰节哀忍痛，在近三十多年的孀居生活中挑起家庭重担，训诲子孙，"不堕祁氏一门"。据朱彝尊《静志居诗话》所载："公怀沙日，夫人年仅四十有二。教其二子理孙、班孙，三女德渊、德琼、德茝，及子妇张德蕙、朱德蓉。葡萄之树，芍药之花，题咏几遍。经梅市者，望若十二瑶台焉。"[①]经历家国动荡后的祁氏一门，在商景兰的带动下，文风不坠，女性诗文化唱和活动的盛况不减往昔。商景兰以德名重一时，诲导子女，围绕其周围形成女性才媛群体，彼此唱和。

国变后商景兰所作诗词，从内容到风格皆为之一变，诗集中多慷慨悲愤、雄浑激越之声。祁忠敏公自沉后商景兰有《悼亡》诗二首，这也是其《锦囊集》中最广为称道的两首：

其一

公自成千古，吾犹恋一生。君臣原大节，儿女亦人情。
折槛生前事，遗碑死后名。存亡虽异路，贞白本相成。

其二

凤凰何处散，琴断楚江声。自古悲荀息，于今吊屈平。
皂囊百岁恨，青简一朝名。碧血终难化，长号拟堕城。

---

① 朱彝尊：《静志居诗话》卷二三，人民文学出版社1990年版，第727页。

　　商景兰作为世家之后，名臣之妻，在《悼亡》诗中彪炳节义，彰扬气骨，远出于小儿女情态之上，其识见胸怀诚有不让须眉之风范。《悼亡》诗其一的首联、颔联道明祁彪佳因君臣大义而殉节，自己犹贪恋余生是因为有训诲子女之责任。折槛，典出自《汉书·朱云传》，是指西汉成帝时，槐里令朱云朝圣请求赐剑以斩佞臣，惹怒成帝，命左右将朱云斩首。朱云用手攀住殿槛，将其折断。经大臣劝解后，朱云得免一死，其后成帝又对朱云这种抗颜直谏的行为予以表彰，故用折槛代指忠臣直言谏诤。遗碑，是指晋代羊祜镇守襄阳时有德政，死后老百姓在岘首山上立碑纪念，名垂千古。商景兰用典故中的忠臣、名臣称颂其夫，褒扬忠义节烈，流芳百世。在尾联中表明自己的高远识见，虽与丈夫存亡异路，但忠贞的内心本自相同。《悼亡》诗其一以节义服人，其二则以悲情动人。首联写夫妻死生异路，如凤凰离散、楚江琴断一般，令人悲痛欲绝。祁公的高节义行如荀息、屈平一般青史留名，碧血丹心天地可鉴，而自己心中思念亡夫发出的悲鸣哀号似如孟姜女哭倒长城。商景兰用《悼亡》诗言说内心压抑的凄苦，然而这种锥心刻骨的丧夫之痛却无处可消解。如其《过河登幻影楼哭夫子》一诗所述"当时同调人何处，今夕伤怀泪独倾"，此时距亡夫殉节之日已久，商景兰隐世避居，却犹是满目伤怀，触目生情。在祁彪佳殉国十年之后，商景兰逢五十初度，子孙为其举办了规模盛大的寿宴，在《锦囊集》中留存的《五十自叙》《五十初度有感》两首诗对这次寿宴有着详细的记载。商景兰《五十自叙》中以"人生遭欢会，欢会莫此极"总述寿宴的盛况，然笔锋陡转，情不自禁地道出"我心惨不乐，欲泣不成泣"，以乐景衬哀情，倍增其哀。继而以"凤凰不得偶，孤鸾久无色。连理一以分，清池难比翼。不见日月颓，山河皆改易"数句，直陈内心惨怛之因。原来烙印在商景兰内心经久不愈的创伤是凤凰失偶之悲与山河改易之痛，是潜隐于内心不可消解的家国之悲。其晚年在《琴楼遗稿序》中更是以"未亡人不幸至此"的悲慨将后半生遭际的坎坷和惨怛尽泻于笔下。商景兰深明大义，在悲慨身世家国之余犹能行家长之职，在自叙诗中以"行乐虽及时，避难须俭德""我家忠孝门，举动为世则""读书成大儒，我复何促刺"等语训诲勉励子孙，在山河改易之初，应韬光养晦，俭以养德，读书修身，不堕祁氏门楣。《五十初度有感》则情动于中而形于言，抚今伤昔，感慨遂深，尾联"十年感慨泪，此日满妆台"，尽道其孀居生活的悲酸痛楚。

商景兰在诗歌之外兼工词。词是一种要眇宜修的文体，尤适于抒情。《锦囊诗余》存词五十六首，数量几与诗歌相当。商景兰词作用真挚的抒情方式呈现人生历程，书写内心体验。以叙写传统闺阁生活题材为主，展现女性内心细腻的感伤情怀，这是商景兰词作中的主要内容。国变前词作多为小令，风格清丽尔雅，以《捣练子·留别》为例：

> 人去也，情难舍，花枝吹散风潇洒。霜天宿鸟静无声，流苏锦帐含愁下。

起拍直浅，歇拍静深，由浅而见深，用真朴古意的笔法平铺景物，寓别离之情于寻常景中，不动声色而臻静穆之境，情景天然凑泊。此阕得评甚高，入选《明词综》，为《锦囊诗余》中仅见。

作为山阴贤媛之冠，商景兰的闺阁生活并不局限于深闺这一狭窄的空间，其社交活动已经跨越男女性别，沟通闺阁内外，步入公众领域，有着广阔的社交空间与丰富的社交活动。这种具有鲜明时代特性和个人特色的文学活动不仅反映在商景兰的诗歌中，词作亦是重要的载体形式。商景兰词作中有雅致闲愁的闺阁生活，脆弱感伤、伤春悲秋的红颜情调，与家中女眷游赏寓山园林、结交才媛的诗词交游活动，更真实地抒写了国变后夫亡孀居生活的愁肠百转。如《烛影摇红·咏雏堂怀旧》一阕：

> 春入华堂，玉阶草色重重暗。寒波一片映阑干，望处如银汉。风动花枝深浅，忽思量，时光如箭。歌声撩乱，环佩玎珰，

繁华未断。游赏池台，沧桑顷刻风云换。中宵笳角恼人肠，泣向庭闱远。何处堪留顾盼，更可怜，子规啼遍。满壁图书，一枝残蜡，几声长叹。

此阕词得民初词学家赵尊岳之推重，其《明词汇刊》称道："至《烛影摇红》一阕，以朴语写至情，寓家国之感于变徵之音。视莲社之作，庶几趾美，而得之金闺硕媛，尤非易易也。"①商景兰以金闺硕媛的身份所填词作，可与莲社之作媲美。此处莲社，是指清初太仓遗民陈瑚隐居昆山蔚村，与陆世仪、王育等人泛舟莲潭，唱和遣怀，所结之莲社。陈瑚将唱和诸作结为明遗民诗歌总集——《顽潭诗话》，并在卷首序中将唱和诗作分为三类："有一人为一类者，《指南》、《心史》之续也；有一事为一类者，《月泉吟社》之续也；有一时为一类者，《谷音》之续也。"②故而莲社之作，以一人为一类者，绍续文天祥《指南录》、郑思肖《心史》，表达心系故国的家国情志；以一事为一类者，上承南宋遗民的月泉吟社，发扬遗民气节与精神；以一时为一类者，接续宋遗民诗集《谷音》之风，抒写亡国黍离之悲。对照商景兰此阕《烛影摇红》，其词作内容与风格立见。家国之变，物是人非，平生遭际使商景兰诗词风格由清新雅致一变而为沉郁深曲。诗题中的咏雒堂，为商景兰父商周祚所建，乃商氏旧堂。国变夫亡后，商景兰重至故地，正家国多事之秋，又逢春至。忆昔日，草色花影，华堂歌吹，繁华未断；看今朝，笳声愁人，子规啼血，空留得满壁图书，一枝残蜡，永夜恹恹复长叹。不同于前期词作多用小令，此阕长调情辞宛转，虽然歇拍以长叹结句，略显余韵不足，但质朴的语言尽道出女词人内心深挚的家国情志，以变徵之音尽抒黍离之悲。

相比于词中家国情怀的沉郁深曲，商景兰诗歌中往往是直露地抒

① 赵尊岳辑：《明词汇刊》，上海古籍出版社1992年版，第499页。
② 陈瑚辑，陈陆溥补订：《顽潭诗话·序》，顾廷龙主编《续修四库全书》第一六九七册，上海古籍出版社2002年版。

发内心的家国痛感。如《哭父》一诗:

> 南云烽火靖,乔木世家残。国耻臣心切,亲恩子难报。
> 衣冠留想象,几杖启榱兰。郁结空庭立,愁看星落繁。①

这种锥心刺骨的国耻家恨深深地扎根于烽火连天、世家凋残、父亡夫丧的人生遭际和社会图景中,商景兰借助诗歌的力量而臻不朽。恪守着丈夫殉国时的遗言,商景兰在后半生的孀居生活训诲子孙以读书为业,引领祁氏女性以诗词衡论当世,于沧桑巨变中抒写出真实的人生体验和家国情志,这种遗民情怀和高蹈气节得到了广泛而深远的敬重。道光年间完颜恽珠收录清初以降的女性诗人诗作,未选商景兰,特意在卷首例言中点明:"惟祁忠公夫人商景兰、黄忠端公夫人蔡玉卿,其夫既以大节殉明,妇人从夫,自应不选,以全其志。"②可见世人对商景兰的遗民心志的推崇,一直到清末徐世昌的《晚晴簃诗汇》中仍然称道不坠:"《正始集》不选(商)媚生与蔡玉卿诗,以全其志。"③商景兰的高节景行在有清一代三百年间赢得了普遍的尊敬。商景兰在清初的江南有很大的社会影响力,论者往往以"王氏之有茂宏,谢家之有安石"④称道其在家族内的领袖作用。商景兰暮年七十二岁高龄时为蕉园诗社女性作家张昊的《琴楼遗稿》作序时云:

> 余七十二岁嫠妇也,濒死者数矣。乙酉岁,中丞公殉节,
> 余不敢从死,以儿女子皆幼也。辛丑岁,次儿以才受祸,破家亡

---

① 祁彪佳:《祁彪佳集》,中华书局1960年版,第265页。

② 恽珠:《国朝闺秀正始集·例言》,清道光十一年(1831年)辛卯红香馆刊本。

③ 徐世昌编:《晚晴簃诗汇》,中华书局1990年版,第8036页。

④ 陈维崧:《妇人集》,虫天子编《香艳丛书》卷一,人民文学出版社1992年版,第106页。

身。余不即死者，恐以不孝名贻儿子也。未亡人不幸至此！且老，乌能文？又乌能以文人耶？但平生性喜柔翰。长妇张氏德蕙，次妇朱氏德蓉，女修嫣、湘君，又俱解读书。每于女红之余，或拈题分韵，推敲风雅；或尚溯古昔，衡论当世，遇才妇淑媛，辄流连不能去。心不啻如屈到之嗜芰，嵇公之好锻也。迄焚弃笔墨，几三十年。偶于儿子案头，见《琴楼遗稿》，乃武林张槎云所作。槎云才妇而孝女，故其诗忠厚和平，出自性情，有《三百篇》之遗意。反复把玩，不忍释手，因顾女媳辈言曰："槎云之才，知汝辈能之；槎云之孝，知汝辈能之。槎云之才之美，槎云之孝之纯，汝辈其勉之。"女媳辈曰："以槎云之才之孝，天胡不假之年，以富其学而副其德？"余笑曰："此非汝辈所知者也。大抵士之穷，不穷于天而穷于工诗；女之天，不天于天而天于多才。是盖有莫之为而为者。使槎云享富贵、寿耆颐，而无所称于后世，又何以为槎云者乎？"女媳辈咸悲悢不能自持。聊记家庭质语，以志一时爱敬感慨之意。若槎云固自有其为不朽者，余岂敢曰能文章，以表槎云也哉！①

　　这篇序是商景兰存世不多的两篇古文作品之一，在序中对张昊其文其人推崇备至，不仅表达出对于"才妇淑媛"知音相赏、金兰相契的态度，更肯定和称颂女性作家以诗文获得不朽声名的人生价值，表现出女性意识的觉醒和对女性命运的深刻关怀。序中自叙平生遭际，在面临生死考验，数次濒死之时却为忠孝隐忍存活于世，表达出商景兰对儒家忠孝观的服膺和继承。相应地，其诗学思想也表现出对温柔敦厚、忠厚和平的诗歌的赞赏，对源自《诗经》的"乐而不淫，哀而不伤"这一符合儒家政治道德准则的诗美理想的认同。
　　另一篇序是商景兰为亡女祁德琼之《未焚集》所作：

　　① 商景兰：《琴楼遗稿·序》，祁彪佳《祁彪佳集》，中华书局1960年版，第289页。

吾女德琼之长逝也，盖十有二年矣。生平吟咏十不存一二，每一念及，辄为悯然。今春吾婿鄂叔，集其遗诗，得六十六首，将付枣梨。因持示予，并请予序，予抚卷叹息。摘其警句，令诸女孙向月下朗吟，觉昔时咏絮颂椒风度，恍在目前，不禁涕泪交堕。夫自先忠敏弃世以来，恃子若女，相依膝下，或对雪联吟，或看花索句，聊藉风雅，以卒桑榆。今幼子见背，弱女云亡。即香奁丽句，亦仅存片羽。予复何心，能无悲悼。且吾女自幼工诗，每得句即为先忠敏所称赏。今既从先忠敏游地下，想夜台中定多佳什，而未亡人尚延视息，勿获相从，是益增吾痛也。年老多病，言不能文，漫书数言，以志哀感云尔。①

在女祁德琼亡故后十二年，商景兰为其遗作撰序。忆及亡女自幼工诗，有咏絮颂椒之才，曾经一门联珠、诗文唱和的生活，不禁涕泪交错。悲悼之情实浓，却语有节制，言有尽而意无穷。文辞简洁生动，感情醇厚，清词丽句间颇得晚明小品文的风采，展现出清高拔俗的风韵。

王端淑，号映然子，山阴人，明末侍郎王思任女，夫丁肇圣明末任衢州推官，入清不仕。顺治间朝廷慕其才名，欲延聘其入宫教导嫔妃公主。王端淑秉承父训，辞不应聘，在诗文中自许为女遗民。王端淑于诗文诸体，无不精通，才华卓荦，工诗善书，尤长史学，著述宏富，有《吟红集》传世，所编《名媛诗纬》为一代巨制。姊王静淑，亦以诗词闻名。与商景兰同为山阴才媛，交游密切。

王端淑得清初遗民王猷定作传，称其幼年聪慧绝伦，又特立独行："喜为丈夫妆，常剪纸为旗，以母为帅，列婢为兵将，自行队伍中，拔帜为戏"，成年后"读书自经史及阴符老庄内典稗官之书，无

————————

① 商景兰：《琴楼遗稿·序》，祁彪佳《祁彪佳集》，中华书局1960年版，第297页。

不流览淹贯"①。作诗一如其人，颇有闺阁雄风，在《名媛诗纬》中论杜琼枝诗称："廖廖天地，才情本少……女人直可斩将擒王，攻城略地，目无全垒矣。何独琼枝，天下大抵若是。"②由此可见其自信洒脱，英气超拔的志向和胸襟。王端淑为明清之际的烈士撰写六篇传记，对反清殉难死节者的时地、方式进行论断。如对其父王思任以礼部右侍郎的身份在清兵攻陷绍兴后未能立即以身殉国，后来绝食而死，王端淑就父亲殉节的坚定决心予以辩说，比之伯夷叔齐义不食周粟的节义。王端淑的六篇传记收入张岱的《石匮书后集》，该书是张岱记录崇祯朝及明亡后诸王及君臣始末之著，由此可见王端淑对于故家旧国的眷怀，对殉节英烈的推重之情。所著《吟红集》共三十卷，收录了诗、词、赋、序、记、赞、奏疏、行状、墓志铭等多种体裁，有钞本传世。这部诗文集文辞多激切，中有大量抒写遗民情怀之作，其中卷二一、二二两集记述了国变后浙江忠臣义士的死难事迹，如山阴刘宗周、祁彪佳、吴从鲁等一大批殉国志士的始末皆入其笔下。

　　清初，因战乱频仍，王端淑家庭陷入困顿，生活靠亲友接济。故而外出谋生，与吴山交游，为"闺塾师"，得以结识四方名流，并能相与唱和，在《吟红集·出门难》一诗中有"静思今日言，犹忆去年昔。寒风卷幽窗，居市仍如僻。舌耕暂生为，聊握班生笔"之语。王端淑的遗民之志如其自道之语，"逸同篱菊仍思晋，志老山薇亦傲周"，这种心系家国的苍劲之笔在《吟红集》中俯拾皆是。遭逢世乱，抒写家国悲情之时，女性作家往往笔挟风霜，一改传统士大夫易代之际歌哭哀唱的弥曲弥深，直抒内心的凄怆悲怀，呈现出雄健悲愤的诗风。王端淑诗作中，最引人入胜的便是那些以歌行体抒写家国之悲、声气激荡的篇章。收入《吟红集》的歌行体有《苦难行》《叙难行》诸作，最精彩的堪属《悲愤行》，该诗拟汉末蔡琰的五言《悲愤

---

　　①　王猷定：《王端淑传》，王端淑辑《名媛诗纬》卷四《正集二》，清康熙山阴王氏清音堂刻本。
　　②　王端淑辑：《名媛诗纬》卷二二《闰集上》，清康熙山阴王氏清音堂刻本。

诗》所作。蔡文姬博学能文，善于辞赋，采用长篇叙事诗的形式真实地记录了女诗人在汉末战乱和滞留胡地的悲惨遭遇，其才学和经历与明末才媛王端淑颇有相似之处。王端淑的《悲愤行》描写的是国变之后，女诗人仓皇避祸的悲辛境遇：

> 凌残汉室灭衣冠，社稷丘墟民力殚。勒兵入寇称可汗，九州壮士死征鞍。娇红逐马闻者酸，干戈扰攘行路难。予居陋地不求安，叶声飒飒水漫漫。月催寒影到阑干，长吟汉史静夜看。思之兴废冷泪弹，杜鹃啼彻三更残。何事男儿无肺肝，利名切切在鱼竿。椎击始皇身单弱，谋虽不成心报韩。天风借吹膻血干，征贤深谷出幽兰。①

诗歌中援用蔡琰《悲愤诗》诗意，将入侵者视为来自蛮荒之地的寇仇，并且巧妙地借用"汉室""汉史"来隐喻明朝，史家的春秋笔法在这首长篇歌行中展现得淋漓尽致，这种用事、用典的笔法也让诗歌成功避开文祸，流传至今。王端淑在这首诗歌中不仅描述了兵荒马乱中社稷凌残、薙发易服、红颜惨遭掳掠的家国悲剧，更注入了自己对社稷倾覆的思考。"何事男儿无肺肝，利名切切在鱼竿"一句直露地批评文人士大夫在家国存亡的多事之秋汲汲于名利，以致异族入侵，山河易主，黎民百姓身被伐戮。在长吟史事、忧思兴废之余，女诗人以杜鹃啼血之情，追慕秦末张良心系旧国，在博浪沙刺杀秦始皇的英雄事迹。时人在评价王端淑诗歌时称道其以妇人之身而怀魁梧奇伟之志，作魁梧奇伟之文，对其诗歌中的豪杰之气予以肯定。

身罹家国忧患，王端淑在歌诗行吟中见证乱离，如《代夫子赠钱子方兼呈周又元》一诗："去冬滞虎林，运薄厄阳九。栖窘岁已终，兵临夺鸡狗。余本儒门儿，况兼挈家口。身心两彷徨，无策止束

---

① 王端淑：《吟红集》卷三，《清代诗文集汇编》编纂委员会编《清代诗文集汇编》第八二册，上海古籍出版社2010年版。

手。……买舟江上回，敢避风雪走。青衫破一襟，两袖将露肘。画卷置舆中，携粮不满斗。"①这种以实录的笔法记录家国乱离中的悲戚遭遇，上承蔡文姬《悲愤行》、杜甫的"三吏""三别"的"诗史"特质，以故国文姬之身，抒发杜陵诗史之感，在王端淑《吟红集》中俯拾皆是。如"新亭景物悲千古，旧事沧桑泣数行"（《次韵答李季子》）、"更增禾黍叹，歧路惜王孙"（《次周风远江岸韵》）、"草庐风度空如磬，败壁尘蒙冷敝锅"（《中秋乏炊》）、"袭袭阴风吹古木，燐燐鬼火照孤丘"（《吊古冢》）等句，形象生动地再现了个人遭际和社会生活的广阔画面。

---

①　王端淑辑：《名媛诗纬》初编第四二卷，清康熙山阴王氏清音堂刻本。

第八章

晚明以降女性书写与文以载道

第一节　女性书写与文人品评

明清之际，商景兰挺秀于江南女性作家群体，以其卓越的才学和创作引领江南才媛，并展开广泛的交游，越出闺阁，与中下层女性作家酬赠唱和。商景兰及其女、媳与其时著名中下层才媛黄媛介、吴山等人往来频繁。黄媛介，字皆令，浙江秀水人。一生创作颇丰，以诗文、书画为世所称道。兄黄象山、姊黄媛贞俱擅诗文。黄媛贞年十五岁时，能诗词，擅书法，为贵阳知府朱茂时聘娶。朱茂时为朱彝尊伯父，可见黄氏一门亦是英才济济的书香世家。黄媛介幼年与布衣杨世功订婚，夫家一贫如洗，媛介却不改初衷，嫁作布衣妇。又逢鼎革之变，故而一生颠沛流离，生活艰辛，鬻卖书画，为求生存游走于豪贵朱门间，作闺塾师。在北至京师时，一两年间，幼子幼女先后夭亡，黄媛介伤心特甚，染疾南归。施闰章的《黄皆令小传》中记录了其在乙酉国变前后的行迹：

> 家被蹂躏，乃跋涉于吴越间，困于檇李，踬于云间，栖于寒山，羁旅建康，转徙金沙，留涉云阳，其所记述多流离悲戚之辞，而温柔敦厚，怨而不怒，既足观于性情，且可以考事变。此

闺阁而有林下风者也。[①]

所谓林下风者，指女性神情散朗、清心玉映的闲雅风度。黄媛介博学才高，为生计所迫，流离各地。困顿的人生遭际带来更为广泛的唱和交游文化圈。据小传云："（皆令）尝栖山阴梅市，与诸大家名姝静女唱酬，有《越游诗》。"考诸黄媛介现存诗词，可知其与商景兰及女、媳有密园唱和、寓山赋诗之举。在商景兰及其女、媳诗词中，更可见证与黄媛介的频繁交游。商景兰、祁德琼、祁德茝、张德蕙、朱德蓉皆有《送别黄皆令》的同题诗作。

黄皆令以中下层才媛和闺塾师的身份与商景兰及祁氏闺秀群体交游，拓宽了世家闺秀的生活面。以黄媛介为桥梁，沟通了世家名媛与中下层才媛，甚至江南名妓的文化交游。黄媛介与柳如是为密友，据钱谦益《黄皆令新诗序略》云："吾楼新成，河东邀皆令至止，砚匣笔床，清琴柔翰。挹西山之翠微，望东山之画障。丹铅纷绘，篇什流传，中吴闺闼，侈为盛事。"[②]黄媛介与柳如是同乡，皆浙江秀水人，虽不知两人订交于何时，但结为文字交，在新落成的绛云楼吟诗作画，篇什流传，为吴中一时之盛事。由此也映照出明末清初宽松开放的社会风气，才媛与名妓的交往并未受到礼教舆论的约束。黄媛介的交游几乎遍及闺秀士林，"播迁所至，有知者时相饷遗……还家湖上，有好事者传其笔墨，一时名卿士大夫如吴祭酒梅村辈皆称异之，名日起。世功用是以布衣游公卿间，持书画片纸，或易米数石"[③]。可见黄媛介虽家世贫寒，却能凭借才学扬名立身于公卿间，"倚马自命，落纸如烟，三吴八越，啧啧称赏"[④]，厕身士林，其夫亦能凭妻显贵。虽如此，黄媛介这种超越封建社会女性规范的思想和举动还是

---

① 施闰章：《黄皆令小传》，《施愚山集》，黄山书社1992年版，第352页。

② 汪启淑：《撷芳集》卷一四，清乾隆五十年古歙汪氏飞鸿堂刊本。

③ 施闰章：《黄皆令小传》，《施愚山集》，黄山书社1992年版，第352页。

④ 王端淑辑：《名媛诗纬》卷八，清康熙山阴王氏清音堂刻本。

招来了一些士人的非议，如俞右吉曾评价道："皆德为贵阳朱太守房老，深自韬晦，世徒盛传皆令之诗画，然皆令青绫布障，时时载笔朱门，微嫌近风尘之色，不若皆德之冰雪净聪明也。"①对黄媛介越出闺阁，有悖于"内言不出阃"的四处流离之举颇有微词。黄媛介亦曾对此自辩曰："虽衣食取资于翰墨，而声影未出于衡门。"②这种自我申诉在面对流言蜚语时显得十分薄弱无力。即使在晚明开放的社会风气下，对女性的闺范和妇德要求也并未放松。黄媛介执意嫁给一贫如洗的杨世功，拒绝复社名流张溥以千金为聘礼的求婚，不悔婚约，实际上这是她在封建社会对女性严苛要求下从一而终，不得已作出的必然选择。

在地域范围上，黄媛介的文学交游活动也几乎涵盖了整个江南，嘉兴归淑芬，上虞郑庄范，长洲赵昭，吴江沈宜修家族，皆在其交游之列。广泛的社会交游和生活阅历拓展了黄媛介的创作内容，提升了其诗词文的思想价值。商景兰曾以"才华直接班姬后，风雅平欺左氏余"之语高度赞扬黄媛介的诗才，举班昭、左芬的才华风度以提高其在公共领域的文学令名。与商景兰、黄媛介交好的吴山，被时人目为"女遗民"。吴山，当涂人，工书画，有《青山集》。梁乙真的《清代妇女文学史》中载有清初江西宁都遗民魏禧为《青山集》所作序，云："夫人吐词温文，出入经史……天下称其诗者垂四十年。"又云其诗歌风格"清新隽逸，迥异时流。可以觇见其胸次"③。吴山女卞梦钰，幼承母教，翰墨辞章，无不通博，其名传于吴越，有《绣阁遗草》一集。吴伟业十分推重吴山母女，题诗称赏之。邓汉仪也题赠吴山《青山集》曰："江湖萍梗乱其身，破砚单衫相对贫。今日一灯花雨外，青山自署女遗民。"④《青山集》乃慷慨悲歌，寄寓亡国之痛

---

① 朱彝尊：《静志居诗话》卷二三，人民文学出版社1990年版，第396页。

② 徐树敏、钱岳选：《众香词》，上海大东书局1933年版。

③ 梁乙真：《清代妇女文学史》，中华书局1927年版，第12页。

④ 吴颢原编，吴振棫重编：《国朝杭郡诗辑》卷三〇，清同治十三年钱塘丁氏刻本。

所作。国变后吴山漂泊流离，转徙江淮间，寓居西湖三年。遭逢不幸的人生境遇，她却能自觉地担负起见证家国离乱的使命，在诗作中慷慨言怀，抒发黍离之悲。其《清明》一诗曰："而今何处觅桃源，风雨清明且闭门。春草萋萋归不得，江南多少未招魂。"①将故国前朝比作"桃源"胜地，伴随着异族入侵，金戈铁马打破了昔日安定和平的生活，在清明时节紧闭门扉，听着凄风冷雨，纵已是芳草萋萋，王孙却无处可归，江南又有多少为国捐躯的游魂在四处飘荡流离……吴山在清初自甘为遗民的气节赢得了时人的敬重，寓居西湖时家贫，得到钱塘县令分俸供给，传为佳话。与黄媛介、柳如是订文字交相似，吴山在清初也常伴秦淮八艳之横波夫人顾媚游，事见《明事杂咏》："山人一派起嘉隆，末造红裙慕此风。黄伴柳姬吴伴顾，宛然百谷与眉公。"②女山人，指女清客之流，或因书画，或以诗词，交游唱和。吴山与徐智珠友善，智珠即顾媚在嫁与龚鼎孳后改换的姓名。借顾媚的引荐，龚鼎孳与吴山和诗颇多，存于《定山堂集》中。

中下层女性作家黄媛介、吴山等人与江南名妓缔结文字交，借助江南名妓的交游圈结交士林，进一步扩大声名。清初文坛大家如钱谦益、吴伟业、龚鼎孳、魏禧、毛奇龄等人为黄媛介题序赠诗，对其才学表达认同，毛奇龄有《黄皆令越游草题词》，吴伟业有《鸳湖四章》投赠。钱谦益又在黄媛介诗集序中称：

> 今年冬，余游湖上，皆令侨寓秦楼。见其诗骨格老苍，音节顿挫，云山一角，落笔清远，皆视昔有加，而其穷亦日甚。湖上之人有目无睹，蝇鸣之诗，鸦涂之字，互相题拂，于皆令莫或遇而问焉。衣帔绽裂，儿女啼号，积雪拒门，炊烟断续，古人赋士不遇，女亦有焉……世非无才女子，珠沉玉碎，践戎马而换牛

① 吴山：《清明》，徐世昌编《晚晴簃诗汇》卷一八三，中华书局1990年版，第8061页。
② 谢兴尧：《谈明季山人》，《堪隐斋随笔》，辽宁教育出版社1995年版，第241页。

羊，视皆令何如？皆令虽穷，清词丽句，点染残山剩水间，固未
为不幸也。①

黄媛介岂非无才，却不遇于当世，遭际困顿多舛，此为其不幸；
虽生活窘迫，却能为清词丽藻，得遇见知于文坛耆宿、闺秀才媛，此
又为其幸也。钱谦益特以文坛宗主的身份为黄媛介诗文集题序，以示
奖掖扶持：

今天下诗文衰熸，奎璧间光气黤然。草衣道人与吾家河东
君，清文丽句，秀出西泠六桥之间。马塍之西，鸳湖之畔，舒月
波而绘烟雨，则有黄媛介皆令。吕和叔有言："不服丈夫胜妇
人。"岂其然哉？皆令本儒家女，从其兄象三受书，归于杨郎世
功，歌诗画扇，流传人间。晨夕稍给，则相与帘阁梯几，拈仄
韵，征僻事，用相娱乐而已。有集若干卷，姚叟叔祥叙而传之。
皆令又属杨郎过虞山，传内言以请序于余。余尝与河东评近日闺
秀之诗，余曰："草衣之诗近于侠。"河东曰："皆令之诗近于
僧。"夫侠与僧，非女子之本色也。此两言者，世所未喻也。皆
令之诗曰："或时卖歌诗，或时卖山水。犹自高其风，如昔鬻草
履。"又曰："灯明惟我影，林寒鸟稀鸣。窗中人息机，风雪初
有声。"再三讽咏，凄然怵然，如霜林之落叶，如午夜之清梵，
岂非白莲、南岳之遗响乎？河东之言僧者信矣。由是而观，草衣
之诗可知已矣。叔祥之序，荟萃古今淑媛以媲皆令，累累数千
言。譬之貌美人者，不论其神情风气，而必曰如王嫱，如西施，
如飞燕、合德，此以修美人之图谱则可矣，欲以传神写照，能无
见笑于周昉乎？癸未九月，虞山牧斋老人为其序②

———————

①　钱仲联主编：《清诗纪事》第二二卷，江苏古籍出版社1989年版，第
15606页。
②　钱谦益：《钱牧斋全集》卷二，上海古籍出版社2003年版，第967页。

此序收于钱谦益《列朝诗集》之"闰集"的"香奁"部分。"闰"，与正相对，为"余"之意。虽将女性诗作收入闰集，却并非轻视女性文学之意，只是承继历来的总集编纂体例，将女性诗、僧道、外国诗置于一集。就收录规模而言，不啻是对中晚明女性诗歌发展和繁荣的肯定。所谓"香奁"一词，语出《玉台新咏》，序言中有"猗与彤管，丽以香奁"之句，借物件来代指女性翰墨书写之事，渊源已久。至于明代，女性诗文集命名用"妇人""贤媛""名媛""闺秀"之称，比比皆是。钱谦益特选"香奁"，语有出处，又能涵盖中晚明以来女性作家来自各个阶层的复杂身份，可谓精当。闰集"香奁"分为上、中、下三部分，划分标准根据女性作家的身份阶层而定。宫闱中的帝妃、郡主，受封诰命的女性作家在"香奁上"部分，"香奁中"则以良家闺秀作家为主，"香奁下"收录的是江南名妓的诗作。当然，身份地位只是划分的基本标准，德行的优劣可以决定品第的升降。黄媛介属于闺秀作家，其作品归入"香奁中"。

在《士女黄皆令集》序中，钱谦益首先总述天下文势衰歇。明清之际竟陵诗风盛行于世，有"楚风今日满南州"之谓。钟惺、谭元春沿袭公安派的性灵主张，试图以"幽情单绪，孤行静寄"的诗学精神来救正公安派末流油滑浅薄的倾向。竟陵诗派在明末尤其是亡国之后被恶谥为"楚咻"，特别是钱谦益以文坛执牛耳的身份出于维护正统大义而不顾友情大加讨伐，冠以"犯上作乱""诗妖"的恶名。其中的是非评判自是诗学研究的公案，暂且不论。以此作为背景，有助于解读这篇序言。

序中称河东君柳如评价黄媛介诗近"僧"，枚举皆令诗句称赏其诗风如霜林落叶，午夜清梵，嗣响白莲南岳。黄媛介诗集先有姚叔祥作序，洋洋洒洒，荟萃古今淑媛媲于黄媛介，钱谦益却指出这种做法可用来修美人图谱，却无法传神写照，描摹出美人的神情风气，道不出皆令诗文的真实本色。

草衣道人，指广陵名妓王微，与柳如是两人在明末并称于天下。王士禄的《宫闺氏籍艺文考略》中称："王微，字修微，小字王冠，自号草衣道人，广陵妓，先归茅元仪，后归许都谏誉卿。所著有《远游篇》《宛在篇》《闲草》《期山草》《未焚稿》等集；又撰《名山记》数百卷，自序以行世。"①钱谦益《牧斋初学集》中盛称王微与柳如是之文才，有绝句两首：

> 不服丈夫胜妇人，昭容一语是天真。
> 王微杨宛为词客，肯与钟谭作后尘。
> 草衣家住断桥东，好句清如湖上风。
> 近日西陵夸柳隐，桃花得气美人中。②

西泠六桥有王微、柳如是，以清文丽句艳称于世，而身处余杭以西嘉兴鸳湖的黄媛介亦以歌诗画扇称名当世。此序言为黄媛介嘱托其夫杨世功拜访钱谦益所作，可见杨世功确能凭借黄媛介才名以布衣身份游谒于朱门。

钱谦益赞扬女性诗才，评点王微诗近"侠"。王微诗文之侠气，一如其人，胆气过人，不亚须眉，如晚明文坛耆宿陈继儒撰《微道人生圹记》中载其"尝行灵隐寺门，见白猿坐树端，迫之，展翅疾飞去。包园夜半，有两炬烛射窗逢上，谛视之，虎也，修微挑灯吟自若"③，从中得见王微胆识过人，面对白猿猛虎皆泰然自若。钱谦益《列朝诗集小传·闰集》载王微生平逸事，不仅可见其胆识，更以气节近侠、情志高蹈而赢得令誉：

> 微，字修微，广陵人。七岁失父，流落北里。长而才情殊

① 王士禄：《宫闺氏籍艺文考略》，胡文楷编著《历代妇女著作考》，上海古籍出版社2008年版，第88页。

② 钱谦益：《与姚叙祥记诗戏题十六首》之十一、十二，《牧斋初学集》卷一七，上海古籍出版社2003年版，第606页。

③ 陈继儒：《微道人生圹记》，《晚香堂小品》卷一九，上海杂志公司1936年版，第350页。

众，扁舟载书，往来吴会间。所与游，皆胜流名士。已而忽有警悟，皈心禅悦。布袍竹杖，游历江楚，登大别山，眺黄鹤楼、鹦鹉洲诸胜，谒玄岳，登天柱峰，溯大江上匡庐，访白香山草堂，参憨山大师于五乳。归而造生圹于武林，自号草衣道人，有终焉之志。偶过吴门，为俗子所嬲，乃归于华亭颍川君。颍川（许誉卿）在谏垣，当政乱国危之日，多所建白，抗节罢免，修微有助焉。乱后，相依兵刃间，间关播迁，誓死相殉。居三载而卒。颍川君哭之恸。君子曰："青莲亭亭，自拔淤泥，崐冈白璧，不罹劫火，斯可为全归，幸也！"修微《樾馆诗》数卷，自为叙曰："生非丈夫，不能扫除天下，犹事一室，参诵之余，一言一咏，或散怀花雨，或笺志水山。喟然而兴，寄意而止，妄谓世间春之在草，秋之在叶，点缀生成，无非诗也。诗如是可言乎？不可言乎？"性好名山水，撰集《名山记》数百卷，自为叙以行世。①

由此可知王微扁舟出游，与吴会间的名士交游，如茅元仪，竟陵派钟惺、谭元春等人。谭元春为王微诗稿《期山草》作小引一篇，从多个角度褒扬王微，刻画出一位个性鲜明、超凡脱俗的奇女子：

己未秋阑，逢王微于西湖，以为湖上人也。久之复欲还苕，以为苕中人也。香粉不御，云鬟尚存，以为女士也。日与吾辈去来于秋水黄叶之中，若无事者，以为闲人也。语多至理可听，以为冥悟人也。人皆言其诛茅结庵，有物外想，以为学道人也。尝出一诗草，属予删定，以为诗人也。诗有巷巾语、阁中语、道中语，缥缈远近，绝似其人。苟奉倩谓："妇人才智不足论，当以色为主。"此语甚浅。如此人此诗，尚当言色乎哉？而世犹不知，以为妇人也。②

---

① 钱谦益：《列朝诗集小传》，上海古典文学出版社1957年版，第760页。
② 谭元春：《期山草·小引》，田秉锷选注《谭友夏小品》，文化艺术出版社1996年版，第161页。

这篇引文简短流畅，对王微生平叙述生动，刻画其与诸名士驾舟往来于秋水黄叶间的场景，别有韵致。于一身兼湖上人、女士、闲人、道人、诗人等多重个性特征，体现了王微顺应晚明个性解放潮流而形成丰富的性格特征。诗绝似其人，王微丰富的人生经历充实着其诗歌内容和感情色彩，其诗作中包罗市井语、闺阁语、道教用语，诗才超拔。谭元春与王微颇以知己相许，故而在撰述行文间苦心孤诣，对这位才情纵横的奇女子予以褒扬，并且对三国时期荀粲轻视女性才智的言辞进行批评。

王微一生好入名山游，惜其所撰名山记文今不传于世。出游后归而建生圹于武林，释怀生死，此为其胆识之雄；适许誉卿之后，逢朝政危亡之日，王微能助夫谏言，此为其智谋过人；国乱后颠沛流离，王微能心怀死志，心系天下。因此，钱谦益以非女子本色之"侠"概括王微其人其作，可谓精当。

王微与柳如是皆为歌妓，黄媛介为中下层才媛，商景兰是世家闺秀，作为身处晚明社会不同的社会阶层，却能平等自由地以诗文为媒介相互沟通交游，吟咏唱和。王微其人其作近"侠"，这种侠气对晚明女性而言，是并不鲜见的。晚明江南名妓大多崇尚"侠"风，追求人格的独立和精神的自由。如马湘兰、薛素素、李姬之流，皆好侠，以放诞不拘的奇闻趣事著称一时。如"秦淮八艳"之一的寇湄曾"以千金予保国赎身，匹马短衣，从一婢而归。归为女侠，筑园亭，结宾客，日与文人骚客相往还。酒酣耳热，或歌或哭，亦自叹美人之迟暮，嗟红豆之飘零也"①。这种放诞不拘近于侠风的言行是对封建伦理规范的挑战和反拨，对封建社会女性悲剧命运的抗争，也是传统人文精神在晚明社会的集中展现。

在中国传统文化中，"人文"一词，首见于《周易·贲卦·象传》："刚柔交错，天文也。文明以止，人文也。观乎天文，以察时

---

① 张潮辑：《虞初新志》卷二〇，上海古籍出版社2012年版，第281页。

变。观乎人文，以化成天下。"①此处"人文"于"天文"相对，涵盖着人类最原始朴素的世界观，并非后来所指社会人伦之意。施议对先生曾对"人文"之义条分缕析，仔细辩驳："天文和人文，一个指天上的纹理，一个指地上的纹理。天上的纹理，由日月星辰的运作所构成，地上的纹理，由山川河岳的变化所构成。地上的纹理与天上的纹理相对应，要知道地上的情况，包括自然物象和社会事相的变化，就得观察天上的情况。天地之间互相感应，天人合一，人与自然互惠。"②

此后，先后有王弼、孔颖达、程颐等诸位儒学名家对"人文"要义作出注解。儒家独尊地位的确立，使得"人文"之要义逐渐发展为儒家学派用礼乐化成天下的理想，即"人文化成"思想。作为儒家推崇的伦理道德文化，这种人文化成思想实际上是人本思想，即孟子提出的民贵君轻的民本思想。钱穆先生在《中国学术通义》中指出："中国文化之独特性，偏重在人文精神一面，中国学术亦然。"③可见人文精神在中国文化中的重要性。当然，人文精神作为中国文化中的一个宏大命题，具备丰富的内涵，并不仅见于儒家思想，道家、佛家思想中的人文意识也是题中之意。

人文精神在内容上首先是人格精神的集中反映。具体而言，人文精神可以落实到不同时代、不同社会中每一个独立个体所具备的人格精神上。通过社会精英尤其是士大夫阶层在不同时代的生存际遇、文化活动和人格追求，可以观览传统文化中人文精神的概貌。在儒、释、道三家中，尤以儒家思想对人格精神最为偏重。如《论语》中孔子谓子夏曰："汝为君子儒，毋为小人儒！"④孔门四科将"德行"置于首位。古代圣贤儒者注重学养，知行合一，于内倡导修身养气，

① 宋祚胤注译：《周易·贲卦·彖传》，岳麓书社2000年版，第111页。

② 施议对：《人文视角下的李白与杜甫》，《西北师范大学学报》（社会科学版）2017年第3期。

③ 钱穆：《中国学术通义》，九州出版社2012年版，第4页。

④ 孔子著，杨伯峻、杨逢彬注释：《论语》，岳麓书社2000年版，第51页。

于外则践行社会责任、文化使命。

传统文化对人文精神内涵的解读不尽相同，然而合乎人性、重视人的个性和价值，与此相关的人文精神内涵，是随着时世、社会的嬗变得以强化的。尤其在晚明以降，在心学的鼓扬之下，形成普遍的个人生命意识觉醒和情欲的张扬，开启了思想启蒙和解放的新思潮。考察晚明的江南社会，不容忽视的是秦淮河畔的那一群艳照青史的秦淮名妓。她们诗韵骚雅、道德气节兼具，所展现的高尚的人格精神甚或让江南士人黯然失色。她们的出现，也是晚明社会、历史与文化遇合的必然。清初孔尚任的《桃花扇》用笔墨点染出晚明秦淮名妓中不让须眉的一代红妆李香君，其高扬的民族气节，更彰显出晚明江南的人文精神。

《桃花扇》作为古代戏曲的压轴之作，清代传奇的"双璧"之一，再现和总结了南明弘光王朝的兴亡始末。正如孔尚任在《桃花扇·小引》中明确地宣布的创作宗旨：

> 《桃花扇》一剧，皆南朝新事，父老犹有存者。场上歌舞，局外指点，知三百年之基业，隳于何人？败于何事？消于何年？歇于何地？不独令观者感慨涕零，亦可惩创人心，为末世之一救矣。①

作者巧妙借用秦淮歌妓李香君和复社公子侯方域的情事，明写"离合之情"，暗寓"兴亡之感"，将爱情与政治融于一体，互为因果，跳出了传统小说中才子佳人的俗套，这既是对古代爱情传奇的新发展，也是用于惩创人心，劝讽当世，寄托着作者对于明代覆亡的思考。

孔尚任在《桃花扇》中用春秋笔法塑造出晚明"秦淮八艳"之李

---

① 孔尚任著，王季思、苏寰中合注：《桃花扇》，人民文学出版社2005年版，第1页。

香君这一可歌可泣的名妓形象。以李香为代表的这一批高扬气节的秦淮名妓，之所以能镌刻于青史，不仅缘于其生长于独特的晚明女性文学环境中，更脱离不了其时党社名流的推重以及与明遗民人格精神的契合。

　　秦淮名妓与东林党人、名士清流交游，品诗鉴词，谈书论画，形成互相依倚、张扬的关系。"任何一名妓女，只要得到东林人士的推许，便会身价陡增，车骑盈门"①。晚明的江南出现了很多像李香君与侯方域、柳如是与钱谦益、董小宛与冒辟疆、李贞丽与陈贞慧这样的佳偶。名妓与名士互相推重、欣赏，平等交流，在与名士精英的长期接触中，秦淮名妓的精神境界得以提高。追求志趣相投的爱情婚姻，敬重高节义行，渴望参与国事，爱憎分明，这些成为秦淮名妓共有的人格精神。她们虽生长于污浊的泥淖，却超脱普通绮罗香泽、剪红刻翠的闺阁女子，在南明权贵醉生梦死之时，敢于用自己羸弱的肩膀担负起一个时代，让堂堂须眉掩面愧叹。她们成为封建社会被禁锢女性个性解放的先导，为温软香艳的青楼文化注入刚性的气息。

　　明遗民余怀有《板桥杂记》一书，中录秦淮名妓三十五人，党社名流若干，秉风人之旨，内寓褒贬，记诸妓名流间事。余怀本优游于秦淮诸艳中，与李湘真等名妓交游，明亡后感慨触痛颇深，于是用春秋笔法作此书，将内心沉痛的黍离之悲托意于旧日的风流绮艳，"岂徒狭邪是述，艳冶之是传也哉！"②缅怀与追忆，反省与沉思，悔恨与伤悼，成为明遗民创作的共同主题。《桃花扇》的创作也继承了这一主题。在《桃花扇本末》中，孔尚任述其创作源起："独香姬面血溅扇，杨龙友以画笔点之，此则龙友小史言于方训公者。虽不见诸别籍，其事则新奇可传，《桃花扇》一剧感此而作也。"③孔尚任在族兄方训公孔尚则、舅翁秦光仪处得闻弘光遗事，又与遗民僚辈饮宴谈

　　①　陶慕宁：《青楼文学与中国文化》，东方出版社1993年版，第174页。
　　②　余怀：《板桥杂记》，江苏文艺出版社1987年版，第1页。
　　③　孔尚任著，王季思、苏寰中合注：《桃花扇》：人民文学出版社2005年版，第3页。

及香君奇事，搜讨旧闻，拟作此传奇。在创作《桃花扇》时，孔尚任对余怀的《板桥杂记》也有所借鉴。康熙刊本的《桃花扇》在《考据》中即附有《板桥杂记》十六条①，其中的"李香"一条，即为《桃花扇》中李香君形象的原型。侯方域在其《壮悔堂文集》中为爱妾李姬单独立传：

　　李姬者，名香，母曰贞丽。贞丽有侠气，尝一夜博，输千金立尽。所交接皆当世豪杰，尤与阳羡陈贞慧善也。姬为其养女，亦侠而慧，略知书，能辨士大夫贤否，张学士溥、夏吏部允彝亟称之。少风调，皎爽不群。十三岁从吴人周如松受歌玉茗堂四传奇唑，皆能尽其音节，尤工《琵琶词》，然不轻也。雪苑侯生，己卯来金陵，与相识。姬尝邀侯生为诗，而自歌以偿之。初，皖人阮大铖者，以阿附魏忠贤论城旦，屏居金陵，为清议所斥。阳羡陈贞慧、贵池吴应箕实首其事，持之力。大铖不得已，欲侯生为解之，乃假所善王将军，日载酒食与侯生游。姬曰："王将军贫，非结客者，公子盍叩之？"侯生三问，将军乃屏人述大铖意。姬私语侯生曰："妾少从假母识阳羡君，其人有高义，闻吴君尤铮铮，今皆与公子善，奈何以阮公负至交乎？且以公子之世望，安事阮公！公子读万卷书，所见岂后于贱妾耶？"侯生大呼称善，醉而卧。王将军者殊怏怏，因辞去，不复通。未几，侯生下第。姬置酒桃叶渡，歌《琵琶词》以送之，曰："公子才名文藻，雅不减中郎。中郎学不补行，今《琵琶》所传词固妄，然尝昵董卓，不可掩也。公子豪迈不羁，又失意，此去相见未可期，愿终自爱，无忘妾所歌《琵琶词》也！妾亦不复歌矣！"侯生去后，而故开府田仰者，以金三百锾，邀姬一见。姬固却之。开府惭且怒，且有以中伤姬。姬叹曰："田公岂异于阮公乎？吾向之所赞于侯公子者谓何？今乃利其金而赴之，是妾卖公子矣！"卒

<hr />

① 袁世硕：《孔尚任年谱》，齐鲁书社1987年版，第282页。

不往。①

侯方域，字朝宗，号雪苑，商丘人。在明末与方以智、陈贞慧、冒襄齐名，合称复社"四公子"。顺治八年（1651年），参加乡试，中副榜。能诗，工古文，清初散文三大家之一，与魏禧、汪琬并称。著有《壮悔堂文集》《四忆堂诗集》等。侯方域撰写人物传记，形象生动，情节曲折，有唐传奇笔法。此篇散文生动地展现出这些特色。侯方域将一名身份地位卑微的歌妓之名赫然列于公卿士大夫中，可见其对李姬的仰慕和敬重。全文简洁流畅，主要赞颂了李香君明辨忠奸、不畏权贵、心系家国的高节义行。以时间推移为线索，以李姬和侯生的爱情故事为主体，首先概述其生活环境、"侠而慧"的个性特征及超群的歌技。追忆两人相遇相知之时，彼此唱和赠答，目成心许。短文第二部分集中在李姬劝诫侯生断绝与权奸阮大铖门客王将军的来往，保全名节和声望。最后部分叙述两人分别及别离后的生活。李姬置酒桃叶渡为侯生饯行，赠言"愿终自爱，无忘妾所歌《琵琶词》也"，别离情深却又深明大义地勉励侯生爱重名节。分别之后，李姬心意已决，不负侯生，面对阉党余孽田仰的威逼利诱，能够勇敢拒绝，展现出毫不妥协的铮铮傲骨。李姬"能辨别士大夫贤否"，并能言出必行，忠贞不二，置生死于度外。与李姬的义薄云天相比，侯方域在清初被迫应乡试之后，内心悔恨失节，最终抑郁而亡。《李姬传》一文生动地展现出侯方域内心的反省追悔意识和潜藏的遗民情怀。

孔尚任在创作《桃花扇》时以此侯方域《李姬传》为蓝本，其中的"却奁""拒媒"两出皆直接脱胎于《李姬传》。李姬爱重名节的高尚道德情操与遗民人格颇有共通之处，感染和震撼了侯方域、孔尚任等士人内心深隐的遗民情怀，推促士人为这位可歌可泣的秦淮名妓作传立说。儒家倡导"天下有道则见，无道则隐。邦有道，贫且贱

----

① 侯方域：《壮悔堂文集》，商务印书馆1937年版，第94页。

焉，耻也；邦无道，富且贵焉，耻也"①。于邦国无道之时，李姬耻于富贵，不慕荣利，劝谏侯方域勿如蔡中郎"学不补行"，"愿终自爱"，虽为名妓，位卑言轻，却能在易代之际心系君国，志存名节，这种强烈的忠孝节烈道德观实质上是传统儒家人文精神的体现。

视民族气节高于个人生命的人格精神，在明清鼎革之际广泛地见存于秣陵的秦淮名妓中。李香君不屈马士英、阮大铖的淫威，以头触柱，血溅桃花扇；董小宛杜鹃啼血，苦口婆心，力劝其夫冒辟疆拒绝出仕清廷；陈圆圆背负"冲冠一怒为红颜"的罪过，拒绝平西王妃的诰封，屡劝吴三桂反清复明不成，遁入空门；葛嫩被清军俘虏后，抗节不屈而亡；柳如是"拼得一命酬知己"，在清军兵临城下时，鼓动畏缩不前的钱谦益一起投水殉国……这些出身为被征服的贵族或籍没罪臣妻女的秦淮名妓，不仅有倾城之貌，操弹得顿老琵琶，吟唱得妥娘词曲，更凭借其贞骨凌霜、高风跨俗的侠肝义胆成为乱世中的巾帼英雄。秦淮名妓的聪慧多才、侠气节义是晚明社会动荡衰世中绽放异彩的亮色，她们不仅通过交游士林名家和闺秀作家，活跃文坛的诗文唱和，推动了晚明女性书写的繁荣，其自身的传奇经历和丰富的人格精神也化为文人笔下经典的艺术形象，成为文学书写中经久不衰的讴歌对象。历来女性作家的书写囿于狭窄的生活环境与贫乏的人生经历，艺术风格单一，题材思想呈现出鲜明的女性特质。明清国运陵夷、天崩地坼的家国巨变给其时繁荣的女性书写带来了巨大的冲击。身世浮沉和家国不幸的个人经历反而激发女性在文学书写中超越闺阁婉约言辞，感时伤乱，由此眼界遂大，感慨遂深。易代之际的家国巨变，不仅激励着文人士大夫用多种方式抒写国族命运与孑遗心理，女性作家亦将时代兴衰之感融入写作中，这种超越性别的、普遍存在的遗民情怀给予明清女性书写一种全新的独立精神。

女性作家在表达家国情怀时往往采用直接抒情的方式，或化用

---

① 孔子著，杨伯峻、杨逢彬注释：《论语》，岳麓书社2000年版，第73页。

指代鲜明的事典，或借用含义明确的意象，或激昂悲壮地直抒兴亡之感，体现出女性视角的历史关怀。古代社会中的女性书写行为本身便是人格独立和文学自觉的体现。世家大族中的女性作家得益于优良的家庭文教，浸润在丰富的诗文才艺中，人格得到较为全面的发展。明清之际的沧桑巨变不止给士大夫带来心灵的重创，对于女性作家而言，深沉的家国创伤直接激发了女性内心的责任与使命感，故而在明清之际大量以文学自任的女性作家认同遗民身份和心理，这种时代特色在清末孙静庵辑录的《明遗民录》中有所体现。该书收录了八百余遗民，其中包括若干女性遗民，如商景兰、刘淑英、王微等人，明确了这些女性作家的遗民身份。表达遗民身份的认同，抒写遗民心理和家国情怀，成为明清之际的女性作家交游、唱和的重要内容。

第二节　女性散文书写与文以载道

文以载道，是古典文学创作的基本观念之一，深刻地反映着儒家思想对古代文学的浸润。中国古代士人受到传统文化中儒释道精神的影响，在继承和弘扬儒教正统观念之余，也深受道家、禅宗思想的深刻影响。儒家"修身齐家治国平天下"的思想深深地渗透到每一个士人的人生理想中，然而当人生理想和社会现实发生冲突无法调和之时，士人则转求道家、禅宗思想，以求心灵的慰藉和苦难的解脱。

文以载道的基本观念在明代以前被涵盖在古文或曰散体文的创作中，至明清时期，则随着通俗白话文学的繁荣发展应用于古文文体之外的小说、戏曲传奇中。明代初期，在官方意识形态的严苛禁锢下，创作戏曲只能遵循统治者的要求，或歌功颂德，或表彰妇女守贞，或宣扬神仙道化，道德教化剧盛行一时。宁王朱权、周王朱有燉成为享誉一时的道教戏曲作家。朱权有《太和正音谱》，是明初重要的戏曲理论著作，其序云：

猗欤盛哉！天下之治也久矣。礼乐之盛，声教之美，薄海内

外，莫不咸被仁风于帝泽也。于今三十有余载矣。……夫礼乐虽
出于人心，非人心之和，无以显礼乐之和；礼乐之和，自非太平
之盛，无以致人心之和也。①

身为天潢贵胄，朱权在拥兵边疆戎马倥偬之时，不废戏曲研究，
对戏曲作家作品进行系统性的品评，并将戏曲的繁荣视为皇明太平之
治的产物。

高明在创作《琵琶记》时对其审美价值有着鲜明的自觉意识，
将其视作严肃的文学创作，以期接续诗词正统。在《琵琶记》第一出
"水调歌头"中，鲜明地提出创作主张：

秋灯明翠幕，夜案览芸编。今来古往，其间故事几多般。少
甚佳人才子，也有神仙幽怪，琐碎不堪观。正是不关风化体，纵
好也徒然。论传奇，乐人易，动人难。知音君子，这般另作眼儿
看。休论插科打诨，也不寻宫数调，只看子孝共妻贤。正是：骅
骝方独步，万马敢争先。②

由此可知，高明创作《琵琶记》的宗旨是事关风化，弘扬"有
贞有烈赵贞女，全忠全孝蔡伯喈"，即从维护伦理道德秩序的角度提
升戏曲的教化作用。一方面，迎合统治者的主流意识形态，明太祖朱
元璋对《琵琶记》十分赞赏；另一方面，从接续正统的角度提升戏曲
的文学地位。"不关风化体，纵好也枉然"，是文以载道思想在戏曲
这一文体中的反映。其后有成化弘治年间邱浚以文渊阁大学士的身份
作《五伦全备记》，从统治阶级的立场出发教化百姓，凭空杜撰出
五伦全这一人物，代统治阶级立言，思想陈腐，教条僵化，艺术价值
拙劣。

---

① 朱权：《太和正音谱》，中国戏曲研究院编《中国古典戏曲论著集成》
（三），中国戏剧出版社1959年版，第11页。

② 高明：《琵琶记》，中华书局1958年版，第1页。

随着明代中晚期心学的兴盛和个性解放思潮的鼓荡，城市的繁荣和市民阶层的壮大，代表着市民阶层审美意识的通俗文学蓬勃发展，戏曲创作摆脱了道德教化的束缚。从隆庆至万历年间，继承南戏传统的传奇大量涌现，题材丰富多样，尤以爱情题材的表现引人瞩目，如汤显祖的《紫钗记》和《牡丹亭》，特别是《牡丹亭》问世后，杜丽娘为情而生、为情而死的"至情"论和唯情论在中晚明社会激荡起巨大的影响。剧前有万历二十六年（1598年）清远道人题词：

> 天下女子有情，宁有如杜丽娘者乎？梦其人即病，病即弥连，至手画形容，传于世而后死。死三年矣，复能溟漠中求得其所梦者而生。如丽娘者，乃可谓之有情人耳！情不知所起，一往而深，生者可以死，死者可以生。生而不可以死，死而不可复生者，皆非情之至也。①

从中可见汤显祖作为泰州学派思想的继承者，在传奇中淋漓尽致地宣扬人性解放、爱情至上的理论，甚至公然称道"生而不可以死，死而不可以复生者，皆非情之至也"，这种重情尚真的论断对于中晚明社会处于封建礼教桎梏下的女性而言，无疑是振聋发聩的宣言，激励着封建社会的女性追求自由自主的婚姻爱情。重情尚真不啻是对严格意义上继承程朱理学的文以载道思想之反拨和救正，也给明初以来沉闷的充满理学气息的文坛注入了生气蓬勃的新鲜气息，推动了晚明女性的自觉和自主意识的萌发。晚明文坛竟陵诗风盛行，受尚情重真风气的影响，钟惺以诗坛领袖的身份从专业性的角度看待女性诗文创作，褒扬女性诗歌发乎性情的清丽本色，其《名媛诗归序》称道：

> 诗也者，自然之声也，非假法律模仿而工者也。……若夫古今名媛，则发乎情，根乎性，未尝拟作，亦不知派，无南皮西

---

① 汤显祖，黄仕忠校点：《牡丹亭》，岳麓书社2002年版，第1页。

昆，而自流其悲雅者也。今夫妇人始一女子耳，不知巧拙，不识
幽忧，头施绀幕以无非耳。及至钗垂簏簌，露湿轻容，回黄转
绿，世事不无反覆，而于时喜则反冰为花，于时闷则郁云为雪，
清如浴碧，惨若梦红，忽而孤邈一线，通串百端，纷溶箭蓼，猗
狔卉歈，所自来矣。……嗟乎！男子之巧，迥不及妇人矣！其于
诗赋，又岂数数也哉？然此非予之言也，刘彦和之言也。彦和
云：四言正体，雅润为本。五言流调，清丽居宗。今人工于格
调，丐人残膏，清丽一道，頍弁失之，缬衣反得之。

纵观古代女性的书写领域，女性作家主要生长于世家大族，在
严格的闺塾女德教育和宗法性、伦理性规范的约束下，附着于男性，
无法取得独立的社会地位，也无从感受传统士人科举取士、进阶荣身
抑或英雄失路、僻居陋巷的人生经历，故而其创作背景不同于男性作
家，深受女性命运和生活环境的制约，在认知方面表现出服膺儒家伦
理思想的共同倾向。明清时期，随着理学思想禁锢的严密和强化，对
女性的压抑和桎梏空前严峻。在这样的思想文化背景下，古代女性作
家在创作中仍然深受古典文学文以载道、重教化实用的观念，屡屡在
作品中宣扬妇德教化，识见卓越的女性作家更是在诗文作品中表达出
不亚于士人的儒教思想准则。如李清照在南渡之后的诗文作品《上枢
密韩肖胄诗》中，基于时局发表的历史和政治见解呈现出明确的以诗
载道言志的意味。诚然，如李清照一般卓尔不群、烛照文学史的女性
作家殊少，大部分女性作家仍然注目于个人情怀的抒发，生活环境的
狭窄和备受压抑的生存状态使得女性思维倾向内转，只关注与己身密
切关联的人事和环境。这种对现世生活的关怀客观上反映出女性作品
中贯穿的儒家艺术精神。女性作品以诗词创作为主，多吟咏情性的愁
怀自遣色彩，抒发闺怨、宫怨、悼亡等情感。

谭正璧的《中国女性文学史》对古代女性文学的状况概述如下：
"中国文学是韵文的，说得时髦些是音乐的，这句话如移来专指女性
文学，尤其来得切合。女性作家所专长的是诗，是词，是曲，是弹

词，她们对于散文的小说几乎无缘；不但她们没有作过古文的传奇，就是白话的通俗小说的作者也仅发现了一人。"①这一概述基本上廓清了女性文学的创作内容及地位。对于有清一代的女性文学研究的关注在于诗词曲和弹词，普遍的印象是古代女性作家缺乏习文科举的机会，于经史不甚了了，只擅长具备音乐性、韵文性的抒情体裁。事实上，女性作家对文章创作并非彻底绝缘，只是作品量少，殊少引发关注。如民国以编纂女性著作目录著称于世的胡文楷，其妻王秀琴在浏览古代女性文章时作如是观：

> 昔亡室山阴王秀琴读《闺墨萃珍》，至宋谢枋得妻李氏《话姑母氏书》、明张铨妻霍氏《守窦庄谕将士血书》，未尝不服其同仇敌忾、临难不苟。而正史列女传不载其文，致忠贞节烈湮没不彰，为可慨也。其后读商景兰《未焚草序》、李愫霜《猿集序》，祁中丞、史相国之殉难，大义凛然，其家族惧不免于祸，讬文墨以见志，宜其辞之惨怆忉怛，致有余痛。由是知闺阁之文，有裨风教，而存史氏之佚，未可概以吟风弄月而忽之。②

可见历代女性作家于文章中见志，褒扬忠贞节烈，以存史的书写意图作凄怆惨怛极富有感染性的文辞，有裨于风教，未可一概认定为吟风弄月的辞藻而无视女性之文存在的现实和意义。对晚明以降女性散文书写文献进行搜集和梳理，可以更加全面深入地揭示古代女性作家的思想、教育、婚姻、生活等各个方面。

研究晚明以降女性的散文书写，首先可以钩稽女性文章的总集、别集，梳理其刊刻及流传情况，了解女性文章创作的整体概貌。其次，以具体的女性作家为例，结合其文章创作来探析其中蕴含的文道

---

① 谭正璧：《中国女性文学史》，百花文艺出版社2001年版，第17页。
② 胡文楷：《历代名媛文苑简编·后序》，王秀琴编集，胡文楷选订《历代名媛文苑简编》，商务印书馆1947年版。

精神。序跋是展现晚明以降女性作家文学观念的重要载体，通过对女性作家序跋的分析，可对晚明以降女性文学思想中的文道精神进行深入研究。

晚明女性书写的兴盛推动了女性诗文集的编纂，隆庆、万历年间有钱塘田艺蘅编纂的《诗女史》，包括十四卷，拾遗两卷，采录颇富，收集上自五帝先秦、下至明代的女性诗作，是有明一代较早编纂的女性诗歌总集。至于清代，女性诗词总集数量蔚为大观。有蔡殿齐《国朝闺阁诗钞》、恽珠《国朝闺秀正始集》、汪启淑《撷芳集》、徐乃昌《小檀栾汇刻百家闺秀词》、梁章钜《闽川闺秀诗话》等，以上皆为诗词总集和选集，女性文章总集鲜少一见。这一情况在民国胡文楷纂集的《历代名媛文苑简编》后序中有所阐述：

> 顾闺阁有作，诗词多而文少，而文集之存于世者，尤为难得。其有纂选闺文者，颜竣、殷淳之书，世已不传。宋真宗命陈文僖公集《妇人文章》十五卷，又未刊行。晚明以来，闺文总集，有郦琥《彤管遗编》、张之象《彤管新编》、田子艺《诗女史》、方维仪《宫闺文史》、王玉映《名媛文纬》、赵问奇《古今女史》、江邦申《玉台文苑》、江邦玉《续玉台文苑》，流传盖寡。清初新城王西樵有《燃脂集》二百三十余卷，网罗宏富，蔚然巨帙，未经镂版，旋即散佚。道光间，长沙周荇农辑《宫闺文选》，于赵、江之书，且犹未见，疏漏可知。①

胡文楷，江苏昆山人，与妻王秀琴合力编选补辑的《历代名媛文苑简编》于1947年由商务印书馆出版。胡氏发心编纂历代女性文章总集，起意于妻王秀琴在浏览古代女性文章作品时，慨叹彤编凋零，闺阁之文有裨于风教却缺失于正史。因此，胡文楷矢志勤搜博访，成

---

① 胡文楷：《历代名媛文苑简编·后序》，王秀琴编集，胡文楷选订《历代名媛文苑简编》，商务印书馆1947年版。

《历代名媛文苑》《闺秀艺文志》《历代名媛传略》各若干卷，皆为编纂之手稿。最终通过历年采访得文集六百、文章两千，择取其中十分之一二，编选《历代名媛文苑简编》上、下两编出版，包括作者一百六十六家、文二百七十七篇。这篇《后序》首先认为最早纂选闺秀文章的是南朝宋颜竣、殷淳之书，未传于世。其后北宋真宗命陈彭年辑选《妇人文章》十五卷，亦未刊于世。晚明以降，闺文总集数量增多，流传未可称广。清代闺文总集颇可称道的是济南新城王士禄编纂的《然脂集》二百三十余卷。然脂，取意于徐陵《玉台新咏序》中"然脂暝写"语。王士禄是清初康熙诗坛宗主王士禛之兄，字子底，号西樵山人，顺治十二年（1655年）进士。王士禄出于保存女性文学的使命感，不遗余力地采撷古今闺秀诗文，并在其《征闺秀诗文书》中号召：

> 伏冀当代博雅君子，好事胜流，凡有同心，共为甄采。或常生细君之书，或囊书，或谢氏闺亭之絮咏，或邮亭驿壁之偶见，或残碑断简之仅存，以及家乘舆志别集脞录之所记载，或属完书，或属只句，如汲冢之断简，譬孔壁之古文，并付邮筒。①

此封书文末，王士禄还特意附录了位于北京、苏州和扬州的三个邮寄地址，可见其对搜罗女性诗文的热心和用力。王士禄《然脂集》搜罗古今，早在1641年即着手收集诗文，辑佚补遗，十余年后方才成书定型，可谓集古代女性文章之大成。其弟王士禛在《香祖笔记》中称赞道："先兄西樵先生撰古今闺阁诗文为《然脂集》，多至二百卷，诗部不必言，文部至五十余卷，自廿一史以下，浏观采撷，可称宏博精核。而说部尤创获，为故人所未有。"②可惜这部网罗宏富的

---

① 王士禄：《征闺秀诗文书》，《新城王氏杂文诗词十一种》，北京图书馆藏康熙本。
② 王士禛：《香祖笔记》卷八，上海古籍出版社1982年版，第161页。

著作未能镂刻，散佚于世，只今在上海图书馆藏手稿九卷。王士禄在《然脂集·例》中述其选编缘起，并总结明清诸闺秀选本之得失：

　　闺阁之文，若颜竣、殷淳、徐勉、崔光、蔡省风、陈彭年所纂，湮没不传，其来已久。近世所传唐宋遗书，唯韦縠《才调集》有闺秀一卷。自余杂见诸书者，披沙拣金，百一而已。故明以来，颇有数家。江绿萝《闺秀诗评》，寥寥数十篇。李时远《诗统》，钱牧斋《列朝诗集》，颇及闺秀。季静姎《闺秀》一编，用意良勤，然止为有明一代之纂；沈宛君《伊人思》、苏竹浦《胭脂玑》，稍稍详于启祯之际；邹流绮《红蕉集》，止载数年以来；梅禹金《青泥莲花》，仅志北里之作；又有所谓《名媛玑囊》者，署名池上客，未审出于何人，其书四卷，亦鲜僻秘；《名媛诗归》一书，虽略备古今，似出坊贾射利所为，收采猥杂，舛讹不可悉指；方夫人仲贤《宫闺诗史》，持论颇驳《诗归》，实以《诗归》为底本，以云区明风烈则有之，辨正舛讹功尤疏焉！最后得周逸之巾笥小册《宫闺诗选》，更多谬误；高葵亭《吟堂博笑集》，尤极俚俗；且此数书，多专意于诗，不暇旁及古文辞诸体，《伊人思》亦间录赋序之属，然什佰之一二耳；郦琥《彤管遗编》间再赋、序诸文，然书兼叙事，正如诗话纪事之体；张之象《彤管新编》、田子艺《诗女史》并略似郦书而田为差博；闽人郑季卿《名媛汇诗》后附录赋、颂、尺牍，亦苦未备，且记、序杂文之属，概未之及；方夫人《宫闺文史》，亦仅取季卿附录者稍另编次，而益以奏疏、女诫等十余篇；赵问奇《古今女史》，略为部署，所收较夥矣，而其舛讹乃正如《诗归》等；江邦申《玉台文苑》大抵与《女史》相出入；其弟邦玉《续文苑》颇收未见之秘，惜未能别裁雅俗。余用是慨然，念纂述之未备，惜彤管之凋零，矢意辑为此书。历十五寒暑，始克就绪。时则繇皇古以迄当代，人则繇宫闺以迄风尘，文则繇风雅以迄杂著，虽考订未悉，不无谬误，而按部就班，较为具体。①

　　自明代以来，闺秀诗文选本颇有数家。不仅士林多有编辑选录女子作品之举，闺阁间亦有编纂者，如晚明吴江沈宜修、桐城方维仪、山阴王端淑，清代季娴、恽珠、薛绍徽等人。这些女性作品选本虽有保存文献之功，却间有舛误，考证尤疏，或专意于诗，所收不及古文辞，诸如此类，不尽如人意。王士禄不满于女性著述珠沉玉碎，纂述未备，故以治史的严谨态度而为是编。《然脂集》将所收女性作品分门别类予以考订，就体例而言，分为缘起、部署、尊经、核史、刊谬、存异、去取、区叙、黜评、纂略十类。胡文楷在《历代妇女著作考》中盛赞王士禄的选政："今虽仅存残本九册，然明清之间闺秀别集，大都散佚，而遗文佚编，幸赖以此传，至可贵也。"②

　　降至民国，有浙江萧山单士厘辑选《清闺秀艺文略》五卷。单士厘，钱恂妻，先后随外交官丈夫于清末出行日本和欧洲数次，是最早踏出闺门，走向世界的知识女性之一，著有《癸卯旅行记》三卷、《归潜记》十卷。单士厘在域外之行中极大地开阔了眼界，丰富了见闻，成为超越传统闺秀的新女性，在清末民初倡女学、重教育、开启民智、引介西方文化方面颇有开一代风气之功。单士厘作为民国新女性，能够理解并吸收西方优秀文化，与其接受并拥有出色的传统闺秀学养是分不开的。单士厘编纂《清闺秀艺文略》的缘由在凡例中有语：

　　　惟有清一代，土地之广，人民之多，三百年间，闺阁著述家奚止此数？挂一漏万，实深疚心。以后倘能延风烛年，续有闻见，

　　① 王士禄：《然脂集·例》，《丛书集成续编》集部第一五六册，上海书店出版社1994年版，第102页。
　　② 胡文楷编著：《历代妇女著作考》，上海古籍出版社2008年版，第906页。

当接续记载。耄年目昏，脱漏错误，不知凡几，阅者谅之。①

出于爱惜闺秀文才，不忍其湮没，单士厘历时十余年编纂该书，成书后又持续十余年进行增补。至1944年，单士厘怀着深沉的历史责任感，遵循目录学传统，以八十多高龄完成了最后的增订工作，对有清一代闺秀文学作出全面的整理和总结。单士厘遵循嘉道年间恽珠编选体例，在《清闺秀艺文略》之外又编选《清闺秀正始集再续集》。恽珠，号蓉湖道人、毗陵女史，出身江苏武进世家望族，博学多才，著有诗词文集，且积十余年之力编选《国朝闺秀正始集》，成为有清一代重要的文献学家。续集十卷，为恽珠长孙女完颜妙莲保编纂，绍续祖志。单士厘所编选的《清闺秀正始集再续集》，不只在于搜集保存闺阁文献，且有志于"辨章学术，考镜源流"，从诗史的角度阐释和传承闺秀文学。秉持着传统的诗史观，单士厘在选取闺秀诗时体现出雅正的择取标准，《凡例》中有语："兹选一遵恽例，以雅正为主，袭名正始。"是选着重从思想上表现闺秀诗歌在自娱遣怀之外的功用，如将反映时事和家国情怀的闺秀诗人置于卷首，包括恽珠、翁端恩、汪嫈、吴宗爱，充分体现出单士厘的编选主旨。将恽珠作冠首，是表示对其选政的仰止之情。翁端恩是翁同龢的姐姐、钱振伦夫人，其诗有记录时事之作，如"东南劫运浩无涯""秦关复严扃，干戈遍郊野"之句，可证闺秀诗并非只是批风抹月之作。《清闺秀正始集再续集》中所选闺秀诗和诗人小传体现出以诗存史、载道的闺秀诗史特征。

晚明以降，女性作家的别集较前代大量刊行，特别是万历以后，女性诗文作品的出版出现高潮。名士热衷于奖掖扶持女性创作，印刷业的发展促进了女性诗文集的编纂和出版。据胡文楷的《历代妇女著作考》所载，女性别集一百七十余种。其著名者，有吴江叶氏的《午梦堂集》，钱塘顾若璞的《卧月轩稿》六卷，"蕉园七子"之林以宁

---

① 单士厘：《清闺秀艺文略》，国家图书馆藏稿本。

有《墨庄文钞》一卷，钱凤纶有《古香楼集》，诸此种种。又如"清溪诗社""随园女弟子""碧城仙馆女弟子"中女性作家和诗文作品数量蔚为可观，但雅擅诗词者多，专意文章者少，且作品多以合集的形式刊印，如张惠言弟张琦有四女，皆以才著称一时，合刻有《张氏四女集》。

胡文楷在《历代名媛文苑简编》中对女性文章作品文体进行分类，种类丰富，包括论、序引、跋、记、传、题词、弁言、寿序、碑、墓志铭、箴、铭、颂、赞、诔等诸文体，尤以序跋、书信、传和杂记这四种文体作品最多。明代吴讷有《文章辨体序说》一书，辑录明代之前的诗文，按照文体编录，详辨文体分类。对"书"这种文体辨析云："按昔臣僚敷奏，朋旧往复，皆总曰'书'，近世臣僚上言，名为'表奏'；惟朋旧之间，则曰'书'而已。"①自明代以来，"书"这一文体特指亲友间书信往来，具有较强的私密性质。古代女性囿于闺闱间，内言不出阃，借助于书信这一文体，与亲友同好联络情感，唱和酬赠，是闺秀作家开展交游的重要途径。

考索王秀琴编集，胡文楷选订之《历代名媛书简》一书，分为八卷，可见历来女性作家擅为书简者，代不乏人，西汉有淳于缇萦（《为父上书》）、刘细君（《上宣帝书》）、王嫱（《上元帝书》）、班婕妤（《报诸侄书》），东汉有班昭、徐淑，唐有武皇后，宋有李清照，元有管道升，可谓其中卓尔不群者。降至明代，随着女性文学的兴盛，书简往来成为女性生活、交游、传达感情、交流艺文的重要载体。徐媛、吴柏、叶纨等人皆为其中妙手。有清一代，女性诗社的书简数量为历代之最。《历代名媛书简》中不仅收录有闺秀书简别集和汇编内的作品，对于士人文集中收录的闺秀佳作，也一并罗列其间，如厉鹗的《玉台书史》、袁枚的《小仓山房尺牍》、周亮工《尺牍新钞》等。胡文楷在《历代名媛书简》序中慨叹世行的名

---

① 吴讷、徐师曾：《文章辨体序说·文体明辨序说》，人民文学出版社1962年版，第41页。

媛书札舛误颇多，陈陈相因，书商为牟利而疏漏草率，遗漏名篇。明代以前存于《隋书·经籍志》、唐宋艺文志中的闺秀书札十不存一。明清虽女性作者、作品数量增多，但保存不善以致搜访艰难，故而将所集闺文集二百余种，选取其中的书简成书。胡氏在序中概述其编选历代女性书札，以雅驯为标准，上承国风存郑卫之音、野无遗漏的选政思想，并对历代闺秀书简概况进行简要总结：

> 古代闺门谨严，敦尚礼节。如泰姬教子，礼圭敕妇，懿行嘉言，足为楷模。徐淑、班昭、袁夫人、卞皇后、陈磋、孙琼等，词义委婉，允为名著。唐代作者，武后最盛。赵宋妇女之能文者，厥为易安居士，其谢綦崇礼启，颇滋世疑。惟谢枋得妻李氏托孤母氏书，殉国殉夫，节义禀然，垂名千秋。元之管仲姬、张妙净，以书画名家，手稿墨迹，艺林珍赏。明代闺秀，徐、陆并称。小淑训子一书，识者谓有杜泰姬之风。启祯之际，疆场多故，读张铨妻霍氏守窦庄晓谕兵士血书、侯峒曾妻赵氏谕仆书、顾炎武母王氏弥留书，义同敌忾，临难不忘君国，尤足重焉。时武林闺彦，创蕉园诗社，讲论诗词，笺翰手束，清隽风雅，一洗尘俗格调，洵彤管之炜也。明瑛小帖，登于《然脂》之集；柏舟短简，采于《奇赏》之编。若李香君、柳如是、马湘兰、顾横波、董小宛，虽为风尘歌妓，雅能诗文，交接名流，片羽尺牍，流布人间，竞相传诵，洛阳纸贵，殆非虚语矣。有清女学，远迈前古。林屋吟榭，媲美西泠；随园女弟，善誉三吴。炜卿家书，笃课子诲女之责；雅安寄夫，敦切磋规勉之义。双桂尺牍，工于酬酢，在妇人集中，实为仅见。近代如吴芝瑛、徐自华、宋贞、徐婉兰、笔札翩翩，无愧才女。至于望夫情切，而有织锦回文之赠；守贞见节，爰赋柏舟匪石之喻。身世忧离，诵绿衣而兴叹；伉俪失偶，吟白华而咨嗟。亦有摽梅及时，倦绣怀春，桑中之期，芍药之赠。艳藻丽句，才思缠绵，行虽不轨于正，其词亦未

可尽废。择其雅驯者，略采一二，窃比三百篇之存郑卫焉。[①]

由此可见闺秀书简的择取标准仍在于矜尚礼教，以女子的嘉言懿德为楷模，"择其雅驯"，即选取雅洁温驯之文，此标准颇见桐城派文论之古文以"雅洁"为尚，追求合乎义法的雅洁之文，反对俚俗和繁芜的文学思想。在择取雅驯之文外，特重褒扬忠贞节义之言行，如南宋遗民谢枋得妻李氏之《托孤母氏书》：

> 母氏慈鉴：嗟乎！劬劳之恩，今生已矣。缅舟山之急湍，吾君何在？眺长淮之清流，吾夫何在？殉国殉夫，舍此尚遑他及哉？顾女犹苟活于世者，以梦珠甫二龄，未得所托。浸令三尺藐孤，展转入于贼手，则女诚谢家罪人矣。或告元贼甚重女婿，呼为"豪杰"，且下令保全家属。似为女计，可不死，并可不避，然而币重言甘，贼之惯技也；见患授命，余夫妇之素志也。覆巢之下，宁有完卵？女盖计之熟矣！吴媪虽愿直，事女有年，其心无他。梦珠属彼，遣投母所，子兄弟行，尚求善视之。俟其长成，嘱以勿食新禄，勿忘国仇，则女见亡婿于地下，或无惭色耳。临颖涕泣，不知所云！

谢枋得，在南宋官至江西招谕史，宋亡后避居闽地，元初被强征至燕地，绝食而死，有《叠山集》，诗文浩气雄放，洋溢着忠君爱国的崇高气节。谢枋得留下《却聘书》后不屈而死，妻李氏的忠贞气节不亚其夫，此封托孤遗书是李氏与其子被元军所俘，因于南京临刑前所书。短短数言，却是字字泣血，以无君无夫之故意欲殉国殉夫，此种壮志悲情、视死如归的气节实令人动容。身为女子而识见超群，道破元军"币重言甘""保全家属"等用以收买人心的虚伪伎俩，"见

———————————

① 王秀琴编集，胡文楷选订：《历代名媛书简》，商务印书馆1941年版，第1页。

患授命"，表明李氏在面临家国危难之时死志已明，唯愿托孤于母亲，并嘱以遗志，养育幼子长大成人后，"勿食新禄，勿忘国仇"，此间如鹃啼猿哭般的泣血悲吟和沉痛的家国情怀，读之催人泪下。其他如张铨妻霍氏守窦庄晓谕兵士血书，侯峒曾妻赵氏谕仆书，顾炎武母王氏弥留书，诸书简皆展现出女性身罹危难，心怀家国的志行，以气节忠贞而彪炳史册。

结社唱和、交游雅集之风肇兴于晚明，至清代闺阁中其风不减。社集交游中的往来书信不仅数量可观，且可以真实地反映出当时女性作家的艺文交流和文学思想状况。清代康熙中叶钱塘女性才媛创"蕉园诗社"，有"蕉园五子""蕉园七子"之目，其中才媛著名者有冯娴、林以宁、钱凤纶、张槎云等数人。考索《历代名媛书简》可得蕉园诗社成员之间及社外女性作家往来书信达二十五封。如钱凤纶有一封书信寄给林以宁——《与林亚清》：

> 昔会蕉园者五子，今启姬已棹舟北上。我辈相去不数步，复以尘务纷扰，经年契阔。徒深岭云梁月之思。花下拂笺，窗间剪烛，其乐杳不可得。顷将觅传神手绘《蕉园雅集图》，位置五人于乔松、茂竹、清泉、白石间。使我辈精神永相依倚；一时胜事，传之千秋。较彼七贤六逸，文学固不敢方，而其游泳殆一致也。妹以为何如？[①]

启姬是顾姒字，为蕉园五子之一。钱凤纶欲作《蕉园雅集图》，使得蕉园诗社盛事与精神传之千秋，并且期待能够上追"竹林七贤""竹溪六逸"的风雅，由此可见蕉园女性诗人高远的志趣。"传之千秋"、存名于史的思想反映出清初女性才媛觉醒的个人意识。这种立言留名的个人意识推动着女性作家在书写中自觉寄托传统儒家思想，写出有益教化的作品。

---

① 钱凤纶：《古香楼杂著》，康熙间刻本，第16页下。

　　与诗社成员书信交流相同，闺秀才媛个体间也有书札往来，一般篇幅相对较长，谈论内容较为丰富。兹选取清初浙江永康闺秀吴宗爱所撰书信一札：

　　素闻贤妹妆次，相隔数百里外，蒙委专使，并惠懿章，藉得顺讯潭安，俾知近祉，慰甚幸甚。书中备叙淑怀，缠绵往复：春山迢递，秋水苍茫；靡日不思妹之念鄙人，犹鄙人之念妹。梦寐萦怀，不堪言罄！维吾妹盈盈妙年，名花初开，春曦方旭；妹夫已采芹香，一室喁于，天伦至乐，曷胜延羡？鄙人自结缡以后，靡室焦劳，慨焉身任。菽水光阴，齑盐岁月。叹人生之局促，虑来日之大难。回念曩时，花晨斗茗，月夕题笺，邈如隔世。此情此景，何堪为吾妹述也。独念绛帷聚首，与吾妹胶漆相投，三生缔契，方谓同福共命。如吾二人者，何可须臾隔？讵料一别五载，云山辽绝，晤面殊难。而且菌蘆分途，菀枯异路。今日望妹，几若泥壤中望云霄矣。尚何言哉！尚何言哉！惠贶频承，惭乏季报。谨具玉镯一、香囊三、古镜一、镜箔一。箔上回文，乃鄙人所意为者，托六出之名葩，表寸心之萦结。仿苏家之锦字，稍约其词；视侯氏之龟文，较畅其旨。命之曰《同心栀子图》。昔刘令娴《摘栀子赠谢娘》诗曰：两叶虽可赠，交情永未因。同心何处恨，栀子最关人。区区之意，聊托于此。吾妹必能一见心解也。心迹身遥，言难尽意。临楮神驰，统维懿照。时康熙壬子年辰月己酉日，愚姊吴宗爱拜书。①

　　吴宗爱，字绛雪，善为清词丽句，尤工诗，诗极清劲，尝为沈德潜称道其林下风致。此封书信为吴宗爱寄赠其友吴素闻之作。两人情谊深厚，时有书信往来。此封书信寄托着吴宗爱对情投意合的好友

---

　　①　王秀琴编集，胡文楷选订：《历代名媛书简》卷五，商务印书馆1941年版，第132页。

吴素闻阔别五载的深远思念，言谈之间忆及昔时花月间品茗游赏的场景，心生恍如隔世的沧桑之感。今昔对比，婚后生活的焦苦劳作，不禁令人感叹人生时光局促而未来堪忧。在信末吴宗爱又附上玉镯、香囊、古镜、镜箔等物寄以思念之情，并且在镜箔上作回文锦字，题名曰《同心栀子图》，以示怀念之情。此间闺中情谊在《两浙輶轩续录》中也有载："绛雪才色并绝，父为校官，绛雪从宦，在秀州与吴素闻女史善。既还永康，屡寄以诗。尝用《璇玑图例》为《同心栀子图》，外为六出像栀子花，其缘各书七言诗一联，内书八十一字，以雪字居中，析为雨山二字，纵横回互读之，得五六七言诗及长短句四十余篇，其巧慧类此。"①由信末落款可知此封书信写于康熙十一年（1672年），之后不到两年，吴宗爱便在耿精忠叛乱中香消玉殒。

以上两封书信反映出清初女性作家在诗社内或社外个体间通过书信这一媒介展开交游的状况，相对于清代中晚期女性作家的书信交游而言，可谓是近距离的文学交际。在咸丰年间有无锡丁善仪，随夫宦游万里路，著《双桂轩尺牍》一卷，文风清丽，其中九封入选《历代名媛书简》，是丁善仪寄赠闺中旧友之作，绮丽清雅，情韵不匮。这些书简从地理范围上远比清初女性作家之间的往来通信扩大，成为远距离的文学交际。再如道光、咸丰年间钱塘沈善宝，曾收女弟子百余人，著有《名媛诗话》十五卷，在搜录诗作时，以书信的方式向各地闺秀才媛索稿。事在《名媛诗话》中有所载，"鸳湖陈静宜诗作已录于前卷，今又寄《题〈名媛诗话〉·大江东去》一阕"，"余向屏山索祖香诗稿，屏山云吾妹素不存稿，当写书往问。今仅记其词数阕，子可采择"②。

闺阁女性作家用书信交流，记载生活中的所见所闻，偏重于情感交流，表达彼此间倾慕友善的同好之情，反映的内容较为狭窄，间

① 潘衍桐：《两浙輶轩续录》，《续修四库全书》第一六八五册，上海古籍出版社2002年版，第155页。

② 沈善宝：《名媛诗话》，《续修四库全书》第一七〇六册，上海古籍出版社2002年版，第705、706页。

或有对于诗艺、文艺的探讨。书信往来对于维系女性作家交游网络有着重要的意义。越出闺阁，女性作家的书信寄赠对象主要是父兄、丈夫，以及作为女弟子与其师谈论诗文之作。寄赠父兄书信内容多样，其间颇有类晚明小品文的山水游记，清新隽永。如孙荪意的《与云壑柳湖两兄书》一文：

> 初九日，握别渡江，枚儿船已在西兴等候，抵家才下昼耳。布帆无恙，家下亦叨庇安善，唯妹咳嗽刻尚未愈。十七日，越城之行，因出水偏门，游大禹陵，在香庐峰下。其峰高数十丈，殿极宏敞，闲然无人，梅梁上蝙蝠数千，其声呦呦，然为之毛发森竖。登窆石亭，石已中断，下望平田如罫，出庙至陵上，墓已平芜，唯二亭而已。憩少顷，复由南门从青田河而归，回望城中蕺山，府山，大善塔，应天塔，望海亭，历历如绘。青田河较西小江龙腹三倍大，白水微茫，扁舟如叶，至梅墅，日已晡矣。深林中见燐火，初只一点，须臾至千万点，光同匹练，长可半里，亦奇观也。此游惜不与两兄同之，亦一恨事。同游者枚儿季媳兰女，在杭嬉游半月，不及此游之奇耳。青田河晚归得诗一律，呈两兄之正，请安不尽。①

此封书信为孙荪意写给云壑、柳湖两位兄长，记录其游览大禹陵的所见所闻。写景抒情，语言简约清隽。孙荪意，浙江仁和人，著有《贻砚斋诗稿》，工诗善词，乃袁枚随园女弟子之一。乾隆文坛，以袁枚的随园为中心，聚集了数量可观的女性作家群。在袁枚于嘉庆元年（1796年）编纂的《随园女弟子诗选》中收录有二十八位女弟子诗作，这只代表随园女弟子群体中部分优拔选胜的佼佼者。在胡文楷的《历代名媛书简》中，收录随园女弟子席佩兰、归懋仪、吴清浣、周

---

① 王文濡编：《清文汇·清代名媛文苑》，世界书局股份有限公司2010年版，第69页。

月尊等人与袁枚往来谈诗论艺的书信十余篇。如吴清浣有一札书信，与袁枚就作诗之叠字用法仔细商榷：

　　简斋吾师宗匠文席，西湖别后，又自夏徂秋矣。杭州酒痕，未知尚留襟上否？清浣作诗，最不喜叠字，而吾师谓此未窥诗之门径也。历举毛诗用叠字法，如"关关雎鸠""滔滔江汉""赫赫师尹"等句以相指示，清浣虽若有所悟，而仍未尝一效其体。及偶读唐人"漠漠水田飞白鹭"一联，始叹绘景之妙，全由"漠漠""阴阴"生出。又读"梨花院落溶溶月"一联，愈叹上句清旷夷犹之气，非"溶溶"不显；下句蕴藉冲和之致，非"淡淡"不达，诚化工之笔。清浣遂一效颦，得句为："晓树红蒸霞簇簇，春池碧泻水溶溶。"举示徐咏湘萌姊，而咏湘见之，不加可否，但濡毫易"泻"为"绉"，易"溶溶"为"鳞鳞"。噫！前贤有一字师，今清浣得此，可称为三字师矣。芸窗无事，书呈吾师，以博一笑。《随园诗话》不胫而走，清浣承赐念部，非为同伴强索，即遭肤箧之去。再乞吾师恩赐十部，清浣当什袭藏之，不复夸耀于姊妹行矣。梅开时节，拟卖棹赴白门，躬省起居，一瞻清范。女弟子吴清浣盥手谨笺。①

此札《与随园老人论用叠字法》的书信为探讨诗艺之文，夹叙夹议，用简洁的文字谈其作诗门径和体悟，叶玉麟在为闺秀之文作注时称赏此文："文有结构，层次井然，一藉其蕴藉冲和之致。"②

明清女性作家主体处于封建社会的中上阶层，在门当户对的封建婚姻制度下，所适家族多为仕宦望族，故而夫妇之间难免会因为科举、宦游而分居两地。驿寄梅花，鱼传尺素，云中寄赠锦书，纾解相思之苦，传达爱恋之情，成为女性作家撰写两地书的主要动机。两地

　　① 叶玉麟选注：《详注历代闺秀文选》，大达图书局1936年版，第147页。
　　② 叶玉麟选注：《详注历代闺秀文选》，大达图书局1936年版，第148页。

书多言短情长，用真挚深情的言辞抒发内心不尽的相思之情。如随园女弟子之卢元素，工诗善画，精于刺绣，其名与骆绮兰一时并称为"女卢骆"，为钱塘钱东妾。钱东，亦工诗词，长于曲，曾有西上汴梁之行，久客未归，卢元素因此作《寄钱东书》，文辞隽永，情深义重，感情抒发和心理描写皆细腻有致，感人至深，如以下几段肺腑之言：

> 妾自春间悬悬自今，临风盼信，对月怀人。每到夜深，侯小女儿睡熟，独自倚枕向一穗孤灯，凄凄切切地想，悲悲恻恻地落泪。念君在客，怎得如妾夜夜伤心。若使君在家见妾，又不知如何痛惜。常忆起与君结缡时及数载缱绻之情，所谓"闺中之事，有甚于画眉者"。五更时恍惚睡去，似与君共倚枕上，喁喁私语。一时又似迎君门外，握手珍重，道一向相思，恨君亦复怨君。一时又似再与君别，含悲忍泪，相对无话。君慰妾曰："暂时离别，春秋佳节，便赋归与。"然相对握手，半日犹不舍分别。又似儿女牵衣，呼爷唤母，一段凄恻情怀，尤使妾不忍复睹。忽听阿瑞哭喊道："娘，怎么爷又去了？"妾惊而视之，方知是在梦中，不知是醒是睡。因恨成痴。转悲作想，梦魂颠倒，遂至生此幻想耳。君亦常有梦到家否耶？暮春之后，君来书便说："六七月间，可以移家北上。"后又得书云："中秋节前南归。"妾便日携儿女，倚门而望。不意望眼将穿，尚无消息。空帏独掩，唯与儿女泪眼相看。此境此情，实不欲告君，恐添君愁闷也。①

此封两地书纯抒以缠绵凄切的相思之苦，其间梦回宛转，似真似幻，感情恳切而隐忍，望夫情切，守贞见节，寓教化于闺范，皆体现于书信中。

---

① 丁南邨编：《清代名人情书》，上海时还书局1931年版，第62页。

胡文楷在《历代名媛文苑简编》后序中将女性书信内容大致分为交游往还、谈诗论艺、课子诲女、婚姻爱情这几部分。选取女性书信，进行文本分析，有益于考索女性作家的艺文交游和文学生活，补充和再现晚明以降女性文学生态的丰富性和多样性。

　　在女性撰写的序跋中称名最盛者，当属李清照的《金石录后序》，言辞简朴而情文相生，千载以下读之犹可想见深情，兹节选部分，以作赏析：

　　　余建中辛巳，始归赵氏。时先君作礼部员外郎，丞相作礼部侍郎，侯年二十一，在太学作学生。赵、李族寒，素贫俭。每朔望谒告出，质衣取半千钱，步入相国寺，市碑文、果实归，相对展玩咀嚼，自谓葛天氏之民也。后二年，出仕宦便有饭蔬衣練，穷遐方绝域，尽天下古文奇字之志。日就月将，渐益堆积。丞相居政府，亲旧或在馆阁，多有亡诗、逸史、鲁壁、汲冢所未见之书，遂尽力传写，浸觉有味，不能自已。后或见古今名人书画，一代奇器，亦复脱衣市易。尝记崇宁间，有人持徐熙《牡丹图》，求钱二十万。当时虽贵家子弟，求二十万钱，岂易得耶？留信宿，计无所出而还之，夫妇相向惋怅者数日。……至靖康丙午岁，侯守淄川，闻金寇犯京师，四顾茫然，盈箱溢篋，且恋恋，且怅怅，知其必不为己物矣。建炎丁未春三月，奔太夫人丧南来，既长物不能尽载，乃先去书之重大印本者，又去画之多幅者，又去古器之无款识者，后又去书之监本者，画之平常者，器之重大者。凡屡减去，尚载书十五车。至东海，连舻渡淮，又渡江，至建康。青州故第，尚锁书册什物，用屋十余间，期明年春再具舟载之。十二月，金人陷青州，凡所谓十余屋者，已皆为煨烬矣。

　　李清照现存文章寥寥可数，此篇置于女性散文作品中亦为出类拔萃的佳构。珠玉在前，为清代女性的序跋创作提供了优秀的范例。

在清代女性作家撰写的序跋文章中，以序、跋为多，还包括引、弁言、题辞等类别。清代女性文学作品以诗词为大宗，故而序跋所题，主要为女性作家的诗词别集，多结合作者的平生经历展开叙论，从中可窥见清代女性作家的求学、交游、文学观念的形成以及著文心态的嬗变。

清初才媛作家以山阴王端淑为典范。王端淑耗时近十年编成《名媛诗纬初编》，于1667年刊刻出版。全书共四十二卷，可谓皇皇巨制，收录有一千多位女性作家的诗作近两千首，所收诗人主要集中于明代，体现了王端淑心怀故国之意。此集以"诗纬"名之，是与《诗经》对照之意，在《名媛诗纬初编》自序中，王端淑申述此意：

> 日月江河，经天纬地，则天地之诗也。静者为经，动者为纬，南北为经，东西为纬，则星野之诗也，不纬则不经。昔人拟经而经亡，则宁退处于纬之，足以存经也。诗开源于窈窕，而采风于游女，其间贞淫异态，圣善兴思，则诗媛之关于世教人心，如此其重也。子不及上追千古，而尤恨千古以上之诗媛，诗不多见，见不多人，因取其近而有征者无如名媛，搜罗毕备，品藻期工。①

在自序中溯源《诗经》，以《诗经》开篇为《关雎》，采风于窈窕淑女而寄寓世教人心，为女性的诗歌创作寻找理论支持。《名媛诗纬初编》在编选体例上有《宫集》《前集》《正集》《遗集》之分。《宫集》收录宫廷后妃、郡主等女子诗作；《前集》辑录由元入明有遗民心态的才媛诗作；《正集》汇编有明一代闺秀才媛诗作；《遗集》所选，旨在以诗存人，汇存作品佚失的能诗名媛姓氏。序言云：

> 余选诗纬而汇遗集姓氏，何耶？盖不忍其能诗名媛无传

---

① 王端淑：《名媛诗纬初编·自序》，清康熙山阴王氏清音堂刻本。

故耳。"或曰:"既知其能诗文,知其姓氏,何为而不传其诗也?"曰:"淹没无稽,故不得已而止传其姓氏也。且女子深处闺阁,惟女红酒食为事。内言不达于外间。有二三歌咏秘藏箧笥,外人何能窥其元奥?故有失于丧乱者,有焚于祖龙者,有碍于腐板父兄者,有毁于不肖子孙者。种种孽境,不堪枚举,遂使谢庭佳话变为衰草寒烟,可不增人叹惋乎?于是汇遗集姓氏,以襄大观。

将诗作"淹没无稽"的名媛姓氏汇为一编,反映出整个选本以诗存人的编选原则。王端淑有媲美《诗经》的文学自信,意欲将女性书写传统通过选本的形式予以存录和延续,尝选编明代以来的女性文章集为《名媛文纬》二十卷,惜已不存。

王端淑之后的康雍诗坛,女性习文作诗风气或因文网严密的影响,在心态上趋向于谦逊保守,不复清初的宣扬声势。对于这种女性文学活动衰微的风向,魏爱莲曾著文探讨,并指出其多种可能原因:"不能称全中国都陷于清一色的衰退,但它似乎是我们所关心的这个圈子的特点。既然说世纪妇女写作基本技能下降是可笑的,我们也只能得出结论说,关于这时期的事情,不论是出版之削减、缺乏男性指导,还是强调德甚于强调才,或反明逸民运动,甚至是青楼文化之衰减,都削弱了闺秀对博取文学声誉的可能性。"①

在康雍文坛上还存在着女性结集乞序成风的不良习气,颇有好名之嫌。对待部分才不称名,却汲汲于索序刊印的才媛,不少女性诗人在序跋中本着严肃审慎的文学创作态度进行批评。如蕉园诗社林以宁,在《墨庄文钞》的赠言自序中对于"汲汲集赠言纪酬和"的行为"固自有说":

---

①　魏爱莲:《十九世纪中国女性的文学关系网络》,《清华大学学报》(哲学社会科学版)2008年第3期。

　　夫木生于山，珠沉于渊，唯良工大匠，乃能知之而显于世。伯乐过冀北之野，而马价增千金。夫马犹是也，木与珠犹是也，而或则焜耀乎廊庙，或则委弃乎荒野，世之所谓知己，岂不重哉！余闺中弱质，无可知之才，亦鲜知稀之叹嘅，岂与世之卑鄙下士、逐逐时名者，竞其毫厘分寸哉！而汲汲集赠言纪酬和，固自有说。余少从母氏受书，九熊书获，无间晓夜，若忘为女子者。少间则取古贤女行事，谆谆提命，而尤注意经学，尝吾："愿汝为大儒，不愿汝为班左也。"……因思廿有三载以来，浮沉世俗，即探讨载籍中，曾不一殚圣贤之旨，以孤母氏望而幸辱数子之知，谓可窃附艺林，因辑而录之为若干卷，归而献诸堂上，谅必有以解母氏之颜，而因自文其固陋也。若谓以是诩于人而求知于世，余窃心鄙之弗为耳。①

　　序中林以宁以木、珠、马譬喻，比之人才能否贵显焜耀，有赖于知己的推重，而对于逐逐时名、汲汲求序的诌媚言行十分鄙夷。自述其平生得益于母教的问学经历，表明愿忘为女子、甘为大儒的高远心志，并声明此集的刊印为二十三年经历了世俗浮沉之后，将学问心得探讨一载于集中，非为求名于世，实以此慰藉母志。持相同文学批评态度者，还有乾隆年间才媛王贞仪。其在《答白夫人》一札书信中，对女性才媛中的此种陋习毫不隐讳地予以批评："大抵今人之弊，最患急于求名，唯恐人不及知，而未定之稿，出以示人，求片言于大老名公以为荣，在彼固不自知，而一经有识者哑然置之者，以物之不足当一赞叹，且并不邃因其人之乞求，遂柔声媚态以贡谀也。"②
　　降至乾嘉文坛，女性文学活动又复归兴盛，总集和别集的刊刻印行出现了新的高峰。聚集在袁枚和陈文述周边的"随园女弟子"和

---

　　①　林以宁：《墨庄文钞》，清康熙刻本。
　　②　王文濡编：《清代名媛文苑》，世界书局股份有限公司2010年版，第68页。

"碧城仙馆女弟子"以丰富的文学活动和广阔的交游推动女性文学的
繁荣。嘉庆、道光年间以选诗称名艺林的女性作家有恽珠和汪端。恽
珠所选《国朝闺秀正始集》刊于道光年间，主要选取清初及道光年间
的女性诗作，呈现出时间跨度大、涉及地域广、女性作家身份多样等
特点。该诗歌总集前有随园女弟子之一的潘素心所题序。潘素心为恽
珠志趣相投的诗友，是序充分体现出恽珠的选诗旨趣：

> 古名媛多通翰墨，班姬续史，伏女传经，巾帼之才，直与须
> 眉相抗。若夫徐淑写红笺而寄恨，苏蕙托锦字以传情，以及香兰
> 醉草之吟、钗凤镜鸾之句，言情之作，犹不失温柔敦厚之遗。至
> 若花里送郎，柳梢待月，蔡文姬空传笳拍，鱼玄机漫咏蕙兰，妇
> 德有惭，其去正始之音已远。然则学诗者必尽去艳冶之词，而得
> 其性情之正，斯可继二南之风化。即选诗者亦必取其合乎兴观群
> 怨之旨，而不失幽闲贞静之德，然后与诗首关雎之义相符。吾盖
> 读珍浦太夫人正始集之选而知其得于诗教者深也。太夫人博通经
> 史，兼工六法，德言俱备，福慧兼全。其长于吟咏，不待言，而
> 犹念闺门为教化之原，欲有以风天下而端闺范，故内治克修，明
> 章妇顺，协萍蘩之美……是编诗不下千七百首，计九百余人。凡
> 浮华靡丽之什，概置弗录。且有不以诗存，而以人传者。太夫人
> 积数十年之力搜罗既富，选择必精，用以微显阐幽，垂为懿范，
> 使妇人女子之学诗者，发乎情止乎礼义。尽删夫风云月露之词，
> 以合乎二南正始之道，将与班姬伏女媲美千秋，而岂徒斤斤于章
> 句也乎？余未娴泳絮，深愧涂鸦，拙句亦蒙采取，且属弁。道光
> 己丑仲夏，若耶女史汪潘素心谨序。

恽珠选政的标准，一言以蔽之，即"温柔敦厚"的诗教，体现出
传统诗教观对女子诗学观的影响。梁乙真的《清代妇女文学史》感慨
道："女子教育，充其极亦不过'温柔敦厚''良妻贤母'，恽氏特

女子智识阶级之代表人物耳，可慨也夫！"①此评价对恽珠提倡才德相彰的女性诗学观作出了精准的概括。此篇序言以散文的形式，载言文道，首先追溯自古名媛之才，可与须眉相抗，女性学诗须去艳冶之词，得性情之正，肯定女性学诗的合理性。针对男性文人质疑轻视女子学诗的言行，恽珠在《国朝闺秀正始集》的弁言中明确表示：

> 昔孔子删《诗》，不废闺房之作。……言故非辞章之谓，要不离乎辞章者近是。则女子学诗，庸何伤乎？独是大雅不作，诗教日漓，或竟浮艳之词，或涉纤佻之习，甚且以风流放诞为高，大失温柔敦厚之旨，则非学诗之过，实不学之过也。②

此外，在具体的择诗标准上，持"雅正"准则，是选明确以闺秀诗作为择取对象，推尊闺秀才媛的创作身份，注重女性"德正言顺"，重视妇德，标举孝行、贤淑、慈范、贞节等品性。在择取诗作时，推尊音律和雅、品性贞淑之作，提倡"发乎情止乎礼义"，合乎兴观群怨之旨，尽删风云月露之词。恽珠的择诗准则与沈德潜《国朝诗别裁》序中所言一致，"予辑国朝诗……惟祈合于温柔敦厚之旨，不拘一格也"③，皆为诗教之正统，是乾隆、嘉庆时期主流教化思想，这也与恽珠身为阳湖望族之后，名臣之妻，贵为一品夫人的显赫家世以及文教背景紧密相关。恽珠积十余年之力搜罗编选是集，意欲"垂为懿范"，存之后世。不仅有益风教，为后学示以诗歌规范，对于恽珠本人而言，通过编选诗歌总集，主持闺门风雅，也可以宣扬诗学观念，提高自己的文学声望和地位，借选本的流传为自己和有清一代众多女性作家存名于史。

嘉庆、道光年间女性书写意识的空前高涨和立言不朽的追求直接

---

① 梁乙真：《清代妇女文学史》，中华书局1927年版，第199页。

② 恽珠：《弁言》，《国朝闺秀正始集》，清道光十一年（1831年）辛卯红香馆刊本。

③ 沈德潜：《序》，《国朝诗别裁》，清乾隆二十六年（1761年）刻本。

上承晚明以降的女性书写传统，蔚为风尚，在时代风气的感召下，女性作家肯定自我文学价值，形成有清一代闺秀文学繁荣的盛况。梳理晚明以降女性文学的发展传统，探讨女性文集的编选刊印情况，对晚明以降女性书写传统中的文道精神进行解读，皆有助于深化晚明以降的女性文学研究。

参考书目

1．郭预衡、郭英德主编：《唐宋八大家散文总集》，河北人民出版社2013年版。

2．张廷玉等：《明史》，中华书局1974年版。

3．顾炎武：《日知录》，商务印书馆1934年版。

4．曾国藩：《曾国藩全集》，河北人民出版社2016年版。

5．吴曾祺编：《涵芬楼古今文钞简编》，商务印书馆1916年版。

6．方浚师：《蕉轩随录续录》，中华书局1995年版。

7．吴海鹰主编：《回族典藏全书》，甘肃文化出版社、宁夏人民出版社2008年版。

8．梁启超：《中国近三百年学术史》，安徽师范大学出版社2016年版。

9．王云五主编：《国学基本丛书四百种》，台湾商务印书馆1968年版。

10．中华书局编：《四部备要》，中华书局1936年版。

11．赵尔巽等：《清史稿》，中华书局1977年版。

12．林琴南：《林琴南文集》，中国书店1985年版。

13．本社编：《章太炎全集》，上海人民出版社1984年版。

14．梁启超：《饮冰室合集》，中华书局1989年版。

15．梁启超：《清代学术概论》，商务印书馆1921年版。

16．梁启超：《大学生传世经典随身读·少年中国说》，高等教育出版社2010年版。

17．董仲舒：《春秋繁露》，上海古籍出版社1989年版。

18．马克斯·韦伯著，洪天富译：《儒教与道教》，江苏人民出版社2010年版。

19．汉语大词典编纂处整理：《康熙字典：标点整理本》，汉语大词典出版社2002年版。

20．孔晁注：《逸周书》，商务印书馆1937年版。

21．雷蒙·阿隆著，葛秉宁译：《社会学主要思潮》，上海译文出版社2015年版。

22．杨树达：《论语疏证》，上海古籍出版社2006年版。

23．房玄龄注，刘绩补注，刘晓艺校点：《管子》，上海古籍出版社2015年版。

24．苏国勋：《理性化及其限制——韦伯思想引论》，上海人民出版社1988年版。

25．王充著，张宗祥校注：《论衡校注》，上海古籍出版社2010年版。

26．李梦生：《左传译注》，上海古籍出版社2004年版。

27．郑玄注，贾公彦疏：《周礼注疏》，上海古籍出版社1990年版。

28．王弼、韩康伯注，孔颖达等正义：《周易正义》，上海古籍出版社1990年版。

29．郑玄注，孔疑达正义，吕友仁整理：《礼记正义》，上海古籍出版社2008年版。

30．杨善华、谢立中主编：《西方社会学理论》，北京大学出版社2005年版。

31．孔安国传，孔颖达等正义：《尚书正义》，上海古籍出版社1990年版。

32．杜预注，孔颖达等正义：《春秋左传正义》，上海古籍出版社1990年版。

33．毛公传，郑玄笺，孔颖达等正义：《毛诗正义》，上海古籍出版社1990年版。

34．彭吉象：《中国艺术学》，北京大学出版社2007年版。

35．黄仁宇：《万历十五年》，中华书局2006年版。

36．大卫·麦克里兰著，孔兆政、蒋龙翔译：《意识形态》，吉林人民出版社2005年版。

37．汪汉卿、王源扩、王继忠主编：《继承与创新——中国法律史学的世纪回顾与展望》，法律出版社2001年版。

38．黄卓越：《黄卓越思想史与批评学论文集》，北京语言大学出版社2012年版。

39．王纪波：《〈礼记〉与儒学意识形态的建构研究》，湖南师范大学博士学位论文，2013年。

40．龚文庠：《说服学——攻心的学问》，东方出版社1994年版。

41．中共中央文献研究室编：《毛泽东文集》，人民出版社1993年版。

42．邓小平：《邓小平文选》，人民出版社1993年版。

43．马斯洛著，许金声、程朝翔译：《动机与人格》，华夏出版社1987年版。

44．武汉大学哲学学院、武汉大学中西比较哲学研究中心编：《哲学评论》第4辑，武汉大学出版社2006年版。

45．侯外庐主编，张岂之等执笔：《中国哲学简史》，中国青年出版社1963年版。

46．莫里斯·哈布瓦赫著，毕然、郭金华译：《论集体记忆》，上海人民出版社2002年版。

47．陈墨：《口述史学研究：多学科视角》，人民出版社2015年版。

48．方诗铭、王修龄：《古本竹书纪年辑证》，上海古籍出版社1981年版。

49．冯友兰著，邵汉明编选：《冯友兰文集》，长春出版社2008

年版。

　　50．陈来：《有无之境》，三联书店2009年版。

　　51．杨国荣：《善的历程——儒家价值体系研究》，上海人民出版社2006年版。

　　52．于述胜、于建福：《中国传统教育哲学》，江苏教育出版社1996年版。

　　53．亚理斯多德著，罗念生译：《修辞学》，上海人民出版社2006年版。

　　54．陈振：《宋史》，上海人民出版社2016年版。

　　55．邓广铭、漆侠、朱瑞熙、王曾瑜、陈振：《宋史》，中国大百科全书出版社2011年版。

　　56．顾宏义：《细说宋太祖》，上海人民出版社2005年版。

　　57．诸葛忆兵：《范仲淹传》，中华书局2012年版。

　　58．张瑞君：《杨万里评传》，南京大学出版社2002年版。

　　59．张玖青：《杨万里思想研究》，中国社会科学出版社2013年版。

　　60．王端淑：《名媛诗纬》，清康熙山阴王氏清音堂刻本。

　　61．林以宁：《墨庄文钞》，清康熙刻本。

　　62．钱凤纶：《古香楼杂著》，清康熙刻本。

　　63．沈德潜：《国朝诗别裁》，清乾隆二十六年（1761年）刻本。

　　64．恽珠：《国朝闺秀正始集》，清道光十一年（1831年）辛卯红香馆刊本。

　　65．丁晏辑、王锡祺重编：《山阳诗征》，清光绪二十四年（1898年）小方壶斋铅印本。

　　66．单士厘：《清闺秀艺文略》，国家图书馆藏稿本。

　　67．钱谦益：《列朝诗集小传》，上海古籍出版社1983年版。

　　68．钱谦益：《钱牧斋全集》，上海古籍出版社2003年版。

　　69．叶绍袁编：《午梦堂集》，中华书局1998年版。

　　70．叶绍袁：《甲行日注》，岳麓书社2016年版。

71．孔昭明主编：《台湾文献史料丛刊》，台湾大通书局1984年版。

72．邓绍基、李玫主编：《尺牍精华》，巴蜀书社1998年版。

73．祁彪佳：《祁彪佳集》，中华书局1960年版。

74．陈继儒：《晚香堂小品》，上海杂志公司1936年版。

75．谭元春著，田秉锷选注：《谭友夏小品》，文化艺术出版社1996年版。

76．张潮辑：《虞初新志》，上海古籍出版社2012年版。

77．侯方域：《壮悔堂文集》，商务印书馆1937年版。

78．施闰章：《施愚山集》，黄山书社1992年版。

79．朱彝尊：《静志居诗话》，人民文学出版社1990年版。

80．虫天子编：《香艳丛书》，人民文学出版社1992年版。

81．王士禛：《香祖笔记》，上海古籍出版社1982年版。

82．吴讷、徐师曾：《文章辨体序说·文体明辨序说》，人民文学出版社1962年版。

83．阮元、杨秉初辑，夏勇等整理：《两浙輶轩录》，浙江古籍出版社2012年版。

84．顾廷龙主编：《续修四库全书》，上海古籍出版社2002年版。

85．张舜徽：《清人文集别录》，中华书局1963年版。

86．北京图书馆编：《北京图书馆藏珍本年谱丛刊》，北京图书馆出版社1999年版。

87．袁世硕：《孔尚任年谱》，齐鲁书社1987年版。

88．《清代诗文集汇编》编纂委员会编：《清代诗文集汇编》，上海古籍出版社2010年版。

89．谢无量：《中国妇女文学史》，中华书局1916年版。

90．谭正璧：《中国女性文学史》，百花文艺出版社2001年版。

91．梁乙真：《清代妇女文学史》，中华书局1927年版。

92．林庚：《中国文学简史》，北京大学出版社1995年版。

93．严迪昌：《清诗史》，人民文学出版社2011年版。

94．章太炎、刘师培撰，罗志田导读，徐亮工编校：《刘师培论中国近代三百年学术史》，上海古籍出版社2006年版。

95．钱仲联主编：《清诗纪事》，江苏古籍出版社1989年版。

96．鲁迅：《鲁迅全集》，人民文学出版社1981年版。

97．孙静庵编著：《明遗民录》，浙江古籍出版社1985年版。

98．钱穆：《中国学术通义》，九州出版社2012年版。

99．王秀琴编集，胡文楷选订：《历代名媛书简》，商务印书馆1941年版。

100．王秀琴编集，胡文楷选订：《历代名媛文苑简编》，商务印书馆1947年版。

101．胡文楷编著：《历代妇女著作考》，上海古籍出版社2008年版。

102．赵尊岳辑：《明词汇刊》，上海古籍出版社1992年版。

103．《四库禁毁书丛刊》编纂委员会编：《四库禁毁书丛刊》，北京出版社1997年版。

104．徐世昌编：《晚晴簃诗汇》，中华书局1990年版。

105．王文濡编：《清代名媛文苑》，世界书局股份有限公司2010年版。

106．孔子著，杨伯峻、杨逢彬注释：《论语》，岳麓书社2000年版。

107．刘义庆：《世说新语》，岳麓书社2015年版。

108．高明：《琵琶记》，中华书局1958年版。

109．汤显祖：《牡丹亭》，岳麓书社2002年版。

110．余怀：《板桥杂记》，江苏文艺出版社1987年版。

101．孔尚任著，王季思、苏寰中合注：《桃花扇》，人民文学出版社2005年版。

102．陶慕宁：《青楼文学与中国文化》，东方出版社1993年版。

103．李元庚：《望社姓氏考》，《小方壶斋丛书》及《国粹学报》第七一期影印版。

后 记

　　2016年元旦前夕，我收到杨庆存院长转发来的一封邮件，且注明让我细阅后电话联系。邮件是时任中国社会科学杂志社文学部主任王兆胜先生发给杨院长的关于这套丛书的出版方案，目的意义、内容要求、具体安排和出版计划都写得十分清楚。杨院长负责组织《"文以载道"与中国散文》一书的写作。经过综合考虑，本书由杨院长、我和两位博士生组成最终的作者团队。

　　散文是人类文化的重要载体和文学体裁的基本样式，以博大精深著称于世的中国古代散文，更是巨大的思想宝库、文献宝库和艺术宝库。在日常的学习、教学和科研中，我接触最多、感受最深、受益最大的就是散文，无论是文学的、历史的还是哲学的，无论是观点提炼、材料发现还是成果结撰，都给我提供了深刻的思想启示和丰富的材料支持。我关注的重点和研究的方向一直放在江南文化、家族文化和区域文化方面，出版的著作和发表的论文，虽都与散文有着密切联系，但从来没有单独研究过散文。尽管如此，经过慎重考虑，我还是提出了一些实施想法。杨院长和我共同讨论拟定提纲后，便正式开始了书稿的写作。

　　根据当时的讨论与分工，杨院长推荐的博士生杨宝珠撰写了第一、二、三、四、五章，我推荐的博士生薛方媛撰写了第六、七、八章及第一章第一节明清部分。在此过程中，我负责组织协调并修改初稿，杨院长审定全部书稿并撰写了序言与引论。经过大家的共同努力，形成了现在的书稿。即将付梓之际，杨院长让我写几句话作为后记，于是遵嘱而有了上面的文字。

朱丽霞

2019年12月